todo dia

Obras do autor publicadas pela Galera Record

Me abrace mais forte
Dois garotos se beijando
Garoto encontra garoto
Naomi & Ely e a lista do não beijo, com Rachel Cohn
Invisível, com Andrea Cremer
Todo dia
Will & Will – Um nome, um destino, com John Green
Nick & Norah: Uma noite de amor e música, com Rachel Cohn
O caderninho de desafios de Dash & Lily, com Rachel Cohn
Outro dia
À primeira vista, com Nina LaCour
Algum dia

david levithan

todo dia

Tradução
Ana Resende

16ª edição

— Galera —
RIO DE JANEIRO
2022

CIP-BRASIL. CATALOGAÇÃO NA FONTE
SINDICATO NACIONAL DOS EDITORES DE LIVROS, RJ

L647t Levithan, David
       Todo dia / David Levithan; tradução Ana Resende. – 16ª ed.
16ª ed. – Rio de Janeiro: Galera Record, 2022.

       Tradução de: Every Day
       ISBN 978-85-01-09951-8

       1. Ficção juvenil americana. I. Resende, Ana, 1973- II. Título.

13-00748   CDD: 028.5
                                      CDU: 087.5

TÍTULO ORIGINAL:
Every Day

Copyright © 2012 David Levithan

Texto revisado segundo o novo Acordo Ortográfico da Língua Portuguesa.

Todos os direitos reservados. Proibida a reprodução, no todo ou em parte, através de quaisquer meios. Os direitos morais do autor foram assegurados.

Editoração eletrônica: Abreu's System

Direitos exclusivos de publicação em língua portuguesa somente para o Brasil adquiridos pela
EDITORA RECORD LTDA.
Rua Argentina, 171 - Rio de Janeiro, RJ - 20921-380 - Tel.: (21) 2585-2000
que se reserva a propriedade literária desta tradução.

Impresso no Brasil

ISBN 978-85-01-09951-8

Seja um leitor preferencial Record.
Cadastre-se e receba informações sobre nossos
lançamentos e nossas promoções.

Atendimento e venda direta ao leitor:
sac@record.com.br ou (21) 2585-2002.

Para Paige
(Que você encontre a felicidade todo dia)

Dia 5.994

Acordo.

Imediatamente preciso descobrir quem sou. Não se trata apenas do corpo — de abrir os olhos e ver se a pele do braço é clara ou escura, se meu cabelo é comprido ou curto, se sou gordo ou magro, garoto ou garota, se tenho ou não cicatrizes. O corpo é a coisa mais fácil à qual se ajustar quando se está acostumado a acordar em um corpo novo todas as manhãs. É a vida, o contexto do corpo, que pode ser difícil de entender.

Todo dia sou uma pessoa diferente. Eu sou eu, sei que sou eu, mas também sou outra pessoa.

Sempre foi assim.

As informações estão aí. Acordo, abro os olhos, percebo que é uma nova manhã, um novo lugar. A biografia faz sua parte, um presente de boas-vindas do lado da mente que não é o meu. Hoje, sou Justin. De algum modo sei disso, que meu nome é Justin, e ao mesmo tempo sei que não sou realmente Justin, só estou tomando a vida dele emprestada por um dia. Olho ao redor e sei que este é o quarto dele. Esta é a casa dele. O despertador vai tocar em sete minutos.

Nunca sou a mesma pessoa duas vezes, mas certamente já fui esse tipo antes. Roupas espalhadas por toda parte. Mais jogos de videogame do que livros. Dorme de cueca. Pelo gosto na boca, é fumante. Mas não tão viciado a ponto de precisar de um cigarro assim que acorda.

— Bom dia, Justin — digo. Checo a voz. Grave. A voz em minha cabeça sempre é diferente.

Justin não se cuida. O couro cabeludo está coçando. Os olhos não querem abrir. Ele não tem dormido muito.

Já sei que não vou gostar do dia de hoje.

É difícil estar no corpo de alguém de quem você não gosta, porque, mesmo assim, você tem que respeitá-lo. Já coloquei a vida de pessoas em risco, e descobri que sempre que faço uma besteira, isso me atormenta. Portanto, tento ser cuidadoso.

Até onde sei, toda pessoa que habito tem a mesma idade que eu. Não vou de 16 anos para 60. Nesse momento, é apenas 16. Não sei como isso funciona, nem o porquê. Parei de tentar entender há muito tempo. Nunca vou compreender, não mais do que qualquer pessoa normal entenderá a própria existência. Depois de algum tempo é preciso aceitar o fato de que você simplesmente *existe*. Não há meio de saber o porquê. Você pode ter algumas teorias, mas nunca haverá uma prova.

Consigo acessar os fatos, não os sentimentos. Sei que este é o quarto de Justin, mas não tenho ideia de se gosta dele ou não. Será que deseja matar os pais no quarto ao lado? Ou será que ficaria perdido se a mãe não viesse acordá-lo? Impossível dizer. É como se essa parte de mim substituísse a mesma parte de qualquer outra pessoa na qual me encontro. E, embora fique feliz por pensar como eu mesmo, de vez em quando seria legal ter uma dica de como a outra pessoa pensa. Todos nós temos mistérios, especialmente quando vistos pelo lado de dentro.

O despertador dispara. Pego uma camiseta e um jeans, mas algo me diz que é a mesma que vesti ontem. Escolho outra. Levo as roupas comigo para o banheiro e me visto depois do banho. Os pais de Justin estão na cozinha, e não têm a menor ideia de que algo possa estar diferente.

Dezesseis anos é bastante tempo para treinar. Em geral, não cometo erros. Não mais.

• • •

Desvendo os pais dele com facilidade: Justin não conversa muito com eles de manhã, então não preciso falar. Acostumei-me a perceber a expectativa (ou a falta dela) em outras pessoas. Enfio algumas colheradas de cereal goela abaixo, deixo a tigela na pia, sem lavar, pego as chaves de Justin e saio.

Ontem eu era uma garota numa cidade que, imagino, fica a duas horas daqui. No dia anterior, era um garoto numa cidade a três horas de distância. Já estou me esquecendo dos detalhes deles. Tenho que esquecer; caso contrário, nunca vou me lembrar de quem sou realmente.

Justin ouve música barulhenta e desagradável em uma estação barulhenta e desagradável na qual uns DJs barulhentos e desagradáveis fazem piadas barulhentas e desagradáveis como um meio de passar as manhãs. Na verdade, isso é tudo de que preciso saber. Acesso a memória dele para saber o caminho da escola, a vaga na qual estaciona, o armário que deve abrir. A combinação. Os nomes das pessoas que ele reconhece nos corredores.

Algumas vezes não consigo ir no automático. Não consigo ir à escola nem lidar com as atividades do dia. Digo que estou doente, fico na cama e leio alguns livros. No entanto, até isso fica cansativo depois de um tempo, e acabo saindo da cama para encarar o desafio de uma nova escola, de novos amigos. Por um dia.

Quando tiro os livros de Justin do armário, posso sentir que alguém está me rondando. Dou meia-volta; a garota parada ali é transparente em suas emoções: tímida e ansiosa, nervosa e apaixonada. Não preciso acessar o Justin para saber que é a namorada dele. Ninguém mais reagiria assim, tão insegura na presença dele. Ela é bonita, mas não enxerga isso. Está se escondendo por trás do cabelo, feliz em me ver e, ao mesmo tempo, infeliz em me ver.

O nome dela é Rhiannon. E, por um instante (um milésimo de segundo), penso que, sim, esse é o nome certo para ela. Não sei por quê. Não a conheço, mas parece adequado.

Esse pensamento não é do Justin. É o meu. Tento ignorar. Não sou a pessoa com quem ela quer falar.

— Oi — digo, com um tom casual.

— Oi — murmura ela em resposta.

Está fitando o chão, o All-Star pintado à mão. Ela desenhou cidades nele, silhuetas de prédios ao redor da sola. Alguma coisa aconteceu entre ela e Justin, e não sei o que é. Provavelmente algo que ele nem percebeu na hora.

— Você está bem? — pergunto.

Vejo surpresa em seu rosto, mesmo quando ela tenta disfarçar. Não é uma pergunta que Justin costuma fazer.

E o mais estranho é que quero saber a resposta. O fato de ele não se importar me faz querer saber ainda mais.

— Claro — responde, mas a voz não parece nem um pouco segura.

Acho difícil olhar para ela. Sei por experiência própria que, sob toda garota desimportante, existe uma verdade fundamental. Ela esconde a dela, mas, ao mesmo tempo, quer que eu a veja. Ou melhor, quer que *Justin* a veja. E está lá, fora do meu alcance. Um som que espera ser posto em palavras.

Ela está tão perdida na própria tristeza que não faz ideia do quão visível está. Acho que eu a entendo — por um instante, ouso entendê-la —, mas então, de dentro de tal tristeza, ela me surpreende com um breve lampejo de determinação. De coragem, até.

Desviando o olhar do piso, os olhos dela encontram os meus, e ela pergunta:

— Está bravo comigo?

Não consigo pensar em nenhuma razão para estar bravo com ela. E, se fosse para estar bravo, seria com Justin, por fazer com que ela se sinta tão insignificante. Está lá, na linguagem corporal dela. Quando está perto dele, ela se torna pequena.

— Não — digo. — Não estou nem um pouco bravo com você.

Digo o que quer ouvir, mas ela não acredita. Ofereço as palavras certas, mas ela suspeita que escondam algum espinho.

Isso não é problema meu; sei disso. Estou aqui por um dia. Não posso resolver os problemas do namorado de ninguém, e não devo mudar a vida de ninguém.

Afasto-me dela, pego os livros, fecho o armário. Ela fica no mesmo lugar, ancorada pela solidão profunda e desesperada de um relacionamento ruim.

— Você ainda quer almoçar hoje? — pergunta.

O mais fácil seria responder que não. Faço isso com frequência. sinto que a vida da outra pessoa está me arrastando e corro na direção oposta.

Mas tem algo nela — as cidades nos tênis, o lampejo de coragem, a tristeza desnecessária — que faz com que eu queira saber que palavra vai aparecer quando deixar de ser um som. Passei anos encontrando pessoas sem nunca conhecê-las, e hoje de manhã, neste lugar, com esta garota, sinto o impulso mais leve de querer saber. E, num momento de fraqueza ou de coragem de minha parte, escolho seguir o impulso. Escolho saber mais.

— Com certeza — respondo. — Seria ótimo.

De novo, eu a leio: respondi de forma muito entusiasmada. Justin nunca se entusiasma.

— Nada de mais — acrescento.

Ela fica aliviada. Ou, pelo menos, tão aliviada quanto se permite, o que é uma forma muito contida de alívio. Quando acesso, descubro que ela e Justin estão juntos há mais de um ano. E isso é o mais específico que consigo ser. Justin não se lembra do dia exato.

Ela estende a mão e segura a minha. Fico surpreso com a sensação boa.

— Fico feliz que você não esteja bravo comigo — diz. — Só quero que tudo fique bem.

Concordo com a cabeça. Se tem uma coisa que aprendi, é isso: todos nós queremos que tudo fique bem. Nem mesmo desejamos que as coisas sejam fantásticas, maravilhosas ou extraordinárias. Satisfeitos, aceitamos o bem, porque, na maior parte do tempo, bem é o suficiente.

O primeiro sinal toca.

— Vejo você depois — digo.

Uma promessa tão trivial. No entanto, para Rhiannon, isso significa o mundo.

No início, era difícil viver cada dia sem criar relações duradouras nem deixar consequências que poderiam mudar uma vida. Quando era mais jovem, eu almejava amizade e intimidade. Criava laços sem admitir que seriam cortados rápida e permanentemente. A vida das pessoas para mim era uma questão pessoal. Sentia que os amigos delas poderiam ser meus amigos, que os pais delas poderiam ser meus pais. Mas, depois de um tempo, tive que parar com isso. Era doloroso demais viver com tantas separações.

Sou um andarilho e, por mais solitário que isso possa ser, também é uma tremenda libertação. Nunca vou me definir sob os mesmos critérios das outras pessoas. Nunca vou sentir a pressão dos amigos ou o fardo das expectativas dos pais. Posso considerar todo mundo parte de um todo, e me concentrar no todo, não nas partes. Aprendi a observar, muito melhor do que a maioria das pessoas faz. O passado não me ofusca, nem o futuro me motiva. Concentro-me no presente, porque é nele que estou destinado a viver.

Aprendo. Algumas vezes, me ensinam algo que já me ensinaram em dezenas de outras aulas. Outras vezes, me ensinam algo completamente novo. Tenho que acessar o corpo, acessar a mente e verificar quais informações foram retidas. E, ao fazer isso, eu aprendo. Conhecimento é a única coisa que levo comigo quando vou embora.

Sei de tantas coisas que Justin não sabe, que nunca saberá. Sento-me na aula de matemática, abro o caderno e escrevo frases que ele nunca ouviu. Shakespeare, Kerouac, Dickinson. Amanhã, ou algum dia depois de amanhã, ou nunca, ele verá essas palavras escritas com a própria letra, e não vai ter a menor ideia de onde vieram, nem mesmo do que são.

Este é o máximo de interferência ao qual me permito.

Todo o restante deve ser feito sem deixar rastros.

• • •

Rhiannon permanece comigo. Detalhes a seu respeito. Fragmentos das lembranças de Justin. Pequenas coisas, tal como o jeito como o cabelo dela cai, o modo como rói as unhas, a determinação e resignação na voz. Coisas aleatórias. Eu a vejo dançando com o avô de Justin, porque ele dissera que queria dançar com uma garota bonita. Eu a vejo cobrindo os olhos durante um filme de terror e espiando por entre os dedos, divertindo-se com o medo. Estas são as boas lembranças. Não olho para as outras.

Eu só a vejo uma vez de manhã, passando rapidamente pelos corredores, entre o primeiro e o segundo tempo. Me flagro sorrindo quando ela se aproxima, e ela retribui. Simples assim. Simples e complicado, como a maior parte das coisas verdadeiras. Eu me vejo procurando por ela depois do segundo tempo, e do terceiro e do quarto. Nem mesmo me sinto no controle disso. Quero vê-la. Simples. Complicado.

Na hora do almoço, estou exausto. O corpo de Justin mal se aguenta devido às poucas horas de sono, e eu, dentro dele, mal me aguento de inquietação e de tanto pensar.

Espero por ela na frente do armário de Justin. O primeiro sinal toca. Depois o segundo. Nada de Rhiannon. Talvez fosse para eu encontrá-la em outro lugar. Talvez Justin tenha se esquecido de onde sempre se encontram.

Se for esse o caso, ela já está acostumada ao fato de ele se esquecer, e me encontra bem na hora em que estou prestes a desistir. Os corredores estão quase vazios; a correria já passou. Ela chega mais perto do que antes.

— Oi — digo.

— Oi — responde ela.

Está olhando para mim. Justin é quem dá o primeiro passo. Justin é quem pensa as coisas. Justin é quem diz o que vão fazer.

Isso me deprime.

Já presenciei essa situação muitas vezes. A devoção gratuita. Preferir o medo de estar com a pessoa errada por não ser capaz de lidar com o medo de ficar sozinho. A esperança tingida de dúvida, e a dúvida tingida de esperança. Sempre que vejo esses sentimentos no rosto de outra pessoa, fico deprimido. E tem alguma coisa no rosto de Rhiannon que é mais que apenas decepção. Existe bondade ali. Uma bondade que Justin nunca vai apreciar. Vejo isso muito bem, mas ninguém vê.

Pego todos os meus livros e guardo-os no armário. Vou até ela e ponho minha mão de leve em seu braço.

Não tenho ideia do que estou fazendo. Apenas sei que estou.

— Vamos para algum lugar — digo. — Aonde você quer ir?

Estou perto o suficiente agora para ver que os olhos dela são azuis. Estou perto o suficiente agora para ver que ninguém jamais vai chegar perto o suficiente para ver como os olhos dela são azuis.

— Não sei — responde.

Pego a mão dela.

— Vem comigo — digo.

Não é mais inquietação — é atrevimento. Primeiro, caminhamos de mãos dadas. Em seguida, estamos correndo. Aquela corrida boba para acompanhar a outra pessoa, apertando o passo pela escola, reduzindo tudo que não seja nós dois a um borrão inconsequente. Estamos rindo, estamos brincalhões. Guardamos os livros dela no armário e saímos para o ar livre, o verdadeiro ar livre, a luz do sol e as árvores, e o mundo menos opressivo. Estou violando as regras ao sair da escola. Estou violando as regras ao entrar no carro de Justin. Estou violando as regras ao girar a chave na ignição.

— Aonde você quer ir? — pergunto de novo. — Me diga aonde você adoraria ir de verdade.

De início, não percebo quanta coisa depende da resposta dela. Se disser *Vamos ao shopping*, vou me desligar. Se disser *Me leve para sua casa*, vou me desligar. Se disser *Na verdade, não quero perder o sexto tempo*, vou me desligar. E eu deveria me desligar. Não deveria estar fazendo isso.

Mas ela diz:

— Quero ir até o mar. Quero que você me leve até o mar.

E percebo que estou me ligando.

• • •

Levamos uma hora para chegar. Estamos no fim de setembro, em Maryland. As folhas não começaram a mudar, mas dá para ver que estão começando a pensar no assunto. Os tons de verde estão suaves, desbotados. A cor está prestes a mudar.

Entrego a Rhiannon o controle do rádio. Ela fica surpresa, mas não me importo. Já tive minha conta de coisas barulhentas e desagradáveis, e percebo que ela também. Ela traz a melodia para o carro. Ouço uma música que conheço, e canto junto.

And if I only could, I'd make a deal with God...

Agora Rhiannon passa de surpresa a desconfiada. Justin nunca canta.

— O que deu em você? — pergunta ela.

— A música — digo.

— Rá.

— Não, sério.

Ela me observa por um longo tempo. Então sorri.

— Nesse caso — diz, girando o botão até encontrar a música seguinte.

Logo estamos cantando a plenos pulmões. Uma música pop, tão substancial quanto um balão, mas que nos eleva do mesmo modo quando cantamos.

É como se o próprio tempo relaxasse ao nosso redor. Ela para de pensar na raridade do momento e se permite fazer parte dele.

Quero oferecer um dia bom a ela. Um único dia bom. Tenho andado por aí há tanto tempo sem nenhum objetivo, e agora este objetivo efêmero me foi dado; eu sinto como se tivesse me sido dado. Só tenho um dia para oferecer; então por que não pode ser um dia bom? Por que não posso compartilhá-lo com alguém? Por que não posso levar a música do momento e ver quanto pode durar? As regras podem ser apagadas. Posso aceitar isso. Posso oferecer isso.

Quando a música termina, ela abaixa o vidro e estende a mão no ar, trazendo uma música nova para dentro do carro. Abaixo todos os outros vidros e dirijo mais depressa, para que o vento assuma o controle, sopre nossos cabelos por toda parte, faça parecer que o carro não exista mais e que nós sejamos a velocidade, a rapidez. Então toca outra música boa e eu nos cerco novamente, desta vez segurando a mão dela. Dirijo assim durante alguns quilômetros e faço algumas perguntas. Como os pais dela estão. Como as coisas estão indo agora que a irmã foi para a faculdade. Se ela acha que a escola está diferente esse ano.

É difícil para ela. Todas as respostas começam com a frase *Eu não sei*. Mas, na maior parte do tempo, ela sabe, se eu lhe der tempo e espaço para responder. A mãe dela vai bem; o pai, um pouco menos. A irmã não está telefonando para casa, mas Rhiannon pode entender isso. A escola é a escola — ela quer que acabe logo, mas tem medo de que acabe, porque aí vai ter que pensar no que vem pela frente.

Ela me pergunta o que acho, e digo:

— Sinceramente, só estou tentando viver um dia depois do outro.

Não é o suficiente, mas já é alguma coisa. Observamos as árvores, o céu, as placas, a estrada. Sentimos um ao outro. O mundo, nesse exato instante, consiste em apenas nós dois. Continuamos a cantar. E cantamos com o mesmo abandono, sem nos preocuparmos muito se nossas vozes atingem as notas ou as palavras certas. Trocamos olhares enquanto cantamos; não são dois solos, é um dueto que não se leva muito a sério. É uma forma própria de conversa. Você pode aprender muito sobre as pessoas a partir das histórias que contam, mas também pode conhecê-las pelo modo como cantam, não importando se gostam de janelas levantadas ou abaixadas, se vivem de acordo com o mapa ou se perdem-se pelo mundo, ou se sentem a atração do mar.

Ela me diz aonde ir. Para fora da autoestrada. Para as estradas secundárias. Não é verão; não é fim de semana. Estamos em plena segunda-feira, e ninguém além de nós está indo para a praia.

— Eu deveria estar na aula de inglês — diz Rhiannon.

— Eu deveria estar na de biologia — digo, acessando o horário de Justin.

Seguimos em frente. Quando eu a vi pela primeira vez, ela parecia estar pisando em ovos. Agora, o terreno está mais sólido, mais convidativo.

Eu sei que é perigoso. Justin não é bom para ela. Reconheço isso. Caso acesse as lembranças ruins, vejo lágrimas, brigas e os resquícios de momentos satisfatórios juntos. Ela está sempre à disposição dele, e ele parece gostar disso. Os amigos dele gostam dela, e ele parece gostar disso também. Mas não é o mesmo que amor. Ela tem se apegado à esperança que ele representa há tanto tempo que não percebe que não sobrou nada pelo qual esperar. Eles não têm silêncios juntos; têm ruídos. A maior parte, dele. Se eu tentasse, poderia ir mais fundo nas discussões. Poderia rastrear os pedaços que ele catou todas as vezes em que a destruiu. Se eu realmente fosse Justin, acharia que há algo de errado com ela. Agora. Diria a ela. Gritaria. Eu a deixaria mal. Eu a colocaria no devido lugar.

Mas não posso. Não sou Justin. Mesmo que ela não saiba disso.

— Vamos só nos divertir — digo.

— Está bem — responde ela. — Gosto disso. Passo tanto tempo pensando em fugir, que é bom fazer isso de verdade. Por um dia. É bom estar do outro lado da janela. Não faço isso o suficiente.

Tem tantas coisas dentro dela que quero saber. E ao mesmo tempo, em todas as palavras que dizemos, sinto que pode haver alguma coisa dentro dela que eu já conheça. Quando eu chegar lá, vamos nos reconhecer. Vamos ter isso.

Estaciono o carro e andamos até o mar. Tiramos os sapatos e os deixamos debaixo do banco. Quando chegamos à areia, eu me inclino para enrolar o jeans. Enquanto faço isso, Rhiannon corre à minha frente. Quando volto a olhar, ela está rodando na praia, chutando a areia e gritando meu nome. Tudo é leveza naquele instante. Ela é tão cheia de vida que não consigo evitar parar por um segundo e observar. Testemunhar. Dizer a mim mesmo para lembrar.

— Anda! — grita ela. — Vem cá!

Não sou quem você pensa que sou, é o que quero dizer a ela. Mas não dá. Claro que não dá.

Temos a praia para nós, o mar para nós. Eu a tenho para mim. Ela me tem para si.

Tem uma parte da infância que é infantil, e uma parte que é sagrada. De repente estamos tocando a parte sagrada, correndo pela orla, sentindo a primeira onda fria nos tornozelos, enfiando as mãos na maré para pegar conchas antes que refluxem de nossos dedos. Voltamos a um mundo que é capaz de brilhar, e estamos entrando mais fundo nele. Ela joga água em mim para me provocar, e eu preparo um contra-ataque. Nossas calças e camisetas ficam molhadas, mas não nos importamos.

Ela me pede ajuda para construir um castelo, e quando o faço, me conta que ela e a irmã nunca construiriam castelos de areia juntas — era sempre uma competição. A irmã queria as maiores montanhas possíveis, enquanto Rhiannon dava atenção aos detalhes, querendo que cada castelo fosse a casinha de bonecas que ela nunca pôde ter. Vejo ecos desses detalhes agora enquanto ela cria pequenas torres com as mãos em concha. Eu mesmo não tenho lembranças de castelos de areia, mas deve haver alguma memória sensorial associada, porque sinto que sei como fazê-los, como moldá-los.

Assim que finalizamos, voltamos à água para lavar as mãos. Olho para trás e vejo o modo como nossas pegadas se mesclam, formando uma única trilha.

— O que foi? — pergunta ela ao me ver olhando para trás, notando alguma coisa em minha expressão.

Como posso explicar? A única maneira que conheço é dizendo:

— Obrigado.

Ela olha para mim como se nunca tivesse ouvido tal palavra.

— Pelo quê? — pergunta.

— Por isto — respondo. — Por tudo isso.

Esta fuga. A água. As ondas. Ela. Parece que estamos além do tempo, embora tal lugar não exista.

Ainda há uma parte dela que está esperando por uma reviravolta, o momento em que todo esse prazer vai se desdobrar em dor.

— Está tudo bem — digo. — Tudo bem estar feliz.

As lágrimas enchem os olhos dela. Eu a tomo nos braços. É a coisa errada a se fazer. Mas é a coisa certa a se fazer. Preciso ouvir minhas próprias palavras. A felicidade muito raramente faz parte do meu vocabulário porque, para mim, é tão efêmera.

— Estou feliz — diz ela. — Estou, de verdade.

Justin estaria rindo dela. Justin a estaria empurrando para a areia, para fazer o que quisesse fazer. Justin nunca teria vindo aqui.

Estou cansado de não sentir. Cansado de não me conectar. Quero estar aqui com ela. Quero ser o cara que vai corresponder às expectativas dela, pelo menos no tempo que me foi concedido.

O mar cria a própria música; o vento faz sua dança. Ficamos no mesmo lugar. No início estamos nos apoiando um no outro, mas depois começa a parecer que estamos nos agarrando a algo maior do que isso. Mais grandioso.

— O que está acontecendo? — pergunta Rhiannon.

— Shhh — respondo. — Não faça perguntas.

Ela me beija. Há muitos anos não beijo ninguém. Não tenho me permitido beijar ninguém há anos. Os lábios dela são macios como pétalas de flores, mas com uma intensidade oculta. Sem pressa, deixo cada momento se transformar no seguinte. Sinto a pele dela, a respiração. Provo a condensação de nosso contato, detenho-me no calor dele. Os olhos dela estão fechados, e os meus, abertos. Quero me lembrar disso como algo além de uma sensação isolada. Quero me lembrar de tudo.

Não fazemos nada além de nos beijar. Não fazemos nada aquém de nos beijar. Às vezes ela se movimenta para fazer mais, porém não preciso disso. Passo a mão pelos seus ombros enquanto ela acaricia minhas costas. Beijo seu pescoço. Ela me beija atrás da orelha. Nas vezes em que paramos, sorrimos um para o outro. Descrença tola, crença tola. Ela devia estar na aula de inglês. Eu, na de biologia. Não devíamos estar tão próximos do mar hoje. Desafiamos o dia tal como ele foi preparado para nós.

Caminhamos de mãos dadas pela praia enquanto o sol mergulha no céu. Não estou pensando no passado. Não estou pensando no futuro. Estou cheio de gratidão pelo sol, pela água, pelo modo como meus pés afundam na areia, pela sensação da minha mão ao segurar a dela.

— A gente devia fazer isso todas as segundas — diz ela. — E terças. E quartas. E quintas. E sextas.

— Assim iríamos enjoar — respondo. — É melhor fazer só uma vez.

— Nunca mais? — Ela não gosta do modo como isso soa.

— Bem, nunca diga nunca.

— Eu nunca diria nunca — retruca ela.

Agora há mais algumas pessoas na praia, principalmente homens e mulheres idosos dando uma caminhada vespertina. Eles acenam para nós quando passamos e algumas vezes dizem "olá". Retribuímos o aceno e respondemos aos "olás". Ninguém pergunta por que estamos aqui. Ninguém pergunta nada. Somos apenas parte do momento, como todo o restante.

O sol se põe mais além. A temperatura cai juntamente a ele. Rhiannon estremece, então solto a mão dela e a abraço. Ela sugere voltarmos para o carro e pegarmos o "cobertor da pegação" no porta-malas. Nós o encontramos ali, soterrado sob garrafas vazias de cerveja, cabos de bateria torcidos e mais lixos do outro cara. Fico imaginando quantas vezes Rhiannon e Justin usaram o cobertor de namorar com aquela finalidade, mas não tento acessar as lembranças. Em vez disso, levo o cobertor para a praia e estico para nós dois. Deito e olho para o céu, então Rhiannon deita perto de mim e faz o mesmo. Fitamos as nuvens, próximos o suficiente para sentir o hálito um do outro, absorvendo tudo.

— Esse deve ser um dos melhores dias da minha vida — diz Rhiannon.

Sem virar a cabeça, encontro a mão dela com a minha.

— Me fale sobre os outros dias como este — peço.

— Não sei...

— Só um. O primeiro que vier à cabeça.

Rhiannon pensa por um segundo. Então balança a cabeça.

— É besteira.

— Me conta.

Ela se vira para mim e leva a mão ao meu peito. Traça círculos preguiçosos ali.

— Por alguma razão, a primeira coisa que me vem à mente é um desfile de mãe e filha. Promete não rir?

Prometo.

Ela me observa. Certifica-se de que estou sendo sincero. Prossegue.

— Foi no quarto ano, mais ou menos. A Renwick's estava arrecadando fundos para as vítimas dos furacões, e pediram voluntários em nossa turma. Não perguntei à minha mãe nem nada assim. Apenas assinei. E quando dei a notícia em casa, bem, você sabe como mamãe é. Entrou em pânico. Já é difícil fazer com que vá ao supermercado, imagina um desfile, na frente de estranhos?! Parecia que tinha pedido a ela para posar para a *Playboy*. Meu Deus, isso sim é uma ideia assustadora.

Agora a mão dela estava apoiada em meu peito. Ela desviou os olhos para o céu.

— Mas a questão é: ela não disse que não. Acho que só agora percebo pelo que a fiz passar. Ela não me obrigou a ir até a professora para tirar meu nome. Não. Quando chegou o dia, fomos de carro até a Renwick's, e em seguida para onde nos disseram para ir. Pensei que nos dariam roupas combinando, mas não era assim. Apenas nos disseram que podíamos vestir o que quiséssemos da loja. E lá estávamos nós, experimentando todas aquelas coisas. Fui até os vestidos, claro. Na época, eu era bem mais menininha. Acabei com um vestido azul-claro, com babados por toda parte. Achei que era tão sofisticado...

— Tenho certeza de que tinha muita classe — completo.

Ela me dá um tapa.

— Cala a boca. Me deixa terminar a história.

Seguro a mão dela junto ao meu peito. Inclino-me e lhe dou um beijo breve.

— Vá em frente — digo.

Estou adorando. As pessoas nunca me contam as histórias delas. Normalmente, tenho que imaginá-las sozinho. Porque eu sei que, se as pessoas me contam histórias, elas esperam que sejam lembradas. E não posso garantir isso. Não há meio de saber se as histórias ficam depois que vou embora. E o quão horrível deve ser confiar em alguém e ver a confiança desaparecer? Não quero ser responsável por isso.

Mas com Rhiannon não posso resistir.

Ela continua:

— Então, eu estava usando o vestido de formatura dos meus sonhos. E aí era a vez da mamãe. Ela me surpreendeu porque foi atrás dos vestidos também. Nunca a vi vestida daquele jeito antes. E acho que essa foi a melhor parte para mim: a Cinderela não era eu. Era ela.

"Depois de escolhermos as roupas, eles nos maquiaram e tudo o mais. Pensei que mamãe fosse surtar, mas ela estava gostando de verdade. Eles não fizeram muita coisa nela, só deram um pouco mais de cor. E isso foi tudo de que ela precisou. Estava bonita. Sei que é difícil acreditar, conhecendo-a agora. Mas naquele dia, parecia uma estrela de cinema. Todas as outras mães a estavam elogiando. E na hora do desfile de verdade, andamos pela passarela e as pessoas aplaudiram. Minha mãe e eu estávamos sorrindo, e era real, sabe?

"Não podíamos ficar com os vestidos nem nada assim. Mas me lembro que, na volta para casa, minha mãe ficava repetindo como eu estava linda. Quando chegamos, papai olhou para nós como se fôssemos aliens, mas o mais legal é que ele decidiu entrar na brincadeira. Em vez de agir de maneira estranha, ficou chamando a gente de supermodelos e pediu para desfilarmos na sala para ele, o que nós fizemos. Estávamos rindo tanto. E foi isso. O dia terminou. Não tenho certeza se mamãe usou maquiagem desde então. E não é como se eu tivesse me tornado uma supermodelo. Mas aquele dia me lembra do dia de hoje. Porque foi uma quebra na rotina, não foi?"

— Parece que sim — digo a ela.

— Não posso acreditar que acabei de te contar isso.

— Por quê?

— Porque... não sei. Simplesmente parece tão bobo.

— Não, parece um dia bom.

— E quanto a você? — pergunta ela.

— Nunca estive num desfile de mãe e filha — brinco. Embora, para falar a verdade, tenha estado em alguns.

Ela me dá um tapa de leve no ombro.

— Não. Me conta sobre um dia como este.

Acesso Justin e descubro que ele mudou de cidade quando tinha 12 anos. Então posso contar qualquer coisa antes disso, porque Rhiannon não vai ter estado lá. Eu poderia tentar encontrar uma das lembranças de Justin para compartilhar, mas não quero fazer isso. Quero dar a Rhiannon uma coisa minha.

— Teve um dia, quando eu tinha 11 anos. — Tento me lembrar do nome do garoto em cujo corpo eu estava, mas não consigo. — Eu estava brincando de esconde-esconde com meus amigos. Quero dizer, era um tipo violento de esconde-esconde, com empurrões. Estávamos no bosque e, por alguma razão, decidi que tinha que subir numa árvore. Acho que nunca tinha subido antes. Mas achei uma com alguns galhos baixos, e simplesmente comecei a subir. Cada vez mais alto. Era tão natural quanto andar. Na minha lembrança, aquela árvore tinha centenas de metros de altura. Milhares. Em algum momento, atravessei a copa da árvore. Ainda estava subindo, mas não havia outras árvores por perto. Eu estava sozinho, agarrado ao tronco, bem longe do chão.

Ainda consigo ter flashes dela. Da altura dela. Da cidade abaixo de mim.

— Foi mágico — digo. — Não existe outra palavra para descrever. Eu podia ouvir meus amigos gritando conforme eram pegos, conforme a brincadeira ia chegando ao fim. Mas eu estava num lugar completamente diferente. Estava vendo o mundo de cima; o que é uma coisa extraordinária quando acontece pela primeira vez. Eu nunca havia viajado de avião. Nem tenho certeza se já havia estado em um edifício alto. Então lá estava eu, suspenso acima de tudo que eu conhecia. Eu tornara aquele lugar especial, e tinha chegado lá totalmente por conta própria. Ninguém havia dado aquilo para mim. Ninguém havia me dito para fazer aquilo. Eu subi, subi, subi, e aquela foi minha recompensa. Observar o mundo de cima, e ficar a sós comigo mesmo. Aquilo, descobri, era do que eu precisava.

Rhiannon se inclina para mim.

— Incrível — murmura.

— É mesmo.

— E foi em Minnesota?

Para falar a verdade, foi na Carolina do Norte. Mas acesso Justin e descubro que, sim, para ele teria sido em Minnesota. Então assinto.

— Você quer ouvir sobre outro dia como este? — pergunta Rhiannon, aninhando-se em mim.

Ajeito o braço para que nós dois fiquemos confortáveis.

— Claro.

— Nosso segundo encontro.

Mas este é só o primeiro, penso. Pateticamente.

— Sério? — pergunto.

— Lembra?

Verifico se Justin se lembra do segundo encontro deles. Ele não se lembra.

— Na festa do Dack? — recorda ela.

Nada ainda.

— Isso... — arrisco.

— Não sei... Talvez não conte como um encontro. Mas foi a segunda vez que a gente ficou. E, não sei, você foi tão... fofo com aquela história toda. Não fique bravo, está bem?

Fico imaginando onde essa história vai dar.

— Sério, nada pode me deixar bravo neste instante — digo. E até faço uma cruz sobre o coração para provar.

Ela sorri.

— Então tá. Bem, ultimamente... é como se você sempre estivesse com pressa. É como se a gente transasse, mas não tivesse... intimidade. E não me importo. Quero dizer, é engraçado. Mas de vez em quando é bom ter alguma coisa assim. E na festa do Dack... foi como hoje. Como se você tivesse todo o tempo do mundo, e quisesse que a gente tivesse esse tempo juntos. Eu adorei. Era quando você realmente olhava para mim. Era como... bem, era como se você tivesse subido naquela árvore e me encontrado lá em cima. E tivéssemos vivido isso juntos. Embora estivéssemos no quintal de outra pessoa. Em determinado momento... você se lembra? Você me pediu para me afastar um pouco e ficar sob a luz da lua. "Sua pele brilha assim", foi o que você disse. E eu me senti assim. Brilhando. Porque você estava me observando, assim como a lua.

Será que ela percebe que, nesse momento, está iluminada pelo tom laranja quente que se toma o horizonte, quando o não-é-mais-dia se transforma em não-é-noite-ainda? Inclino-me e me transformo em sombra. Eu a beijo uma vez, então nos aconchegamos um no outro, fechamos os olhos, cochilamos. Enquanto cochilamos, sinto uma coisa que nunca senti. Uma proximidade que não é apenas física. Uma conexão que desafia o fato de que acabamos de nos conhecer. Um sentimento que só pode vir da mais eufórica das sensações: a de pertencer a alguém.

Que história é essa sobre o instante em que você se apaixona? Como uma medida tão pequena de tempo pode conter algo tão grande? De repente, percebo por que as pessoas acreditam em *déjà vu*, por que acreditam em vidas passadas; porque não há meio de fazer com que os anos que passei na Terra sejam capazes de resumir o que estou sentindo. O momento em que você se apaixona parece carregar séculos, gerações atrás de si — tudo isso se reorganizando para que essa interseção precisa e incomum possa acontecer. Em seu coração, em seus ossos, por mais bobo que saiba que é, você sente que tudo levou a isso, que todas as flechas secretas estavam apontando para este lugar, que o universo e o próprio tempo construíram isso muito tempo atrás, e agora você acaba de perceber que chegou ao local onde sempre deveria ter estado.

Acordamos uma hora depois com o som do telefone dela.

Mantenho os olhos fechados. Ouço-a resmungar. Ouço-a dizer para a mãe que vai chegar daqui a pouco.

A água tornou-se negra, e o céu, azul-escuro. O frio no ar nos aflige enquanto recolhemos o cobertor e deixamos um novo conjunto de pegadas.

Ela me diz aonde ir, eu dirijo. Ela fala, eu escuto. Cantamos mais um pouco. Então ela se inclina no meu ombro e deixo que fique ali e durma mais um pouco, sonhe mais um pouco.

Estou tentando não pensar no que vai acontecer depois.

Tentando não pensar em finais.

Nunca vejo as pessoas enquanto dormem. Não desse jeito. Ela é o oposto de quando a vi pela primeira vez. Sua vulnerabilidade está exposta, mas ela está segura em seu interior. Observo o peito dela subir e descer, se agitar e sossegar. Só a acordo quando preciso que me diga aonde ir.

Nos últimos dez minutos, ela fala sobre o que vamos fazer no dia seguinte. Acho difícil responder.

— Mesmo que a gente não possa fazer isso, posso te ver na hora do almoço? — pergunta.

Faço que sim com a cabeça.

— E talvez a gente possa fazer alguma coisa depois da escola, não é?

— Acho que sim. Quero dizer, não tenho certeza do que mais vai rolar. Minha cabeça não está nisso agora.

Isso faz sentido para ela.

— Está bem. Amanhã é amanhã. Vamos terminar o dia de hoje numa boa.

Assim que chegamos à cidade, consigo acessar as coordenadas para a casa dela sem ter que perguntar. Mas quero me perder, de qualquer forma. Prolongar isso. Escapar disso.

— Chegamos — diz Rhiannon quando nos aproximamos da entrada da garagem.

Paro o carro. Destravo as portas.

Ela se inclina e me beija. Meus sentidos se animam com o gosto, com o cheiro, com a sensação e o som da respiração dela, com a visão do corpo dela se afastando do meu.

— É assim que o dia termina numa boa — diz. E, antes que eu possa fazer algum comentário, ela já saiu do carro e se foi.

Nem tenho chance de dizer adeus.

Imagino, corretamente, que os pais de Justin já se acostumaram ao fato de ele nunca estar por perto e sempre perder o jantar. Tentam gritar com ele, mas dá para ver que ninguém se importa mais, e quando Justin irrompe para seu quarto, é apenas mais uma reprise de um programa antigo.

Eu devia fazer o dever de casa de Justin — sou bastante cuidadoso com esse tipo de coisa, quando sou capaz —, mas minha mente continua divagando para Rhiannon. Imaginando-a em casa. Imaginando-a flutuando por causa da graça do dia. Imaginando-a acreditando que as coisas estão diferentes, e que por alguma razão, Justin mudou.

Eu não deveria ter feito isso. Sei que não deveria. Mesmo quando parecia que o universo estava me dizendo para fazê-lo.

Sofro com isso durante horas. Não tenho como retirar o que fiz. Não posso acabar com isso.

Uma vez me apaixonei, ou, pelo menos até hoje, pensei que tivesse me apaixonado. O nome dele era Brennan, e parecia tão real, mesmo que só tivesse havido contato verbal. Palavras sinceras, intensas. E eu estupidamente me permiti pensar num futuro possível com ele. Mas não havia futuro. Tentei coordenar isso, mas não consegui.

Foi fácil, comparado a isso. Uma coisa é se apaixonar. Outra é sentir alguém se apaixonando por você, e sentir-se responsável por esse amor.

Não há meios de ficar neste corpo. Se eu não dormir, a mudança vai acontecer de qualquer forma. Eu costumava pensar que, se ficasse acordado a noite inteira, permaneceria onde estava. Em vez disso, eu era arrancado do corpo no qual me encontrava. E ser arrancado é exatamente como o que você imagina que é ser arrancado de um corpo, com todos os nervos sentindo a dor da separação, e a dor de ser colocado em outra pessoa. A partir daí, passei a dormir todas as noites. Não adiantava lutar.

Percebo que preciso ligar para ela. O número está bem ali no telefone. Não posso deixá-la pensar que amanhã vai ser como hoje.

— Oi! — atende ela.

— Oi — digo.

— Mais uma vez, obrigada pelo dia de hoje.

— Tá bem.

Não quero fazer isso. Não quero estragar tudo. Mas tenho que fazer, não tenho?

Continuo:

— O que tem hoje?

— Você vai me dizer que não podemos matar aula todos os dias? Não é o tipo de coisa que você diz.

Não é o tipo de coisa que eu digo.

— É — respondo. — Mas, sabe, não quero que você pense que todos os dias vão ser como hoje. Porque não vão, tá? Não podem ser.

Silêncio. Ela sabe que tem alguma coisa errada.

— Eu sei — diz, cautelosa. — Mas talvez as coisas ainda possam ser melhores. Sei que podem.

— Não sei — digo. — Era só isso que eu queria dizer. Não sei. Hoje o dia foi uma coisa, mas não foi, tipo, tudo.

— Sei disso.

— Então tá.

— Então tá.

Suspiro.

Sempre há uma chance de que, de alguma forma, eu tenha dado uma lição no Justin. Sempre há uma chance de a vida dele mudar realmente, de que ele mude. Mas não dá para saber. É raro voltar a ver um corpo depois que o deixei. E, mesmo assim, costuma ser depois de meses ou anos. Se eu reconhecê-lo.

Quero que Justin seja melhor para ela. Mas não posso criar expectativas.

— É isso — digo. Parece algo que Justin diria.

— Bem, vejo você amanhã.

— Aham.

— Mais uma vez, obrigada pelo dia de hoje. Mesmo que a gente arrume algum problema por conta disso, valeu a pena.

— Valeu.

— Eu te amo — diz ela.

Quero dizer isso. Quero dizer *Eu também te amo*. Agora, neste exato instante, todas as partes de mim querem dizer isso. Mas só vai durar por mais algumas horas.

— Durma bem — respondo. Então desligo.

Tem um caderno na escrivaninha dele.

Lembre-se de que você ama Rhiannon, escrevo com a letra do Justin.

Duvido que ele vá se lembrar de ter escrito.

Vou até o computador. Abro minha conta de e-mail, então digito o nome dela, o número do telefone, o e-mail, além do e-mail e da senha do Justin. Escrevo sobre o dia de hoje. E envio para mim mesmo.

Assim que termino, apago o histórico.

É difícil para mim.

Acostumei-me a ser o que sou, e ao modo como minha vida funciona.

Nunca quero ficar. Estou sempre pronto para partir.

Mas não hoje à noite.

Hoje à noite sou atormentado pelo fato de que amanhã é ele quem estará aqui, não eu.

Quero ficar.

Rezo para ficar.

Fecho os olhos e desejo ficar.

Dia 5.995

Acordo pensando no dia de ontem. Lembrar me deixa feliz; mas dói saber que foi ontem.

Não estou lá. Não estou na cama do Justin nem no corpo dele.

Hoje sou Leslie Wong. Perdi a hora, e a mãe dela está furiosa.

— Acorda! — grita a mãe, sacudindo meu novo corpo. — Você tem vinte minutos até o Owen sair!

— Tá bom, mãe — resmungo.

— Mãe?! Se sua mãe estivesse aqui, nem quero pensar no que diria!

Rapidamente acesso a mente de Leslie. Avó, então. A mãe já saiu para trabalhar.

Enquanto estou no chuveiro, tentando me lembrar de que preciso tomar um banho rápido, perco-me pensando em Rhiannon durante um minuto. Tenho certeza de que sonhei com ela. Fico imaginando: se comecei a sonhar enquanto estava no corpo do Justin, será que ele continuou o sonho? Será que vai acordar pensando nela com carinho?

Ou será que isso é apenas outro tipo de sonho?

— Leslie! Anda!

Saio do chuveiro, me enxugo e me visto rapidamente. Posso ver que Leslie não é uma garota particularmente popular. As poucas fotos de amigos que tem pelo quarto são meio desanimadas, e as roupas dela parecem mais as de uma menina de 13 anos do que de 16.

Vou até a cozinha, e a avó dela lança um olhar severo em minha direção.

— Não se esqueça do clarinete — avisa.

— Não vou me esquecer — resmungo.

Tem um garoto sentado à mesa, me olhando de cara feia. O irmão de Leslie, presumo, e logo confirmo. Owen. Mais velho. Minha carona até a escola.

Acostumei-me ao fato de a maior parte das manhãs na maior parte das casas ser sempre igual. Sair da cama cambaleando. Sair do chuveiro cambaleando. Resmungar à mesa do café. Ou, se os pais ainda estiverem dormindo, sair de casa na ponta dos pés. O único meio de manter as coisas interessantes é buscando variações.

Quem traz a variação de hoje é Owen, que acende um baseado no minuto em que entramos no carro. Suponho que seja parte da rotina das manhãs, portanto faço um esforço para que Leslie não pareça tão surpresa quanto estou.

No entanto, depois de uns três minutos, Owen arrisca um "Não conte pra ninguém". Fico olhando pela janela. Mais dois minutos depois, ele diz:

— Olha, não preciso de ninguém me julgando, OK? — O baseado já acabou; ele não parece mais relaxado.

Prefiro ser filho único. A longo prazo, percebo como os irmãos podem ser úteis na vida: alguém com quem dividir segredos de família, alguém da própria geração que sabe se suas lembranças estão certas ou não, alguém que vê você aos 8 anos, aos 18 e aos 48 sem pausa, e não se importa. Compreendo isso. Mas, a curto prazo, irmãos são, na melhor das hipóteses, um aborrecimento e, na pior, um terror. A maior parte da violência que sofri em minha vida reconhecidamente incomum veio de irmãos e irmãs; e os irmãos e as irmãs mais velhos, em geral, são os piores agressores. No início, eu era ingênuo, imaginava que irmãos e irmãs eram aliados naturais, companheiros instantâneos. E algumas vezes o contexto permitia que isso acontecesse: quando estávamos viajando em família, por exemplo, ou num domingo sem nada para fazer, quando ficar comigo era a única diversão. Mas, em dias comuns, a regra é competir, não colaborar. Tem vezes em que me pergunto se, na verdade, os irmãos e irmãs são os únicos que percebem que alguma coisa está errada com a pessoa que habito e partem para tirar vantagem disso. Quando eu tinha 8 anos, uma irmã mais velha me disse que íamos fugir juntos, então se esqueceu da parte do "juntos" quando chegamos à estação de trem, me fazendo perambular por ali horas a fio, assustado demais para pedir ajuda, temendo que ela descobrisse e brigasse por eu acabar com nossa brincadeira. Quando era garoto, tive irmãos (mais velhos e mais novos) que brigavam comigo, me batiam, chutavam, mordiam, empurravam e me xingavam de mais nomes do que eu seria capaz de catalogar.

O melhor pelo que posso esperar é um irmão tranquilo. No início, achei que Owen fosse um desses. No carro, percebo que estou errado. Mas então, ao chegarmos à escola, parece que estou certo de novo. Com outros garotos por perto, ele volta para a invisibilidade, mantendo a cabeça baixa enquanto entra, me deixando totalmente para trás. Sem dizer "tchau" nem "tenha-um-bom-dia". Só uma olhada rápida para ver se a porta do meu lado estava fechada antes de trancar o carro.

— Tá olhando o quê? — pergunta uma voz acima do meu ombro esquerdo enquanto observo meu irmão entrando sozinho na escola.

Dou meia-volta e faço um rápido acesso à mente de Leslie.

Carrie. Melhor amiga desde o quarto ano.

— Só o meu irmão.

— Por quê? O cara é um caso perdido.

Eis o fator estranho: não me sinto mal por achar a mesma coisa, mas ouvir as palavras saindo da boca de Carrie me faz ficar na defensiva.

— Que isso — digo.

— Que isso? Você está brincando, né?

Então penso: *Ela sabe de alguma coisa que eu não sei.* Resolvo manter a boca fechada.

Ela parece aliviada por mudar de assunto.

— O que você fez na noite passada? — pergunta.

Lampejos de Rhiannon surgem em minha mente. Tento suprimi-los, mas não é fácil controlar. Quando você experimenta algo grandioso, o momento persiste em toda parte para a qual você olha, e quer ocupar todas as palavras que você diz.

— Nada demais — continuo, sem me preocupar em acessar a mente de Leslie. Essa resposta sempre funciona, não importa qual seja a pergunta. — E você?

— Não recebeu minha mensagem?

Murmuro alguma coisa sobre meu telefone ter morrido.

— Isso explica por que você ainda não me perguntou nada! Adivinha. Corey falou comigo no Messenger! Conversamos por, tipo, quase uma hora.

— Uau.

— Legal, né? — Carrie suspira, satisfeita. — Depois de todo esse tempo. Eu nem imaginava que ele sabia meu login. Você não disse a ele, disse?

Mais um acesso mental. É o tipo de pergunta que pode derrubar alguém. Talvez não imediatamente. Mas no futuro. Se Leslie disser que não foi ela quem contou a Corey, e Carrie descobrir que foi, isso poderia acabar com a amizade delas. Ou se Leslie disser que foi, e Carrie descobrir que não foi.

O tal Corey sobre quem estão falando é Corey Handelman, um aluno do terceiro ano de quem Carrie gosta há, pelo menos, umas três semanas. Leslie não o conhece bem, e não encontro nenhuma lembrança sobre ter dito o login dela no Messenger a ele. Acho que é seguro.

— Não — respondo, balançando a cabeça. — Não fui eu.

— Bem, acho que ele realmente se esforçou para encontrar — conclui. (*Ou*, penso, *ele simplesmente viu no seu perfil do Facebook*.)

Logo me sinto culpado pelos pensamentos irônicos. Essa é a parte difícil de ter melhores amigos com quem não tenho a menor ligação. Não dou a eles o benefício da dúvida. E ser o melhor amigo é sempre dar o benefício da dúvida.

Carrie está muito empolgada com a história do Corey, por isso finjo bastante animação por ela. Só depois que nos separamos ao entrar na aula é que percebo uma emoção pulsando dentro de mim, uma emoção que acreditei estar sob controle: ciúme. Embora não admita com tantas palavras, estou sentindo ciúme por Carrie ter Corey e eu nunca poder ter Rhiannon.

Que ridículo, me censuro. *É isso que define você agora.*

Quando se vive como eu, não dá para ter ciúme. Sentir esse tipo de coisa só vai acabar com você.

O terceiro tempo é o ensaio da banda. Digo ao professor que esqueci o clarinete em casa, embora esteja no meu armário. Leslie é dispensada e tem que ir para o estudo individual, mas não me importo.

Não sei tocar clarinete.

A fofoca sobre Carrie e Corey se espalha rapidamente. Todos os nossos amigos estão falando disso e, mais importante, estão adorando. Não sei dizer no entanto se estão adorando porque eles são o casal perfeito ou se porque agora Carrie vai parar de falar sobre isso.

Quando encontro Corey na hora do almoço, não me surpreendo com o quão sem graça ele é. Raramente as pessoas são tão atraentes quanto são aos olhos das pessoas que as amam. Imagino que é assim que deva ser. É animador pensar que a ligação que você tem pode definir a percepção tanto quanto qualquer outra influência.

Corey se aproxima no almoço para dizer "oi", mas não fica para comer com a gente, embora tenha espaço para ele na mesa. Carrie parece não notar; só está toda boba por ele ter vindo até nós, por ela não ter sonhado toda a história da troca de mensagens, por aquele bate-papo ter virado uma interação ao vivo... e quem sabe o que vem por aí? Conforme eu suspeitava, Leslie não faz parte de um grupo moderninho. As garotas aqui estão pensando em beijar, não em transar. Os lábios são as portas de seu desejo.

Quero fugir de novo, matar as aulas da segunda metade do dia.

Mas não seria certo sem ela.

É como se eu estivesse perdendo tempo. Quero dizer, é sempre assim. Minha vida não acrescenta nada.

Menos uma vez, uma tarde, quando acrescentou.

Ontem é outro mundo. Quero voltar para lá.

No início do sexto tempo, pouco depois do almoço, meu irmão é chamado à sala do diretor.

Primeiro acho que posso ter ouvido errado. Mas aí vejo outras pessoas na turma olhando para mim, inclusive Carrie, com um olhar de pena. Então devo ter ouvido corretamente.

Não fico com medo. Imagino que, se fosse alguma coisa muito ruim, teriam chamado nós dois. Ninguém na família morreu. Nossa casa não pegou fogo. É só coisa do Owen, não minha.

Carrie me manda um bilhete. O *que aconteceu?*

Dou de ombros. Como é que vou saber?

Só espero não ter perdido a carona para casa.

O sexto tempo termina. Pego meus livros e vou para a aula de inglês. O livro é *Beowulf*, então está tudo sob controle. Já estudei isso várias vezes.

Estou a dez passos da sala de aula quando alguém me segura.

Dou meia-volta, e lá está Owen.

Owen, sangrando.

— Shh — diz. — Só vem comigo.

— O que aconteceu? — pergunto.

— Só fica quieta, OK?

Ele olha para os lados como se estivesse sendo caçado. Decido ir com ele. Afinal, isso é bem mais emocionante do que *Beowulf*.

Vamos até o armário de suprimentos. Ele faz um gesto para que eu entre.

— Você está brincando, não é? — digo.

— *Leslie*.

Não dá para discutir. Eu o acompanho para dentro do armário. Encontro o interruptor de luz facilmente.

Ele está respirando com dificuldade. Por um momento, não diz nada.

— Me conta o que aconteceu — peço.

— Acho que me meti num problema.

— Dã. Ouvi você ser chamado na sala do diretor. Por que não foi?

— Eu *estava* lá. Quero dizer, antes de chamarem. Mas então... eu saí.

— Você fugiu da sala do diretor?

— É. Bem, fugi da antessala. Eles saíram para examinar meu armário. Tenho certeza.

O sangue está escorrendo de um corte acima do olho dele.

— Quem bateu em você? — pergunto.

— Não importa. Só cala a boca e me ouve, tá?

— Estou ouvindo, mas você não está dizendo nada!

Não acho que Leslie costuma retrucar quando o irmão mais velho fala. Mas não ligo. Ele nem está prestando atenção em mim, de qualquer forma.

— Eles vão ligar para casa, entendeu? Preciso que você me ajude. — Ele me entrega as chaves do carro. — Apenas volte pra casa depois da escola e veja como estão as coisas. Vou te ligar.

Por sorte, sei dirigir.

Como não questiono, ele assume que concordei.

— Obrigado — agradece.

— Você vai para o gabinete do diretor agora? — pergunto a ele.

Ele sai sem responder.

Ao fim do dia, Carrie já sabe as notícias. Se é verdade, não importa. São as notícias que estão circulando, e ela está ansiosa para contá-las a mim.

— Seu irmão e Josh Wolf brigaram na quadra, durante o almoço. Estão dizendo que tinha a ver com drogas, e que seu irmão é traficante ou coisa assim. Quero dizer, eu sei que ele fuma baseado e tal, mas não tinha ideia de que *vendia*. Ele e Josh foram levados para a sala do diretor, mas Owen decidiu fugir. Dá pra acreditar? Estão chamando o

Owen pelos alto-falantes, para que retorne. Mas não acho que ele tenha voltado.

— De quem você ouviu essas coisas? — pergunto. Ela está tonta de tanta agitação.

— Do Corey! Ele não estava lá, mas uns caras que ele conhece viram a briga e tudo o mais.

Percebo agora que o fato de Corey ter contado a ela é a grande novidade ali. Ela não é tão egoísta a ponto de querer que eu a parabenize por isto, não com meu irmão metido em problemas. Mas está claro qual é a prioridade dela.

— Tenho que levar o carro para casa — comento.

— Quer que eu vá com você? — pergunta Carrie. — Não quero que você tenha que entrar lá sozinha.

Por um segundo, considero a possibilidade. Mas então imagino que ela vá contar ao Corey, tintim por tintim, o que aconteceu, e mesmo que não seja justo supor uma coisa dessas, é o suficiente para me fazer perceber que não a quero por lá.

— Está tudo bem — digo. — No mínimo essa história vai me fazer parecer a filha boazinha.

Carrie ri, porém mais para me apoiar do que por achar graça.

— Diga ao Corey que mandei "oi" — falo de maneira brincalhona enquanto fecho o armário.

Ela dá outra risada. Desta vez, de felicidade.

— Onde ele está?

Nem passei pela porta da cozinha e já começou o interrogatório.

A mãe, o pai e a avó de Leslie estão lá, e não preciso acessar a mente dela para saber que é este um acontecimento pouco comum às três horas da tarde.

— Não faço ideia — digo. Fico feliz por ele não ter me contado; assim, não preciso mentir.

— O que você quer dizer com "não faço ideia"? — indaga meu pai. Ele é o inquisidor-mor da família.

— Quero dizer que não faço ideia. Ele me deu as chaves do carro, mas não me disse aonde ia.

— E você o deixou ir embora?

— Não vi a polícia atrás dele — respondo. Então me pergunto se a polícia está realmente atrás dele.

Minha avó bufa de desgosto.

— Você sempre fica do lado dele — entoa meu pai. — Mas não desta vez. Desta vez você vai nos contar tudo.

Ele não percebe como acabou de me ajudar. Agora sei que Leslie sempre fica do lado de Owen. Então meu instinto está correto.

— Você provavelmente sabe mais do que eu — retruco.

— Por que seu irmão e Josh Wolf brigaram? — pergunta a mãe, genuinamente chocada. — Eles são tão amigos!

Minha imagem mental de Josh Wolf é a de um garoto de 10 anos, o que me leva a acreditar que, em algum momento, meu irmão e Josh Wolf provavelmente *foram* amigos. Mas não são mais.

— Sente-se — ordena meu pai, apontando para uma cadeira na cozinha.

Eu me sento.

— Então... onde ele está?

— Eu realmente não sei.

— Ela está falando a verdade — diz minha mãe. — Sei quando está mentindo.

Embora eu tenha coisas demais sob meu controle para poder usar drogas, estou começando a entender por que Owen gosta de ficar chapado.

— Bem, deixe-me perguntar uma coisa, então — prossegue papai. — Seu irmão é traficante de drogas?

Essa é uma boa pergunta. Meu instinto diz que *não*. Mas muita coisa depende do que aconteceu na quadra com Josh Wolf.

Por isso não respondo. Só fico olhando para eles.

— Josh Wolf diz que as drogas no casaco dele foram vendidas pelo seu irmão — dispara meu pai. — Você está dizendo que não eram?

— Eles encontraram drogas com Owen? — pergunto.

— Não — responde mamãe.

— E no armário dele? Não revistaram o armário dele?

Minha mãe balança a cabeça.

— E no quarto dele? Vocês encontraram drogas no quarto dele?

Minha mãe parece verdadeiramente surpresa.

— Eu *sei* que vocês olharam no quarto dele — insisto.

— Não encontramos nada — responde meu pai. — Até agora. E também precisamos dar uma olhada no carro. Então se você puder me entregar as chaves...

Espero que Owen seja inteligente o suficiente para limpar o carro. De um jeito ou de outro, não é problema meu. Entrego as chaves.

Por incrível que pareça, eles também vasculharam meu quarto.

— Desculpe — diz minha mãe do corredor, com lágrimas nos olhos agora. — Seu pai achou que seu irmão pudesse ter escondido drogas aqui. Sem você saber.

— Está tudo bem — digo, mais para ela sair do quarto do que por outro motivo. — Só vou arrumar tudo agora.

Mas não tão rápido. Meu telefone toca. Seguro o aparelho perto para que mamãe não possa ver o nome de Owen na tela.

— Oi, Carrie — digo.

Pelo menos Owen é inteligente o bastante para manter a voz baixa e não ser ouvido por mais ninguém.

— Eles estão furiosos comigo? — cochicha.

Tenho vontade de rir.

— O que você acha?

— Tá tão ruim assim?

— Eles revistaram o quarto dele, mas não encontraram nada. Agora estão olhando no carro!

— Não conte isso a ela! — pediu minha mãe. — Desligue o telefone.

— Desculpe... Minha mãe está aqui, e não está satisfeita por me ver falando com você sobre isso. Onde você está? Em casa? Posso te ligar de volta?

— Não sei o que fazer.

— Pois é, uma hora ele vai ter que voltar, não é?

— Ouça... me encontre em meia hora no parquinho, tá?

— Tenho mesmo que ir agora. Mas, sim, vou fazer isso.

Desligo. Minha mãe ainda está olhando para mim.

— Não é comigo que vocês estão zangados! — lembro a ela.

A pobre Leslie vai ter que arrumar toda a bagunça no quarto amanhã de manhã. Não posso me dar ao trabalho de descobrir onde ela guarda cada coisa. Seria necessário acessar muito, e a prioridade é descobrir sobre qual parquinho Owen estava falando. Tem um no jardim de infância a cerca de quatro quarteirões de casa. Imagino que seja esse.

Não é fácil sair de casa. Espero até os três voltarem para o quarto de Owen e começarem a bagunçar tudo de novo, então saio pela porta dos fundos sem que ninguém veja. Sei que é uma manobra arriscada. No instante em que perceberem que saí, vai ser um inferno. Mas se Owen voltar comigo, tudo vai ficar bem.

Sei que deveria estar me concentrando em meu problema atual, mas não consigo evitar pensar em Rhiannon. As aulas dela acabaram também. Será que está com Justin? E, se estiver, será que ele a está tratando direito? Será que alguma coisa de ontem passou para ele?

Torço, mas não crio expectativas.

Não encontro Owen em parte alguma, então vou até os balanços e fico no ar por um tempo. Por fim ele aparece na calçada e vem em minha direção.

— Você sempre senta nesse balanço — diz, sentando-se no balanço ao meu lado.

— Sério? — pergunto.

— Sério.

Espero que ele diga alguma coisa. Não diz.

— Owen — puxo assunto, finalmente —, o que aconteceu?

Ele balança a cabeça. Não vai me contar.

Paro de me balançar e apoio os pés no chão.

— Owen, isso é burrice. Você tem cinco segundos pra me contar o que aconteceu ou eu vou direto pra casa e você vai ter que se virar sozinho a partir de agora.

Owen está surpreso.

— O que você quer que eu diga? Josh Wolf é quem arruma maconha pra mim. Brigamos hoje por causa disso: ele estava dizendo que eu devia dinheiro a ele, e eu não devia. Ele começou a me empurrar e empurrei de volta. E nos flagraram. Ele estava com a droga, então disse que eu tinha acabado de vender pra ele. Bem esperto. Eu disse que não era verdade, mas ele está nas turmas especiais e coisa e tal, então em quem você acha que eles vão acreditar?

Ele realmente se convenceu de que essa é a verdade. Mas se isso já começou sendo verdade, não sei dizer.

— Olha — digo —, você tem que voltar pra casa. Papai revirou seu quarto, mas eles não acharam nenhuma droga ainda. E não acharam nada no seu armário da escola, e acho que não encontraram nada no seu carro, ou eu já saberia. Então, até agora está tudo bem.

— Estou dizendo, não tem nada. Usei a maconha toda hoje de manhã. Por isso precisava pegar mais com Josh.

— Josh, seu ex-melhor amigo.

— Do que você está falando? Não sou amigo dele desde que a gente tinha, sei lá, uns 8 anos.

Percebo que essa foi a última vez que Owen teve um melhor amigo.

— Vamos — peço. — Não é o fim do mundo.

— Pra você é fácil falar.

Não acho que nosso pai vá bater em Owen. Mas assim que o vê em casa, parte para cima dele.

Acho que sou a única pessoa verdadeiramente surpresa.

— O que foi que você fez? — grita ele. — Qual foi a idiotice que você aprontou?

41

Minha mãe e eu nos metemos entre eles. Vovó só observa, meio de lado, parecendo ligeiramente satisfeita.

— Eu não fiz nada! — protesta Owen.

— E foi por isso que você fugiu? Por isso que está sendo expulso? Por que não fez nada?!

— Eles não vão expulsá-lo até ouvir o lado dele da história — interrompo, certo de que isso é verdade.

— Fique fora disso! — avisa meu pai.

— Por que não nos sentamos e conversamos? — sugere minha mãe.

A raiva emana do meu pai feito calor. Eu me sinto encolhendo de tal maneira que imagino que isso não seja raro quando Leslie está com a família.

Sinto saudade do momento quando tinha acabado de acordar de manhã, de quando não tinha ideia de como o dia seria feio.

Desta vez nos sentamos na sala. Ou melhor, Owen, mamãe e eu sentamos: Owen e eu no sofá, minha mãe numa cadeira próxima. Papai fica nos rodeando. Nossa avó fica parada ao batente da porta, como se estivesse vigiando.

— Você é *traficante*! — grita meu pai.

— *Não* sou traficante — responde Owen. — Em primeiro lugar, se fosse traficante, teria muito dinheiro. E teria um estoque de drogas que vocês já teriam encontrado!

Acho que Owen precisa calar a boca.

— O traficante era Josh Wolf — interrompo. — Não Owen.

— Então o que seu irmão estava fazendo? *Comprando droga com ele?*

Acho que, talvez, agora quem precise calar a boca seja eu.

— Nossa briga não teve nada a ver com drogas — diz Owen. — Eles só acharam a droga com ele depois.

— Então por que vocês estavam brigando? — pergunta mamãe, como se uma briga entre dois adolescentes fosse a coisa mais inacreditável do mundo.

— Por causa de uma garota — responde ele. — Estávamos brigando por causa de uma garota.

Fico me perguntando se Owen pensou nessa história antes ou se ela surgiu espontaneamente. Não importa. Talvez seja a única coisa que ele poderia ter dito para deixar nossos pais momentaneamente... *felizes* parece ser um exagero. Mas menos zangados. Eles não querem o filho vendendo nem comprando drogas, nem importunando ou sendo importunado por alguém. Mas brigar por causa de uma garota? É perfeitamente aceitável. Sobretudo se, como imagino, Owen nunca tenha mencionado uma garota antes.

Owen percebe que está ganhando terreno. E insiste.

— Se ela souber... Ai, meu Deus, ela não pode saber. Algumas garotas gostam de saber que estão brigando por elas, mas ela com certeza não gosta.

Minha mãe assente em aprovação.

— Qual é o nome dela? — pergunta papai.

— Tenho mesmo que dizer a vocês?

— Sim.

— Natasha. Natasha Lee.

Uau, ele até inventou uma menina chinesa. Incrível.

— Você conhece essa garota? — pergunta meu pai para mim.

— Sim — respondo. — Ela é incrível. — Então viro para Owen e o fuzilo de mentirinha com o olhar. — Mas o Romeu aqui nunca me disse que estava a fim dela. Embora, agora que tenha dito, tudo está começando a fazer sentido. Ele tem agido de forma muito estranha ultimamente.

Mamãe volta a assentir.

— Tem mesmo.

Olhos vermelhos, tenho vontade de dizer. *Comendo um monte de Cheetos. Olhando fixamente para o nada. Comendo mais Cheetos. Só pode ser amor. O que mais poderia ser?*

O que ameaçava virar uma guerra generalizada transformou-se num conselho de guerra, na qual nossos pais traçam uma estratégia do que poderiam dizer ao diretor, particularmente sobre a fuga. Espero, para o bem de Owen, que Natasha Lee seja de fato uma aluna do ensino médio, não importando se ele tem ou não uma queda por ela. Não consigo acessar nenhuma lembrança dela. Se o nome me faz recordar alguma coisa, essa coisa está bem distante.

Agora que nosso pai consegue enxergar um meio de livrar a cara dele, está quase amável. O grande castigo de Owen será ter que arrumar o quarto antes do jantar.

Não consigo imaginar que a reação fosse ser a mesma caso eu tivesse batido em outra garota por causa de um garoto.

Acompanho Owen até o quarto dele. Quando estamos seguros lá dentro, com a porta fechada e sem nossos pais por perto, digo a ele:

— Aquilo foi, tipo, brilhante.

Ele me lança um olhar sem procurar disfarçar o aborrecimento e então responde:

— Não sei do que você está falando. Sai do meu quarto.

Por isso prefiro ser filho único.

Tenho a sensação de que Leslie deixaria pra lá. Então deveria fazer o mesmo. Foi a lei que criei para mim mesmo: não interfira na vida que está vivendo. Faça o possível para deixá-la tal como estava.

Mas estou furioso. Então mudo um pouco minha lei. Por mais estranho que pareça, acho que Rhiannon ia querer que eu fizesse isso. Mesmo que ela não tenha ideia de quem sejam Owen e Leslie. Nem de quem eu seja.

— Olha aqui — digo —, seu maconheiro, filho da mãe e mentiroso. Você vai ser legal comigo, OK? Não apenas porque estou te dando cobertura, mas porque sou a única pessoa no mundo que está sendo legal com você neste exato momento. Entendeu?

Assustado, e talvez um pouco arrependido, Owen resmunga em concordância.

— Ótimo — digo, jogando no chão algumas coisas das prateleiras. — Boa arrumação.

Ninguém abre a boca durante o jantar.

Não acho que seja uma coisa rara.

Espero até todos dormirem antes de ir para o computador. Recupero o e-mail e a senha de Justin no meu próprio e-mail, então entro como se fosse ele.

Tem um e-mail de Rhiannon, enviado às 22h11.

J...

não entendo. foi alguma coisa que fiz? ontem foi tão perfeito, e hoje você voltou a ficar irritado comigo. se foi algo que fiz, por favor, diga o que foi, e vou resolver. quero que a gente fique junto. quero terminar todos os dias numa boa. não como terminou hoje à noite.

com todo meu coração,
r

Eu oscilo na cadeira. Quero clicar em "responder", quero acalmá-la, dizer que vai melhorar... mas não posso. *Você não é mais o Justin*, tenho que me recordar. *Você não está lá.*

E então penso: O *que foi que eu fiz?*

Escuto Owen caminhando pelo quarto. Ocultando evidências? Ou é o medo que o mantém acordado?

Me pergunto se ele vai conseguir dar um jeito em tudo amanhã.

Quero voltar para ela. Quero voltar para o dia de ontem.

Dia 5.996

Tudo o que tenho é o amanhã.

Ao adormecer, tenho o lampejo de uma ideia. Porém, quando acordo, percebo que o lampejo não possui mais luz alguma.

Hoje sou um garoto, Skylar Smith. Jogador de futebol, mas não uma estrela do futebol. Quarto limpo, mas nada compulsivo. Videogame no quarto. Disposto a acordar. Os pais estão dormindo.

Ele mora em uma cidade que fica a quatro horas de distância de onde Rhiannon mora.

Não está nem perto de ser perto o suficiente.

É um dia sem grandes acontecimentos, assim como a maioria. O único suspense vem de se vou ou não conseguir acessar as coisas rápido o bastante.

O treino de futebol é a parte mais difícil. O treinador fica chamando os nomes, e tenho que acessar feito doido para descobrir quem é quem. Não foi o melhor treino de Skylar, mas ele não passa vergonha.

Sei praticar a maioria dos esportes, mas também aprendi meus limites. Descobri isso do modo mais difícil, quando tinha 11 anos. Acordei no corpo de uma criança que estava no meio de uma viagem para esquiar. E pensei, ei, esqui sempre me pareceu divertido. Então decidi tentar. Aprender conforme praticava. O quão difícil poderia ser?

O garoto já dominava a rampa para principiantes, e eu nem sabia que existia algo como uma rampa para principiantes. Pensei que esquiar fosse como descer de trenó: uma montanha é igual à outra.

Quebrei a perna do garoto em três lugares.

A dor foi terrível. E, para falar a verdade, fiquei me perguntando se, quando acordasse na manhã seguinte, ainda sentiria a dor da perna quebrada, mesmo estando num corpo novo. Mas, em vez da dor, senti uma coisa tão ruim quanto ela: o peso cruel e vivo de uma culpa terrível. Como se eu o tivesse atropelado com um carro, fui consumido por saber que um estranho estava numa cama de hospital por minha causa.

E se ele tivesse morrido... fiquei imaginando se eu teria morrido também. Não há como saber. Tudo que sei é que, de certo modo, isso não importa. O ponto é: morrendo ou acordando no dia seguinte como se nada tivesse acontecido, a morte ia me destruir.

Portanto, tomo cuidado. Futebol, beisebol, hóquei de campo, futebol americano, softbol, basquete, natação, trilha... todos eu domino bem. Mas também já acordei no corpo de um jogador de hóquei no gelo, de um esgrimista, de um cavaleiro e, uma vez, há pouco tempo, de uma ginasta.

Todos ficaram no banco.

Se tem uma coisa na qual sou bom, é com videogames. É uma presença universal, como a tevê ou a internet. Não importa onde eu esteja, costumo ter acesso a essas coisas, e videogames, em especial, me ajudam a acalmar a mente.

Depois do treino de futebol, os amigos de Skylar vêm à minha casa para jogar *World of Warcraft*. Conversamos sobre a escola e sobre garotas (a não ser por dois amigos dele, Chris e David, que falam sobre garotos). Descobri que essa é a melhor maneira de passar o tempo, porque não é tempo perdido: cercado por amigos, jogando conversa fora e, algumas vezes, conversando sobre coisas sérias, com lanches ao redor e alguma coisa na tela.

Poderia até estar me divertindo, se ao menos pudesse me desligar do lugar onde quero estar.

Dia 5.997

Chega a ser estranho o modo como tudo dá certo no dia seguinte.

Acordo cedo. Às 6h.

Acordo, e sou uma garota.

Uma garota com um carro. E carteira de motorista.

Numa cidade a apenas uma hora da de Rhiannon.

Peço desculpas a Amy Tran enquanto dirijo, saindo da casa dela mais ou menos meia hora depois de acordar. O que estou fazendo é, sem dúvida, uma estranha forma de sequestro.

Tenho grandes suspeitas de que Amy Tran não se importaria. Quando me vesti, de manhã, as opções eram roupas pretas, roupas pretas, ou... roupas pretas. Não no sentido de gótico — não havia nada do tipo luvas de renda dentre aquelas roupas pretas. Era mais no estilo rock'n'roll. O CD gravado no rádio do carro dela colocava Janis Joplin e Brian Eno lado a lado e, de certa forma, funcionava.

Não posso confiar na memória de Amy neste momento. Estamos indo a um lugar onde ela nunca esteve. Por isso, depois de tomar banho, entrei no Google Maps, digitei o endereço da escola de Rhiannon e fiquei esperando que ela aparecesse na minha frente. Simples assim. Imprimi, depois limpei o histórico do navegador.

Tornei-me muito bom em limpar históricos.

• • •

Sei que não deveria estar fazendo isso. Estou puxando a casca da ferida em vez de esperar que cicatrize. Sei que não há meio de ter um futuro com Rhiannon.

Tudo que estou fazendo é esticar o passado por mais um dia.

Pessoas normais não têm que decidir o que deve ser lembrado. Vocês recebem uma hierarquia, personagens recorrentes, a ajuda da repetição, da expectativa, a base firme de uma longa história. Mas eu preciso decidir a importância de todas as lembranças. Só me lembro de umas poucas pessoas e, para isso, preciso me manter firme, porque a única repetição disponível (o único meio que tenho de vê-las novamente) é se eu recordá-las na minha mente.

Escolho o que devo lembrar, e estou escolhendo Rhiannon. Repetidas vezes, eu a escolho, eu me recordo dela, porque deixá-la ir por um instante permitirá que ela desapareça.

Está tocando a mesma canção que ouvimos no carro do Justin: *And if I only could, I'd make a deal with God...*

Sinto que o universo está me dizendo alguma coisa. E não importa se é verdade ou não. O que importa é que eu sinto isso, e acredito.

A grandiosidade cresce dentro de mim.

O universo assente no ritmo das canções.

Tento me agarrar ao mínimo possível de lembranças banais, rotineiras. Fatos e números, sem dúvida. Livros que li ou informações das quais preciso saber: as regras do futebol, por exemplo. O enredo de *Romeu e Julieta*. O número de telefone para o qual ligar em caso de emergência. Lembro-me de tudo isso.

Mas e quanto aos milhares de lembranças cotidianas, aos milhares de recordações que todas as pessoas acumulam? O lugar onde você guarda as chaves de casa. O dia do aniversário da sua mãe. O nome do seu primeiro bichinho de estimação. Do bichinho de estimação atual. A combinação do armário da escola. Onde fica a gaveta de talheres. O canal da MTV. O sobrenome do seu melhor amigo.

Essas são as coisas das quais não preciso. E, com o passar do tempo, minha mente tem de se reprogramar, para que toda essa informação desapareça assim que a manhã seguinte chegar.

Por esta razão, é impressionante, embora não surpreendente, que eu me lembre exatamente de onde fica o armário de Rhiannon.

Tenho meu disfarce pronto: se alguém perguntar, estou dando uma olhada na escola porque, talvez, meus pais venham morar na cidade.

Não me lembro se as vagas no estacionamento são reservadas; então, por precaução, estaciono bem longe da escola. Depois caminho até lá. Sou apenas mais uma garota nos corredores; os calouros vão pensar que sou veterana, e os veteranos vão pensar que sou caloura. Estou com a mochila de Amy: ela é preta, com desenhos de animê, e está cheia de livros que não vão servir aqui. Passo a impressão de que tenho uma direção a seguir. E tenho.

Se o universo quer que isso aconteça, ela estará no armário.

Digo isso a mim mesmo, e lá está ela. Bem na minha frente.

Às vezes a memória prega peças. Às vezes, a beleza é maior a distância. Mas mesmo daqui, a 10 metros, sei que a realidade vai fazer jus a minha lembrança.

Seis metros de distância.

Mesmo no corredor lotado, tem alguma coisa nela que irradia até mim.

Três.

Ela está tentando sobreviver ao dia, e não é uma tarefa fácil.

Um.

Posso ficar parado bem ali, e ela não vai ter ideia de quem sou. Posso ficar parado bem ali e observá-la. Posso ver que a tristeza voltou. E não é uma tristeza bonita; a tristeza bonita é um mito. A tristeza transforma as feições em argila, não em porcelana. Ela está se arrastando.

— Ei — digo, a voz fraca, uma pessoa estranha ali.

De início, ela não entende que estou falando com ela. Depois a ficha cai.

A maior parte das pessoas, já percebi, é instintivamente rude com estranhos. Esperam que toda aproximação seja um ataque, que toda pergunta seja uma interrupção. Mas não Rhiannon. Ela não tem ideia de quem sou, mas não vai pensar mal de mim. Não vai supor o pior.

— Não se preocupe. Você não me conhece — digo rapidamente. — É só que... é meu primeiro dia aqui. Estou dando uma olhada na escola. E gostei muito da sua saia e da sua bolsa. Então, pensei, sabe, em dar oi. Porque, para ser sincera, estou completamente sozinha neste momento.

Novamente, algumas pessoas teriam medo disso. Mas não Rhiannon. Ela estende a mão, se apresenta, e me pergunta por que ninguém está me mostrando o lugar.

— Não sei — respondo.

— Bem, que tal se eu te levar até a secretaria? Tenho certeza de que eles podem pensar em alguma coisa.

Entro em pânico.

— Não! — Deixo escapar. Então tento inventar uma desculpa e prolongar meu tempo com ela. — É só que... não estou aqui oficialmente. Na verdade, meus pais nem sabem que estou fazendo isso. Só me disseram que vamos nos mudar para cá, e eu... eu queria ver e decidir se devo surtar ou não.

Rhiannon assente.

— Faz sentido. Então você está matando aula para dar uma olhada na escola?

— Exatamente.

— De que ano você é?

— Do terceiro.

— Eu também. Vamos ver se damos um jeito nisso. Você quer ficar comigo hoje?

— Adoraria.

Sei que ela só está sendo gentil. Mas, irracionalmente, também quero que haja algum tipo de reconhecimento. Quero que ela seja capaz de enxergar além deste corpo, de me ver dentro dele, de saber que é a mesma pessoa com quem ela passou uma tarde na praia.

Eu a acompanho. No caminho, ela me apresenta a alguns amigos, e sinto alívio ao saber que existem outras pessoas na vida dela além de

Justin. O modo como me inclui, como acolhe essa total estranha e como faz com que se sinta parte deste mundo me faz gostar ainda mais dela. Uma coisa é ser amável com seu namorado; outra coisa é agir do mesmo modo com uma garota que nem conhece. Já não acho que ela só esteja sendo gentil. Ela está sendo boa. O que é mais um sinal de caráter do que a mera gentileza. A bondade tem a ver com quem você é, enquanto a gentileza tem a ver com o modo como quer ser visto.

Justin faz sua primeira aparição entre o segundo e o terceiro tempo. Passamos por ele no corredor; mal fala com Rhiannon e me ignora completamente. Não para, só faz um gesto com a cabeça. Ela está magoada, dá para ver, mas não me diz nada.

Quando entramos na aula de matemática, no quarto tempo, o dia se transformou numa refinada forma de tortura. Estou ali, ao lado dela, mas não posso fazer nada. Quando a professora nos reduz a teoremas, tenho que ficar em silêncio. Escrevo um bilhete para ela, uma desculpa para tocar em seu ombro, para transmitir algumas palavras. Mas elas não têm importância. São palavras de uma hóspede.

Quero saber se a modifiquei. Quero saber se aquele dia a fez mudar, mesmo que só por um dia.

Quero que ela me veja, mesmo sabendo que ela não consegue.

Ele se junta a nós no almoço.

Por mais estranho que possa ser ver Rhiannon outra vez, e poder compará-la tão bem à minha lembrança, é mais estranho ainda estar sentado diante de um idiota cujo corpo habitei há apenas três dias. Olhar o reflexo do espelho não faz jus a esta sensação. Ele é mais bonito do que eu pensava, mas também mais feio. As feições são bonitas, mas não o que ele faz com elas. Tem o olhar superior de alguém que mal consegue disfarçar os próprios sentimentos de inferioridade. Os olhos estão cheios de raiva indiscriminada, a atitude revela a arrogância defensiva.

Devo tê-lo deixado irreconhecível.

Rhiannon explica quem sou eu e de onde venho. Ele deixa bem claro que não está nem aí. Diz a ela que deixou a carteira em casa, por isso ela precisa pagar pela comida dele. Quando ela retorna para a mesa, ele agradece, e quase fico decepcionado por ele fazer isso. Porque tenho certeza de que um mero "muito obrigado" vai significar muito na mente dela.

Quero saber sobre três dias atrás, sobre o que ele se lembra.

— O mar fica longe daqui? — pergunto a Rhiannon.

— Engraçado você perguntar isso — diz ela. — Estivemos lá outro dia. Levamos uma hora e pouco para chegar.

Estou olhando para ele, buscando mais uma vez algum sinal de reconhecimento. Mas ele só continua comendo.

— Vocês se divertiram? — pergunto para ele.

Ela responde:

— Foi incrível.

Ainda nenhuma resposta dele.

Tento mais uma vez.

— Você dirigiu?

Ele me olha como se eu realmente estivesse fazendo perguntas idiotas, o que acho que estou.

— Sim, dirigi. — É tudo que ele vai me dar.

— Nós nos divertimos tanto — continua Rhiannon. E isso a está deixando feliz; a lembrança a está deixando feliz. O que só me faz ficar mais triste.

Eu não deveria ter ido até ali. Não deveria ter tentado isso. Deveria só ir embora.

Mas não posso. Estou com ela. Tento fingir que é isso que importa. Faço o jogo deles.

Não quero amá-la. Não quero me apaixonar.

As pessoas não dão valor à continuidade do amor, assim como não dão valor à continuidade do corpo. Não percebem que a melhor coisa sobre o amor é sua presença constante. Assim que você estabelece isso, sua vida ganha uma base extra. Mas se você não pode ter essa presença constante, só tem uma base para sustentá-lo, sempre.

• • •

Ela está sentada ao meu lado. Quero passar o dedo pelo braço dela. Quero beijar seu pescoço. Quero sussurrar a verdade em seu ouvido.

Em vez disso, eu a observo conjugar verbos. Presto atenção enquanto o ar é preenchido por uma língua estranha, falada em rajadas casuais. Tento desenhá-la em meu caderno, mas não sou artista, e tudo o que surge são formas tortas, linhas tortas. Não posso me agarrar a qualquer coisa que seja ela.

O último sinal toca. Ela me pergunta onde estacionei, e sei que é isso, que é o fim. Ela anota o e-mail dela num pedaço de papel para mim. Isso é adeus. Até onde sei, os pais de Amy Tran chamaram a polícia. Até onde sei, tem uma perseguição em curso, a uma hora de distância. É cruel da minha parte, mas não me importo. Quero que Rhiannon me chame para ir ao cinema, me convide para a casa dela, sugira dirigirmos até a praia. Mas então Justin aparece. Impaciente. Não sei o que eles vão fazer, mas tenho um pressentimento ruim. Ele não seria tão insistente se não houvesse sexo envolvido.

— Você me acompanha até o carro? — pergunto.

Ela olha para Justin, pedindo permissão.

— Vou pegar meu carro — diz ele.

O tempo que nos resta é o de cruzarmos o estacionamento. Sei que preciso de alguma coisa dela, mas não sei bem o quê.

— Me conta alguma coisa que ninguém mais sabe sobre você — peço.

Ela olha para mim de um modo estranho.

— O quê?

— É algo que sempre peço às pessoas, que me contem uma coisa sobre elas que ninguém mais sabe. Não precisa ser grandioso. Só uma coisa.

Agora que ela entende, percebo que gosta do desafio, e gosto dela ainda mais por gostar disso.

— Está bem — diz. — Quando eu tinha 10 anos, tentei furar minha orelha com uma agulha de costura. Fui até a metade, então desmaiei. Não tinha ninguém em casa, por isso ninguém me viu. Simplesmente acordei com a agulha enfiada até a metade da orelha e gotas de sangue em toda a camiseta. Tirei a agulha, lavei a sujeira e nunca mais tentei. Só com 14 anos fui até o shopping com minha mãe e furei a orelha de verdade. Ela não fazia ideia do que havia acontecido. E você?

Tenho muitas vidas para escolher, embora não me lembre da maior parte.

Também não me lembro se Amy Tran furou a orelha ou não, então não será uma lembrança sobre furar orelhas.

— Roubei o exemplar de *Forever*, da Judy Blume, da minha irmã quando eu tinha 8 anos — digo. — Imaginei que, se era da autora de *Superfudge*, tinha que ser bom. Bem, logo entendi por que ela guardava o livro debaixo da cama. Não tenho certeza se entendi tudo, mas achei injusto que o garoto desse um nome para o, hum, genital dele, e a garota não desse um para o dela. Então resolvi dar um nome para a minha.

Rhiannon está rindo.

— Qual era o nome?

— *Helena*. Apresentei todo mundo a ela na hora do jantar aquela noite. E tudo acabou dando certo.

Estamos perto do meu carro. Rhiannon não sabe que é aquele, mas é o mais distante, então não podemos continuar andando.

— Foi ótimo te conhecer — diz ela. — Tomara que eu te veja por aí no ano que vem.

— Claro — respondo. — Foi ótimo te conhecer também.

Eu a agradeço de cinco maneiras diferentes. Então Justin dirige até nós e buzina.

Nosso tempo acabou.

Os pais de Amy Tran não chamaram a polícia. Eles nem chegaram em casa ainda. Verifico a secretária eletrônica, mas a escola não telefonou.

Foi a única coisa boa que aconteceu durante todo o dia.

Dia 5.998

Detecto algo errado no instante em que acordo na manhã seguinte. Algo químico.

A manhã já passou. Este corpo dormiu até o meio-dia porque esteve acordado até tarde da noite, se drogando. E agora quer se drogar de novo. Neste instante.

Eu já estive no corpo de um maconheiro antes. Já acordei bêbado da noite anterior. Mas isso é pior. Muito pior.

Hoje não tem escola. Nem pais me acordando. Estou sozinho, num quarto imundo, estatelado num colchão sujo com um cobertor que parece ter sido roubado de uma criança. Dá para ouvir outras pessoas gritando nos outros cômodos da casa.

Chega uma hora em que o corpo domina a vida. Chega uma hora em que as necessidades do corpo, as carências do corpo ditam a vida. Você não tem ideia de que está oferecendo a chave ao corpo, mas entrega a ele assim mesmo. Então, ele assume o controle. Você mexe com os circuitos, e os circuitos passam a comandar.

Tive apenas flashes disso antes. Agora sinto de verdade. Consigo sentir minha mente combatendo o corpo imediatamente. Mas não é fácil. Não percebo prazer. Tenho que me agarrar à memória dele. Tenho que me agarrar ao fato de saber que só estou aqui por um dia, e tenho que passar por isso.

Tento voltar a dormir, mas o corpo não vai me deixar. O corpo está acordado agora, e sabe o que quer.

Sei o que preciso fazer, embora não saiba realmente o que está acontecendo. Mesmo nunca tendo estado nessa situação, já estive em outras nas quais era eu contra o corpo. Estive doente, muito doente, e a única coisa a fazer é aguentar ao longo do dia. Primeiro pensei que houvesse algo que eu pudesse realizar num único dia que conseguisse tornar tudo melhor. Mas logo aprendi minhas próprias limitações. Corpos não podem ser modificados em um dia, sobretudo quando não é a mente real que está no comando.

Não quero sair do quarto. Se sair, qualquer coisa ou qualquer um pode acontecer. Desesperado, olho à minha volta, procurando alguma coisa que me ajude a passar por isso. Há uma prateleira caindo aos pedaços, e em cima dela alguns livros de bolso antigos. Eles vão me salvar, concluo. Abro um antigo suspense e me concentro na primeira linha. *A noite havia chegado a Manassas, Virgínia...*

O corpo não quer ler. O corpo está vivo com arame farpado eletrificado. O corpo está me dizendo que só há um modo de resolver isso, só há um modo de acabar com a dor, só há um modo de se sentir melhor. O corpo vai me matar se eu não prestar atenção a ele. O corpo está gritando. O corpo exige uma forma própria de lógica.

Leio a frase seguinte.

Tranco a porta.

Leio a terceira frase.

O corpo revida. Minha mão treme. A visão fica embaçada.

Não sei se tenho forças para resistir a isso.

Preciso me convencer de que Rhiannon está do outro lado. Preciso me convencer de que essa não é uma vida sem sentido, embora o corpo esteja me dizendo que é.

O corpo apagou as lembranças para sustentar seu argumento. Não tem muito para acessar. Devo me firmar em minhas próprias memórias, que estão separadas da vida atual.

Tenho que permanecer afastado dessa vida atual.

Leio a frase seguinte, depois a outra. Não me importo com a história, estou apenas passando de palavra em palavra, lutando contra o corpo de palavra em palavra.

Não está funcionando. O corpo faz eu me sentir como se quisesse defecar e vomitar. Primeiro do jeito normal. Depois, como se quisesse defecar pela boca e vomitar pelo outro extremo. Tudo está ficando deturpado. Quero arranhar as paredes. Quero gritar. Quero me socar repetidas vezes.

Tenho que imaginar minha mente como uma coisa física, uma coisa que pode controlar o corpo. Preciso enxergar minha mente subjugando o corpo.

Leio outra frase.

Depois, outra.

Batem à porta. Grito que estou lendo.

Me deixam em paz.

Não tenho o que querem neste quarto.

Eles têm o que eu quero fora deste quarto.

Não devo sair deste quarto.

Não devo deixar o corpo sair deste quarto.

Eu a imagino caminhando pelos corredores. Eu a imagino sentando ao meu lado. Imagino os olhos dela fitando os meus.

Então eu a imagino entrando no carro dele, e paro.

O corpo está me infectando. Estou ficando com raiva. Com raiva por estar aqui. Com raiva porque esta é a minha vida. Com raiva por haver tantas coisas impossíveis.

Com raiva de mim mesmo.

Você não quer que isso pare?, pergunta o corpo.

Tenho que ficar longe do corpo tanto quanto possível.

Mesmo estando dentro dele.

Preciso ir ao banheiro. Preciso mesmo ir ao banheiro.

Finalmente, faço xixi numa garrafa de refrigerante. Espirra para todo lado.

Mas é melhor do que sair deste quarto.

Se eu sair do quarto, não vou conseguir impedir o corpo de obter o que quer.

Estou na página 90 do livro. Não me lembro de nada.

De palavra em palavra.

A luta está esgotando o corpo.

Estou vencendo.

É um erro considerar o corpo um recipiente. Ele é tão ativo quanto qualquer mente, quanto qualquer alma. E quanto mais você se entrega a ele, mais difícil será sua vida. Já estive nos corpos de quem passa fome e de quem se purifica, de comilões e de viciados. Todos pensam que suas ações tornam a vida deles mais desejável. Mas o corpo sempre os derrota no fim.

Só preciso ter certeza de que a derrota não vai acontecer enquanto eu estiver aqui dentro.

Resisto até o pôr do sol. Duzentas e sessenta e cinco páginas se foram. Estou tremendo debaixo do cobertor imundo. Não sei se é a temperatura do quarto ou se sou eu.

Quase lá, digo para mim.

Só existe um meio de sair daqui, diz o corpo.

Neste instante, não sei se isso significa drogas ou morte.

A essa altura, o corpo pode nem se importar.

Finalmente, o corpo quer dormir.

Deixo que durma.

Dia 5.999

Minha mente está completamente esgotada, mas dá para ver que Nathan Daldry teve uma boa noite de sono.

Nathan é um bom garoto. Tudo no quarto está em ordem. Embora seja apenas sábado de manhã, ele já fez o dever de casa do fim de semana. Programou o alarme para as 8h, sem querer desperdiçar o dia. Provavelmente foi dormir às 22h.

Entro no computador dele e dou uma olhada nos meus e-mails, tomando o cuidado de fazer algumas anotações para mim mesmo sobre os últimos dias, para poder lembrar deles. Depois, entro no e-mail do Justin e descubro que tem uma festa hoje à noite na casa de Steve Mason. Uma busca no Google me fornece o endereço. Quando mapeio a distância entre a casa de Nathan e a de Steve, descubro que é só uma viagem de carro de uma hora e meia.

Parece que Nathan vai a uma festa hoje à noite.

Primeiro, preciso convencer os pais dele.

A mãe me interrompe quando volto para meu próprio e-mail, relendo o que tinha escrito sobre o dia com Rhiannon. Fecho a janela rapidamente e obedeço quando ela diz que hoje não é dia de usar o computador e que tenho que descer para tomar café.

Logo descubro que os pais de Nathan são um casal muito simpático que deixa muito claro que a simpatia deles não deve ser questionada nem desafiada.

— Posso pegar o carro emprestado? — pergunto. — O musical da escola é hoje, e eu gostaria de assistir.

— Já fez o dever de casa?

Faço que sim com a cabeça.

— E as tarefas domésticas?

— Vou fazer.

— Vai voltar à meia-noite?

Concordo. Opto por não mencionar que, se não estiver em casa à meia-noite, serei arrancado de meu corpo atual. Não acho que vão ficar mais tranquilos com isso.

Fica claro para mim que não vão precisar do carro à noite. São do tipo de pais que não acredita em ter uma vida social. Em vez disso, têm a televisão.

Passo a maior parte do dia fazendo as tarefas domésticas. Depois que termino e janto com a família, estou pronto para sair.

A festa deve começar às 19h, então sei que preciso esperar até as 21h para entrar, quando haverá pessoas em número suficiente para disfarçar minha presença. Se eu chegar lá e só uma dúzia de adolescentes tiver sido convidada, vou ter que dar meia-volta. Mas essa não me parece o tipo de festa do Justin.

O tipo de festa do Nathan, imagino, envolve jogos de tabuleiro e Dr. Pepper. Enquanto dirijo até a cidade de Rhiannon, acesso algumas das lembranças dele. Acredito firmemente que cada pessoa, jovem ou velha, tem pelo menos uma boa história para contar. A de Nathan, porém, é bem difícil de encontrar. O único abalo emocional que consigo ver na vida dele é de quando tinha 9 anos e o cachorro, April, morreu. Desde então, nada parece tê-lo perturbado muito. A maior parte das recordações envolve trabalhos de casa. Tem amigos, mas eles não fazem muita coisa fora da escola. Quando a Liga Infantil de Beisebol acabou, desistiu de praticar esportes. Até onde posso ver, nunca provou nada mais forte do que cerveja, e assim mesmo foi durante um churrasco de Dia dos Pais, incentivado pelo tio.

Em geral, eu consideraria essas coisas parâmetros. Em geral, ficaria na zona de conforto de Nathan.

Mas hoje, não. Não com a possibilidade de ver Rhiannon de novo.

Eu me lembro de ontem, de como a trilha que me dava um rumo em meio à escuridão parecia estar ligada a ela de algum modo. É como se, ao amar alguém, essa pessoa se tornasse sua razão. E talvez seja o inverso; talvez eu tenha me apaixonado por ela porque preciso de uma razão. Mas não acho que seja isso. Acho que eu teria continuado, invisível, se eu não a tivesse conhecido.

Agora estou deixando minha vida sequestrar essas outras vidas por um dia. Não estou me mantendo dentro de seus parâmetros. Mesmo que seja perigoso.

Chego à casa de Steve Mason por volta das 20h, mas não vejo o carro de Justin em parte alguma. Na verdade, não tem tantos carros assim ali. Então espero e presto atenção. Depois de um tempo, as pessoas começam a chegar. Embora tenha passado um dia e meio na escola delas, não reconheço ninguém. Nenhum deles tinha importância.

Finalmente, pouco depois das 21h30, o carro de Justin para na entrada. Rhiannon está com ele, como eu tinha esperança de que estivesse. Quando entram, ele anda um pouco à frente dela. Saio do carro e vou atrás.

Tenho medo de que tenha alguém na porta, mas a festa já evoluiu para o caos. Os primeiros convidados já passaram há muito do ponto da embriaguez, e os restantes os acompanham rapidamente. Sei que pareço meio deslocado: o guarda-roupa de Nathan é mais adequado para um torneio de debates do que para uma festa no sábado à noite. Mas ninguém se importa de fato; estão muito entretidos uns com os outros ou consigo mesmos para prestar atenção em um nerd qualquer no meio deles.

O local está meio escuro, a música está alta e é difícil achar Rhiannon. Mas só o fato de estar no mesmo lugar que ela já me deixa num estado de animação nervosa.

Justin está na cozinha, conversando com uns caras. Parece à vontade, em seu ambiente. Termina de beber uma cerveja e pega outra imediatamente.

Passo direto por ele, depois pela sala de estar, e me encontro na sala de tevê. Assim que entro, sei que ela está lá. Embora a música esteja saindo aos berros de alguns alto-falantes ligados a um laptop, ela está perto da coleção de CDs, dedilhando um a um. Duas garotas estão conversando perto dela, e tenho a sensação de que em algum momento ela fez parte da conversa, então resolveu se retirar.

Ando até lá e vejo que um dos CDs que ela está olhando tem uma das músicas que ouvimos no nosso passeio de carro.

— Eu gosto muito deles — digo, apontando para o CD. — E você?

Ela se assusta, como se aquele fosse um cômodo silencioso, e eu, um barulho repentino. *Eu noto você*, tenho vontade de dizer. *Mesmo que ninguém mais note, eu noto. Eu notarei.*

— É — responde. — Gosto deles também.

Começo a cantar uma música, a do carro. Então digo:

— Gosto desta, em especial.

— A gente se conhece? — pergunta ela.

— Sou Nathan — digo, o que não é nem um sim nem um não.

— Rhiannon — diz ela.

— É um nome bonito.

— Obrigada. Costumava odiar, mas não odeio mais.

— Por quê?

— É um saco para soletrar. — Ela olha para mim com atenção. — Você é da Octavian?

— Não. Só estou aqui para passar o fim de semana; vim visitar meu primo.

— Quem é seu primo?

— Steve.

É uma mentira perigosa, porque não tenho ideia de qual deles é o Steve, e não tenho como acessar essa informação.

— Ah, isso explica tudo.

Ela está começando a se afastar de mim, assim como imagino que tenha feito com as garotas perto de nós.

— Eu odeio meu primo — digo.

Isso chama a atenção dela.

— Odeio o modo como ele trata as garotas. Odeio o fato de ele pensar que pode comprar todos os amigos dando festas como essa. Odeio o fato de ele só falar com você quando precisa de algo. Odeio que ele não pareça capaz de amar.

Percebo que estou falando de Justin agora, não de Steve.

— Então por que você está aqui? — pergunta Rhiannon.

— Porque quero ver isso degringolar. Porque, quando essa festa der errado (e se a música continuar alta desse jeito, ela *vai* dar errado), quero ser testemunha. A uma distância segura, claro.

— E você está dizendo que ele é incapaz de amar a Stephanie? Eles têm saído há mais de um ano.

Com um pedido de desculpas silencioso a Stephanie e Steve, digo:

— Isso não significa nada, não é? Quero dizer, ficar com alguém mais de um ano pode significar que você ama a pessoa... mas também pode significar que você está sem saída.

De início, acho que fui longe demais. Dá para perceber Rhiannon assimilando minhas palavras, mas não sei o que está fazendo com elas. O som das palavras quando são ditas é sempre diferente do som que fazem ao serem ouvidas, porque o falante ouve parte do som do lado de dentro.

Por fim, ela pergunta:

— Você está falando por experiência própria?

Dá vontade de rir ao pensar que Nathan — que, ao que tudo indica, não tem um encontro desde o oitavo ano — estaria falando por experiência própria. Mas ela não o conhece, o que significa que posso ser mais como eu. Não que também esteja falando por experiência própria. Só pela experiência da observação.

— Tem tantas coisas que podem manter você num relacionamento — digo. — Medo de ficar sozinho. Medo de bagunçar a ordem da sua vida. A decisão de se acomodar com algo que é razoável porque não sabe se pode arrumar coisa melhor. Ou, talvez, a crença irracional de que vai ficar melhor, mesmo que você saiba que ele não vai mudar.

— Ele?

— É.

— Entendo.

No começo, não sei o que ela entende. Era óbvio que estava falando sobre ela. Então percebo a qual conclusão o uso do pronome masculino a levou.

— Tudo bem pra você? — indago, imaginando que Nathan parecerá menos ameaçador se for gay.

— Claro.

— E quanto a você? — pergunto. — Saindo com alguém?

— Sim — responde ela. Depois, sem emoção: — Há mais de um ano.

— E por que ainda estão juntos? Medo de ficar sozinha? A decisão de se acomodar? Uma crença irracional de que ele vai mudar?

— Sim. Sim. E sim.

— Então...

— Mas ele também pode ser incrivelmente fofo. E eu sei que, bem lá no fundo, sou tudo para ele.

— Bem lá no fundo? Isso parece acomodação para mim. Você não deveria ter que ir tão fundo para ser amada.

— Vamos falar sobre outra coisa, está bem? Não é um bom assunto para festas. Gostei mais de quando você estava cantando para mim.

Estou quase mencionando outra canção que ouvimos no trajeto, torcendo para que isso, de algum modo, a traga de volta, quando ouço a voz de Justin por cima do meu ombro, perguntando:

— Quem é esse cara? — Se ele estava relaxado quando o vi na cozinha, agora parecia irritado.

— Não se preocupe, Justin — diz Rhiannon. — Ele é gay.

— Certo. Dá para ver pelo jeito como se veste. O que vocês estão fazendo aqui?

— Nathan, este é Justin, meu namorado. Justin, este é Nathan.

Eu digo "oi". Ele não responde.

— Viu a Stephanie? — pergunta para Rhiannon. — Steve está procurando por ela. Acho que brigaram de novo.

— Talvez ela tenha ido para o porão.

— Não. Estão dançando no porão.

Rhiannon gosta da novidade, dá para perceber.

— Quer ir até lá embaixo dançar? — pergunta a Justin.

— Óbvio que não! Não vim pra dançar. Vim pra *beber*.

— Encantador — diz Rhiannon, mais (acho) para mim do que para ele. — Você se importa se eu dançar com Nathan?

— Tem certeza de que ele é gay?

— Se quiser que eu prove, posso cantar uns temas de musicais para você — sugiro.

Justin me dá um tapinha nas costas.

— Não, cara, não faça isso, tá bem? Vão dançar.

E assim, Rhiannon me leva ao porão de Steve Mason. Quando chegamos à escada, posso sentir o baixo sob nossos pés. Tem uma trilha sonora diferente ali: uma onda de pulsos e compassos. Umas poucas luzes vermelhas estão ligadas, então tudo que podemos ver são vultos de corpos misturados.

— Ei, Steve! — grita Rhiannon. — Gostei do seu primo!

Um cara que deve ser Steve olha para ela e acena com a cabeça. Não dá para saber se ele não consegue ouvir o que ela diz ou se está doidão.

— Viu a Stephanie? — grita ele.

— Não! — grita Rhiannon de volta.

Então estamos lá dentro com os que dançam. A triste verdade é que tenho tanta experiência numa pista de dança quanto Nathan. Tento me entregar à música, mas não funciona. Em vez disso, preciso me entregar a Rhiannon. Tenho que me dar inteiramente a ela, tenho que ser a sombra, o complemento dela, a outra metade dessa conversa de corpos. Conforme ela se movimenta, eu me movimento com ela. Toco suas costas, sua cintura. Ela chega mais perto.

Ao me perder para Rhiannon, ganho Rhiannon. A conversa está funcionando. Encontramos nosso ritmo e ele nos conduz. Eu me vejo cantando com ela, cantando para ela, e ela adora. Se transforma novamente em alguém sem preocupações, e eu me transformo em alguém que só se preocupa com ela.

— Nada mau! — grita acima da música.

— Você é incrível! — grito de volta.

Sei que Justin não vai descer até aqui. Ela está segura com o primo gay de Steve Mason, e eu estou seguro sabendo que ninguém mais vai interferir nesse momento. As músicas formam uma única e longa canção, como se um cantor assumisse quando o anterior parasse, todos se alternando para nos dar isso. As ondas sonoras nos empurram um para o outro, nos envolvem como cores. Estamos prestando atenção um ao outro, à grandiosidade do momento. O local não tem teto, não tem paredes. Tem somente o campo aberto de nossa agitação, e nós o percorremos com pequenos movimentos, algumas vezes sem que nossos pés saiam do chão. Continuamos pelo que parecem horas e também não parece tempo algum. Continuamos até a música parar, até alguém acender as luzes e dizer que a festa acabou, que os vizinhos reclamaram e que provavelmente a polícia está chegando.

Rhiannon parece tão decepcionada quanto eu.

— Tenho que encontrar o Justin — diz. — Você vai ficar bem?

Não, quero dizer a ela. *Não vou ficar bem até você poder ir comigo aonde quer que eu vá depois.*

Peço o e-mail dela, e quando ela ergue uma sobrancelha, digo outra vez para não se preocupar, que ainda sou gay.

— É uma pena — responde.

Quero que fale mais, mas então ela me dá o e-mail, e retribuo dando um e-mail falso que vou ter que criar assim que voltar para casa.

As pessoas estão começando a correr, saindo da casa. Dá para ouvir as sirenes a distância, provavelmente acordando tantas pessoas quanto a festa acordou. Rhiannon vai encontrar Justin, me prometendo que ela é quem vai dirigir. Não os vejo enquanto corro para meu carro. Sei que é tarde, mas não sei o quão tarde até ligar o carro e olhar para o relógio.

23h15.

• • •

Não tem como chegar a tempo.

Cento e dez quilômetros por hora.

Cento e trinta quilômetros por hora.

Cento e quarenta.

Dirijo o mais rápido que posso, mas não é o suficiente.

Às 23h50, paro o carro no acostamento. Se fechar os olhos, devo conseguir dormir antes da meia-noite. Essa é a bênção diante do que eu tenho que enfrentar: sou capaz de adormecer em poucos minutos.

Pobre Nathan Daldry. Vai acordar no acostamento de uma interestadual, a uma hora de casa. Só consigo imaginar o quanto vai ficar apavorado.

Sou um monstro por fazer isso com ele.

Mas tenho meus motivos.

Dia 6.000

É hora de Roger Wilson ir à igreja.

Rapidamente me visto com a melhor roupa de domingo, deixada convenientemente separada na noite anterior por ele ou pela mãe. Então desço e tomo café com a mãe e as três irmãs. Não vejo pai algum. Não preciso acessar muito para saber que ele foi embora depois que a irmã caçula nasceu, e que tem sido uma luta para a mãe deles desde então.

Só tem um computador na casa, e tenho que esperar até a mãe de Roger ir arrumar as meninas para poder ligá-lo rapidamente e criar o e-mail que dei a Rhiannon na noite passada. Só posso torcer para que ela já não tenha tentado entrar em contato comigo.

Alguém está chamando o nome de Roger. É hora da missa. Saio da página, apago o histórico e me junto às minhas irmãs no carro. Preciso de alguns minutos para me lembrar direito dos nomes: Pam tem 11 anos, Lacey, 10, e Jenny, 8. Apenas Jenny parece animada para ir à igreja.

Quando chegamos, as garotas vão direto para a escola dominical, enquanto acompanho a mãe de Roger à congregação principal. Eu me preparo para uma cerimônia batista e tento me lembrar do que a diferencia de outras cerimônias religiosas das quais já participei.

Ao longo dos anos, fui a muitas cerimônias religiosas. Cada uma que frequento apenas fortalece minha impressão geral de que as religiões têm muito, muito mais em comum do que gostariam de admitir. As crenças são sempre praticamente as mesmas; apenas as histórias diferem. Todas as pessoas querem acreditar num poder superior. Todas querem pertencer a algo maior do que elas mesmas, e todas querem companhia ao fazer isso. Querem que haja uma força do bem na Terra; e querem um incentivo para fazer parte disso. Querem ser capazes de demonstrar sua crença e sua participação por meio de rituais e de devoção. Querem tocar o que é grandioso.

É somente nos pontos mais delicados que fica complicado e controverso, a incapacidade de perceber que, não importa qual seja nossa religião, sexo, raça ou localização geográfica, todos nós temos cerca de 98 por cento em comum com todos os outros. Sim, as diferenças entre homens e mulheres são biológicas, mas se você observa a biologia como uma mera questão de porcentagem, não há muita coisa diferente. A raça é diferente apenas como uma construção social, e não como uma diferença inerente. E quanto à religião, quer você acredite em Deus, Javé, Alá ou qualquer outra coisa, é provável que, em seu coração, vocês queiram a mesma coisa. Por uma razão qualquer, nós nos concentramos nos dois por cento da diferença, e a maior parte dos conflitos que acontece no mundo é consequência disso.

O único modo pelo qual consigo passar pela vida é por causa dos 98 por cento que todas as vidas têm em comum.

Penso nisso enquanto participo dos rituais de uma manhã de domingo na igreja. Continuo olhando para a mãe de Roger, que está tão cansada, tão sobrecarregada. Tenho tanta fé nela quanto tenho em Deus. Vejo a fé na perseverança humana, mesmo quando o universo põe desafio atrás de desafio em nosso caminho. Pode ser uma das coisas que vi em Rhiannon também: o desejo de perseverar.

Depois da missa, seguimos para a casa da avó de Roger para o almoço de domingo. Não tem computador lá, e mesmo que não fosse uma viagem de três horas, não teria meio de ir até Rhiannon. Sendo assim, tiro o dia para descansar. Brinco com minhas irmãs e dou as mãos ao restante da família na hora de fazer a prece.

A única discórdia surge ao voltarmos para casa, quando uma briga se inicia no banco traseiro. Como irmãs, é provável que elas tenham quase 99 por cento em comum, mas não conseguem reconhecer isso. Preferem brigar por causa do tipo de animal que vão ter... embora eu não perceba nenhuma indicação por parte da mãe delas de que vá existir um bichinho de estimação num futuro próximo. Brigam só por brigar.

Quando chegamos em casa, aguardo minha vez antes de perguntar se posso usar o computador. Ele fica num local muito público, e vou precisar que todos estejam em outro cômodo para poder dar uma olhada em meu e-mail. Enquanto as três garotas estão correndo por aí, vou para o quarto de Roger e faço o dever de casa do fim de semana da melhor maneira possível. Aposto que Roger dorme mais tarde do que as irmãs, e acerto. Depois do jantar, as garotas têm direito a uma hora de televisão, no mesmo cômodo onde fica o computador. Então a mãe de Roger diz que é hora de ir para a cama. Seguem-se muitos protestos, que são simplesmente ignorados. Este é um tipo particular de ritual, e mamãe sempre vence.

Enquanto a mãe de Roger está vestindo os pijamas nas meninas e separando as roupas para o dia seguinte, tenho alguns minutos sozinho. Verifico rapidamente o e-mail que criei de manhã e vejo que ainda não há nenhuma mensagem de Rhiannon. Resolvo que não vai doer se eu for mais ativo nesse caso, por isso digito o e-mail dela e começo uma mensagem antes que eu desista.

Oi, Rhiannon,

só queria dizer que foi ótimo conhecer você e dançar com você na noite passada. Que pena que a polícia veio e nos separou. Embora você não seja meu tipo, sexualmente falando, certamente é meu tipo de pessoa.
Vamos manter contato.

N

Parece suficientemente seguro para mim. Inteligente, mas não muito arrogante. Sincero, sem ser autoritário. São apenas algumas linhas, mas eu releio uma dezena de vezes antes de clicar em "enviar". Deixo as palavras irem e fico imaginando quais voltarão. Se é que voltarão.

A hora de dormir está demorando. Parece haver uma discussão sobre qual capítulo do livro falta ser lido em voz alta, por isso entro em meu e-mail pessoal.

Um gesto tão comum. Um clique, e o surgimento instantâneo da caixa de entrada, com todos os já conhecidos elementos.

Desta vez, porém, é como se eu entrasse numa sala e descobrisse uma bomba no meio dela.

Ali, abaixo da newsletter de uma livraria, tem uma mensagem nova de ninguém menos do que Nathan Daldry.

O assunto é AVISO.

Leio:

Não sei quem ou o quê você é, nem o que fez comigo ontem, mas quero que saiba que não vai se dar bem nessa história. Não vou deixar você me possuir ou destruir minha vida. Não vou ficar calado. Sei o que aconteceu e sei que você deve, de alguma forma, ser o responsável. Me deixe em paz. Não sou seu hospedeiro.

— Está tudo bem?

Eu me viro e vejo a mãe de Roger parada à porta.

— Sim — respondo, ficando bem na frente da tela.

— Muito bem, então. Você tem mais dez minutos, depois quero que me ajude a tirar a louça da máquina e que vá direto para a cama. Temos uma longa semana pela frente.

— Está bem, mãe. Estarei lá em dez minutos.

Volto para o e-mail. Não sei como responder, nem se devo. Tenho uma vaga lembrança da mãe de Nathan me interrompendo enquanto eu estava no computador. Devo ter fechado a janela sem apagar o histórico. Então quando Nathan entrou no próprio e-mail, meu endereço deve ter aparecido. Mas ele não sabe a senha, portanto, a conta deve estar segura. Mas, por precaução, sei que preciso mudar a senha e transferir todos os meus e-mails antigos, bem depressa.

Não vou ficar calado.

Fico imaginando o que isso quer dizer.

72

· · ·

Não posso encaminhar todos os meus e-mails antigos nos dez minutos que tenho, mas começo a reduzir consideravelmente a quantidade de mensagens.

— Roger!

A mãe de Roger me chama, e sei que tenho que ir. Mas limpar o histórico e desligar o computador não me impedem de pensar. Penso em Nathan acordando no acostamento da estrada. Tento imaginar como ele deve ter se sentido. Mas a verdade é que não sei. Será que ele achou que havia se metido em alguma encrenca? Ou soube imediatamente que havia algo de errado, que outra pessoa estava no controle? Será que teve certeza disso quando ligou o computador e viu meu e-mail?

Quem ele pensa que sou?

O *que* ele pensa que sou?

Vou até a cozinha, e a mãe de Roger me lança outro olhar preocupado. Dá para perceber que ela e Roger são íntimos. Ela sabe decifrar o filho. Ao longo dos anos, eles têm feito companhia um ao outro. Ele ajudou a criar as irmãs. E ela o criou.

Se eu realmente fosse Roger, poderia contar tudo a ela. Se eu realmente fosse Roger, por mais difícil que fosse de compreender, ela ficaria ao meu lado. Ferozmente. Incondicionalmente.

Mas não sou o filho dela de verdade, nem o filho de ninguém. Não posso dizer o que está aborrecendo Roger hoje porque isso não vai ter importância para quem ele será amanhã. Por isso afasto a preocupação da mãe dele, dizendo que não é nada, e então ajudo a tirar os pratos da lava-louças. Trabalhamos em um companheirismo silencioso, até que a tarefa está finalizada e é hora de ir dormir.

No entanto, durante algum tempo, não consigo dormir. Fico deitado na cama, olhando o teto. A ironia é que, embora eu acorde todas as manhãs num corpo diferente, sempre senti que, de alguma forma, estava no controle.

Mas, agora, sinto que não tenho controle algum.

Agora há outras pessoas envolvidas.

Dia 6.001

Na manhã seguinte, estou ainda mais distante de Rhiannon.

Estou a quatro horas dela, no corpo de Margaret Weiss. Por sorte, Margaret tem um laptop e posso dar uma olhada antes de ir para a escola.

Tem um e-mail de Rhiannon.

Nathan!

Que bom que você me enviou um e-mail, porque perdi o pedaço de papel em que anotei o seu. Foi ótimo conversar e dançar com você também. Como foi que a polícia teve a ousadia de nos separar! Você também é meu tipo, quero dizer, de pessoa. Mesmo que não acredite em relacionamentos que durem mais do que um ano. (Não estou dizendo que você está errado, a propósito. O júri ainda está deliberando.)

Nunca pensei que diria isso, mas espero que Steve dê outra festa logo. Pois só assim você vai poder testemunhar o mal que causa.

Com amor,
Rhiannon

Consigo imaginá-la sorrindo ao escrever, e isso me faz sorrir também.

Então abro minha outra conta e vejo outro e-mail de Nathan.

• • •

Dei seu e-mail à polícia. Não pense
que pode se safar dessa.

Polícia?

Rapidamente digito o nome de Nathan num mecanismo de busca.
Uma notícia aparece, com a data da manhã de hoje.

FOI OBRA DO DIABO
Garoto da região, parado pela polícia,
afirma que foi possuído pelo demônio

Quando os policiais encontraram Nathan Daldry, 16 anos, residen-
te da Arden Lane, 22, dormindo no carro, no acostamento da rota
23, no início da manhã de domingo, não tinham ideia da história
que ele iria contar. A maior parte dos adolescentes atribui o próprio
estado ao consumo de álcool, mas Daldry, não. Ele afirmou não
saber como havia chegado ao local onde estava. A resposta, disse,
foi que provavelmente fora possuído por um demônio.

— Era como se eu fosse sonâmbulo — diz Daldry ao *Crier*. —
Durante o dia todo, essa coisa tomou conta do meu corpo. Fez com
que eu mentisse para meus pais e dirigisse até uma festa numa
cidade onde eu nunca havia estado. Não me lembro dos detalhes.
Só sei que não era eu.

Para tornar a história mais misteriosa, Daldry afirma que, ao voltar para casa, o e-mail de outra pessoa estava em seu computador.

— Não era eu — conclui.

O oficial da polícia estadual Lance Houston afirma que, como
não havia sinais de consumo de álcool e o carro não havia sido de
fato roubado, Daldry não foi acusado de nenhum crime.

— Olha, tenho certeza de que há motivos para ele dizer o que
está dizendo. Tudo que posso afirmar é que ele não fez nada ilegal
— explica Houston.

Mas não é o bastante para Daldry.

— Se alguém mais passou por isso, quero que se pronuncie — diz ele. — Não posso ser o único.

É o site de um jornal local, nada para se preocupar muito. E a polícia não parece achar que é um caso particularmente urgente. Apesar disso, estou preocupado. Em todos os meus anos de vida, nunca ninguém fez algo assim comigo.

Não é difícil imaginar como aconteceu: Nathan foi acordado no acostamento por um policial batendo à janela. Talvez até houvesse sirenes banhando a escuridão de azul e vermelho. Em poucos segundos, Nathan percebe o tamanho da encrenca na qual está. Já passa da meia-noite, e seus pais vão matá-lo. As roupas cheiram a cigarro e a álcool, e ele não consegue se lembrar se bebeu ou usou drogas. A mente está em branco. É como um sonâmbulo acordando. Só que... ele percebeu minha presença. Alguma lembrança isolada de não ser ele mesmo. Quando o policial pergunta o que está acontecendo, ele responde que não sabe. Quando o policial pergunta onde esteve, ele diz que não sabe. O policial pede que saia do carro e faça o teste do bafômetro. Nathan prova estar completamente sóbrio. Mas o policial ainda quer respostas, então Nathan lhe conta a verdade, que seu corpo foi sequestrado. O problema é que ele não consegue imaginar ninguém que sequestre corpos, a não ser o diabo. Essa vai ser a história dele. Ele é um bom garoto. Sabe que todos vão apoiá-lo. Vão acreditar.

O policial só quer que ele volte para casa em segurança. Talvez o acompanhe até em casa, depois de telefonar para os pais. Eles estão acordados quando Nathan chega. Aborrecidos e preocupados. Ele repete a história. Eles não sabem em que acreditar. Nesse meio-tempo, algum repórter ouve o policial falando sobre isso no rádio, ou, quem sabe, vai até a delegacia. O adolescente que saiu escondido para ir a uma festa e então tentou pôr a culpa no diabo. O repórter liga para a casa dos Daldry no domingo, e Nathan resolve falar. Porque isso tornará tudo mais real, não é?

Sinto-me culpado e na defensiva. Culpado porque fiz aquilo a Nathan, independentemente de minhas intenções. Na defensiva porque certamente não o forcei a reagir desse modo, o que apenas vai piorar as coisas para ele, se não para mim também.

Baseado na uma chance em 1 milhão de que Nathan possa convencer alguém a rastrear meus e-mails, percebo que não posso mais checar essa conta da casa das pessoas. Porque, se ele conseguir fazer isso, será capaz de mapear a maior parte das casas nas quais estive nos últimos dois ou três anos... o que vai levar a muitas conversas confusas.

Parte de mim quer escrever para ele, para explicar. Mas não sei se explicação alguma pode ser suficiente. Sobretudo porque não possuo a maior parte das respostas. Desisti de me perguntar o porquê há muito tempo. Imagino que Nathan não vai desistir tão facilmente assim.

O namorado de Margaret Weiss, Sam, gosta de beijá-la. Muito. Em público, sozinhos, tanto faz. Se tem uma chance, ele a beija.

Não estou no clima.

Margaret rapidamente aparece com um resfriado. Os beijos param e os carinhos começam. Sam está bastante apaixonado, e cerca Margaret com a doce areia movediça do amor. Pelas lembranças recentes, dá para perceber que, em geral, Margaret é tão dedicada quanto. Tudo fica em segundo plano quando está com Sam. É um milagre que ainda tenha amigos.

Passam um teste na aula de ciências. Com base no que acessei, parece que sei mais sobre a matéria do que Margaret. É o dia de sorte dela.

Estou morrendo de vontade de entrar num dos computadores da escola, mas primeiro tenho que me livrar do Sam. Embora os lábios estejam separados, eles não conseguem se distanciar na altura dos quadris. Na hora do almoço, ele põe uma das mãos no bolso de trás da calça dela enquanto come, e faz beicinho quando Margaret não faz o mesmo. Depois eles têm monitoria no mesmo horário, e ele passa todo o tempo fazendo carinho nela e conversando sobre o filme que viram na noite passada.

O oitavo tempo é a única aula que ambos não têm juntos, por isso decido não perder tempo. Assim que Sam deixa Margaret na porta da sala de aula, faço com que ela vá até a professora, diga que vai à enfermaria e siga diretamente para a biblioteca.

Primeiro termino de encaminhar todos os meus e-mails da conta antiga para a nova. Só restam os dois de Nathan; não consigo apagá-los, assim como não consigo deletar a conta. Por algum motivo, quero que ele seja capaz de entrar em contato. Sinto-me responsável por isso.

Entro na nova conta de e-mail, com a intenção de responder a Rhiannon. Para minha surpresa, já tem outro e-mail dela. Abro, animado.

Nathan,

aparentemente, Steve não tem um primo chamado Nathan, e nenhum dos primos dele esteve na festa. Dá pra explicar?

Rhiannon

Não penso duas vezes. Não analiso as opções. Simplesmente digito e clico em "enviar".

Rhiannon,

Na verdade, eu posso explicar. Podemos nos encontrar? É o tipo de explicação que precisa ser dada pessoalmente.

Com amor,
Nathan

Não que eu planeje contar a verdade. Só quero dar a mim mesmo tempo para pensar na melhor mentira.

Toca o último sinal, e sei que Sam não vai demorar para procurar Margaret. Quando o encontro perto do armário, ele age como se não nos víssemos há semanas. Quando o beijo, finjo que estou treinando para beijar Rhiannon. Quando o beijo, sinto quase como se estivesse traindo Rhiannon. Quando o beijo, minha mente está a horas dali, com ela.

Dia 6.002

Ao que parece, o universo está a meu favor na manhã seguinte, porque quando acordo no corpo de Megan Powell, também acordo a apenas uma hora de Rhiannon.

Então, quando dou uma olhada no meu e-mail, tem uma mensagem dela.

Nathan,

Melhor que seja uma boa explicação. Vou me encontrar com você no café da Clover Bookstore às 17h.

Rhiannon

E eu respondo:

Rhiannon,

estarei lá. Embora não da maneira que você espera.

Tenha paciência e ouça o que tenho a dizer.

A

Hoje, Megan Powell vai ter que sair um pouco mais cedo do treino das animadoras de torcida. Dou uma olhada no armário dela e escolho a roupa que mais se parece com algo que Rhiannon usaria;

descobri que as pessoas tendem a confiar em outras pessoas que se vestem como elas. E, não importa o que eu faça, sempre vou precisar de toda confiança que puder obter.

Durante todo o dia penso no que vou dizer ela, e no que ela vai responder. Parece totalmente perigoso dizer a verdade. Nunca contei a ninguém. Nunca cheguei nem perto.

Mas nenhuma das mentiras se encaixa. E quanto mais eu cambaleio entre as possíveis histórias, mais percebo que estou indo na direção de contar tudo. Estou aprendendo que uma vida não é real até alguém mais conhecer sua realidade. E quero que minha vida seja real.

Se eu me acostumei à minha vida, será que outra pessoa conseguiria?

Se ela acreditar em mim, se sentir a grandiosidade como eu sinto, vai acreditar nisso.

E se não acreditar em mim, nem sentir a grandiosidade, então simplesmente vou parecer mais uma pessoa maluca solta no mundo.

Não tenho muito a perder.

Mas, sem dúvida, vai parecer que perdi tudo.

Invento uma consulta médica para Megan e, às 16h, estou na estrada para a cidade de Rhiannon.

Tem um pouco de trânsito e eu me perco um pouco, por isso entro na livraria com dez minutos de atraso. Olho pela vitrine do café e a vejo sentada ali, folheando uma revista, erguendo os olhos para a porta de vez em quando. Quero mantê-la assim, prendê-la nesse momento. Sei que tudo está prestes a mudar, e temo que um dia eu vá sentir falta desse minuto antes de qualquer coisa ser dita; que eu vá querer voltar no tempo e desfazer o que vai acontecer a seguir.

Sem dúvida, Megan não é quem Rhiannon está procurando. Por isso, fica um pouco alarmada quando me aproximo da mesa e me sento.

— Desculpe. O lugar já está ocupado — diz.

— Está tudo bem — respondo. — Nathan me pediu para vir.

— Pediu para vir? Onde ele está? — Rhiannon olha ao redor, como se ele estivesse se escondendo atrás de alguma estante.

Olho ao redor também. Tem outras pessoas perto de nós, mas nenhuma delas parece estar ao alcance da voz. Sei que deveria pedir para Rhiannon dar uma volta comigo, que não deveria ter ninguém por perto quando eu lhe contasse. Mas não sei por que ela sairia comigo, e tal pedido provavelmente iria assustá-la. Vou ter que contar aqui.

— Rhiannon — digo. Olho em seus olhos, e sinto mais uma vez. Aquela ligação. A sensação de que há muita coisa além de nós. Aquele reconhecimento.

Não sei se ela também sente, não tenho certeza, mas ela permanece parada. Retribui meu olhar. Mantém a ligação.

— Então? — murmura ela.

— Preciso lhe contar uma coisa. Vai parecer muito, muito estranho. Preciso que ouça toda a história. Provavelmente, você vai querer sair. Você pode querer rir. Mas preciso que leve isso a sério. Sei que vai parecer inacreditável, mas é a verdade. Está entendendo?

Há medo nos olhos dela agora. Quero esticar minha mão e segurar a dela, mas sei que não posso. Não ainda.

Mantenho a voz calma. Sincera.

— Todas as manhãs, acordo em um corpo diferente. Tem sido assim desde que nasci. Hoje de manhã, acordei no corpo de Megan Powell, que você está vendo bem na sua frente. Três dias atrás, no sábado, fui Nathan Daldry. Dois dias antes disso, fui Amy Tran, que visitou a escola e passou o dia com você. E, na última segunda-feira, fui Justin, seu namorado. Você achou que foi à praia com ele, mas na verdade era eu. Foi a primeira vez que nos encontramos e, desde então, não consegui te esquecer.

Faço uma pausa.

— Você está brincando, não é? — indaga Rhiannon. — Você tem que estar brincando.

Continuo.

— Quando a gente estava na praia, você me falou sobre o desfile do qual você e sua mãe participaram, e de como essa foi, provavelmente, a última vez que você a viu usando maquiagem. Quando Amy pediu que você contasse alguma coisa que nunca havia dito a ninguém, você falou que tentou furar a própria orelha quando tinha 10 anos, e ela lhe contou de quando leu *Forever*, de Judy Blume. Nathan se aproximou quando você estava dando uma olhada nos CDs, e cantou uma música que você e Justin cantaram durante o caminho até a praia. Ele disse que era primo de Steven, mas na verdade estava lá para te ver. Falou sobre estar em um relacionamento há mais de um ano, e você respondeu que, bem no fundo, Justin gosta muito de você, e ele retrucou que bem no fundo não era bom o bastante. O que estou dizendo é que... todas essas pessoas eram eu. Por um dia. E agora sou Megan Powell, e queria te contar a verdade antes de trocar de novo. Porque te acho incrível. Porque não quero continuar te encontrando como uma pessoa diferente. Porque quero me encontrar com você sendo eu mesmo.

Encaro a descrença no rosto dela, buscando alguma possibilidade de confiança. Não consigo achar.

— Foi o Justin que te chamou para fazer isso? — pergunta, com nojo na voz. — Você realmente acha engraçado?

— Não. Não é engraçado — respondo. — É a verdade. Não espero que você entenda agora. Sei que parece loucura. Mas é a verdade. Juro, é verdade.

— Não entendo por que você está fazendo isso. Eu nem te conheço!

— Preste atenção. Por favor. Você sabe que não era o Justin com você naquele dia. No seu coração, você sabe. Ele não estava agindo como Justin. Não fez as coisas que o Justin faz. Era porque era eu. Eu não queria fazer isso. Não queria me apaixonar por você. Mas aconteceu. E não posso apagar. Não posso ignorar. Vivi toda minha vida desse jeito, mas você é a única coisa que me faz desejar não ser mais assim.

O medo ainda está no rosto dela, no corpo dela.

— Mas por que eu? Não faz sentido.

— Porque você é incrível. Porque você é gentil com uma garota qualquer que simplesmente aparece na sua escola. Porque você também quer estar do outro lado da janela, vivendo a vida em vez de simplesmente pensar sobre ela. Porque você é linda. Porque quando eu estava dançando com você no porão de Steve, no sábado à noite, era como sentir fogos de artifício. E quando eu estava deitado na praia ao seu lado, era a tranquilidade perfeita. Eu sei que você acha que, bem no fundo, Justin te ama, mas eu te amo inteiramente.

— Chega! — A voz de Rhiannon some um pouco quando ela grita. — Só... já chega. Está bem? Acho que entendo o que você está dizendo, embora *não faça sentido algum*.

— Você sabe que não era ele naquele dia, não sabe?

— *Não sei de nada!* — Ela fala alto o suficiente para que algumas pessoas olhem em nossa direção. Rhiannon percebe e baixa a voz de novo. — Não sei. Realmente não sei.

Ela está quase chorando. Estico o braço e seguro a mão dela. Ela não gosta, mas também não se afasta.

— Sei que é muita coisa — digo. — Acredite, eu sei.

— Não é possível — sussurra ela.

— É. Eu sou a prova.

Quando imaginei aquela conversa em minha mente, eu podia vê-la tomando dois rumos: revelação ou rejeição. Mas agora estamos presos entre as duas coisas. Ela não acha que eu esteja dizendo a verdade, não a ponto de poder acreditar. E, ao mesmo tempo, não deu um ataque, nem ficou repetindo que era só uma brincadeira doentia que alguém estava fazendo com ela.

Entendo: não vou convencê-la. Não assim. Não aqui.

— Olha — digo —, e se nós nos encontrarmos amanhã de novo, na mesma hora? Não estarei no mesmo corpo, mas serei a mesma pessoa. Ficaria mais fácil de compreender?

Ela está desconfiada.

— Mas você não poderia simplesmente dizer a outra pessoa para vir até aqui?

— Sim, poderia, mas por que eu faria isso? Não se trata de uma pegadinha. Nem de uma piada. É a minha vida.

— Você é louca.

— Você só está dizendo isso da boca para fora. Sabe que não sou. Pode sentir muito bem isso.

Agora é a vez de Rhiannon me olhar nos olhos. De me julgar. De ver que ligação ela pode encontrar.

— Qual é o seu nome? — pergunta.

— Hoje sou Megan Powell.

— Não. O verdadeiro.

Prendo a respiração. Ninguém nunca me perguntou isso. E eu certamente nunca disse.

— A — respondo.

— Só A?

— Só A. Inventei esse nome quando era criança. Foi um modo de me manter inteiro, mesmo quando eu ia de corpo em corpo, de vida em vida. Precisava de algo puro. Por isso, escolhi a letra A.

— O que você acha do meu nome?

— Eu disse na outra noite. Acho lindo, mesmo que você já tenha achado difícil de soletrar.

Ela se levanta da cadeira. Eu me levanto também.

Ela para. Dá para ver que está pensando em milhares de coisas, mas não tenho ideia do quê. Apaixonar-se por alguém não significa que você saiba como a pessoa se sente. Significa apenas que você sabe como você se sente.

— Rhiannon — digo.

Ela estende a mão para me fazer parar.

— Não diga mais nada — pede. — Não agora. Amanhã. Vou te dar o dia de amanhã. Porque é um jeito de saber, não é? Se o que você diz que está acontecendo está acontecendo mesmo... quero dizer, vou precisar de mais do que um dia.

84

— Obrigado — digo.

— Não me agradeça até eu aparecer — responde ela. — Isso tudo é muito confuso.

— Eu sei.

Ela veste o casaco e começa a caminhar em direção à porta. Então se vira para mim pela última vez.

— O problema — diz ela — é que não senti mesmo que fosse **ele** naquele dia. Não completamente. E, desde então, é como se ele não tivesse estado lá. Não se lembra. Há 1 milhão de explicações possíveis para isso, mas é isso aí.

— É isso aí — concordo.

Ela balança a cabeça.

— Amanhã — digo.

— Amanhã — repete, um pouco menos do que uma promessa e um pouco mais do que uma chance.

Dia 6.003

Não estou sozinho quando acordo na manhã seguinte.

Estou dividindo o quarto com dois garotos: meus irmãos, Paul e Tom. Paul é um ano mais velho do que eu. Tom é meu irmão gêmeo. Meu nome é James.

James é grande, e é jogador de futebol. Tom tem o mesmo tamanho. Paul é maior ainda.

O quarto está limpo, e mesmo antes de saber em que cidade estou, sei que não estamos na melhor parte dela. É uma família grande em uma casa pequena. Não vai ter computador aqui. James não vai ter um carro.

É tarefa de Paul (por decisão própria ou outro motivo) nos fazer levantar e sair. Nosso pai ainda não voltou para casa do turno noturno, e nossa mãe já está saindo para o trabalho. Nossas duas irmãs estão acabando de usar o banheiro. Somos os próximos.

Acesso e descubro que estou numa cidade perto da de Nathan, a mais de uma hora de distância de Rhiannon.

Vai ser um dia difícil.

A ida de ônibus para a escola leva 45 minutos. Quando chego lá, vou diretamente para a cantina tomar o café da manhã gratuito. Estou impressionado com o apetite de James: empilho uma panqueca atrás da outra, e ele ainda está com fome. Tom o acompanha, fatia a fatia.

Por sorte, tenho monitoria no primeiro tempo. Mas dou azar, e James ainda precisa fazer o dever de casa. Termino o mais depressa que posso, e consigo ter cerca de dez minutos diante do computador.

Tem uma mensagem de Rhiannon, escrita à 1h.

A,

quero acreditar em você, mas não sei como.

Rhiannon

Escrevo de volta:

Rhiannon,

você não precisa saber como. Você simplesmente se convence e pronto.

Estou em Laurel neste momento, a mais de uma hora de distância. Estou no corpo de um jogador de futebol chamado James. Sei que parece estranho. Mas, assim como tudo que te contei, é a verdade.

Com amor,
A

Só tenho tempo de dar uma olhada na minha outra conta. Tem outro e-mail de Nathan.

Você não pode evitar minhas perguntas para sempre. Quero saber quem você é. Quero saber por que faz o que faz.

Me diga.

Mais uma vez, eu o deixo sem resposta. Não tenho ideia se devo ou não uma explicação a ele. Provavelmente, devo alguma coisa. Mas não tenho certeza se é uma explicação.

● ● ●

Espero até a hora do almoço. Quero ir direto para a biblioteca dar uma nova olhada nos computadores. Mas James está com fome, e Tom está com ele, e receio que, se não almoçar agora, não haverá nada para comer até a hora do jantar. Dou uma olhada e vejo que tenho apenas 3 dólares na carteira, incluindo os trocados.

Pego o almoço gratuito e como depressa. Então peço licença para ir até a biblioteca, o que inspira uma série de piadas de Tom sobre como "biblioteca é para garotas". Como um irmão de verdade, devolvo com: "Bem, isso explica por que você nunca encontra nenhuma." Começamos a brigar. Tudo isso acaba tirando tempo do que preciso fazer.

Quando chego lá, todos os computadores estão ocupados. Tenho que ficar parado diante de um calouro por cerca de dois minutos até ele ficar apavorado o bastante para me ceder o espaço. Rapidamente, verifico o transporte público e descubro que precisarei pegar três ônibus para ir até a cidade de Rhiannon. Estou disposto a fazer isso, mas quando entro no meu e-mail, há outra mensagem dela, de apenas dois minutos atrás.

A,

Você tem carro? Se não, posso ir te encontrar. Tem uma Starbucks em Laurel. Me disseram que nunca acontece nada de ruim numa Starbucks. Se você quiser me encontrar lá, me avise.

Rhiannon

Digito:

Rhiannon,

adoraria se você pudesse vir até aqui. Obrigado.

A

$$\bullet \bullet \bullet$$

Dois minutos depois, um novo e-mail dela:

A,

estarei lá às 17h. Mal posso esperar para ver sua aparência hoje.

(Ainda sem acreditar nisso.)

Rhiannon

Estou uma pilha de nervos com essa possibilidade. Ela teve tempo de pensar no assunto e não se virou contra mim. É mais do que eu poderia pedir. Estou tomando cuidado para não me sentir grato demais, com medo de que isso seja tirado de mim.

O restante do dia na escola não teve nada de extraordinário... exceto por um instante no sétimo tempo. A sra. French, professora de biologia, está brigando com um garoto que não fez o dever de casa. É o trabalho de laboratório, e ele entregou em branco.

— Não sei o que deu em mim — diz o preguiçoso. — Devo ter sido possuído pelo diabo!

Todos os alunos riem, e até a sra. French balança a cabeça.

— É, eu também fui possuído pelo diabo — diz outro cara. — Depois de tomar sete cervejas!

— Muito bem, turma — fala a sra. French com voz monótona. — Já chega.

Pelo jeito como dizem... sei que a história de Nathan deve estar se espalhando.

— Ei — digo para o Tom enquanto seguimos para o treino de futebol —, você ouviu sobre o garoto em Monroeville que diz ter sido possuído pelo diabo?

89

— Cara — responde —, a gente estava falando sobre isso ainda ontem. Saiu em todos os noticiários.

. É, mas quero dizer, você ouviu mais alguma coisa sobre isso hoje?

— O que mais tem pra se dizer? Pegaram o garoto numa mentira doida, e agora esses malucos religiosos querem fazer dele um exemplo. Tenho quase pena do garoto.

Isso, penso, não é nada bom.

O treinador tem que ir para a aula de Lamaze da esposa, sobre a qual ele resmunga para nós até os mínimos detalhes, e isso o obriga a terminar o treino mais cedo. Digo a Tom que vou passar na Starbucks, e ele olha para mim como se eu tivesse me transformado irremediavelmente numa garotinha. Eu estava contando que ele fosse reagir assim, e fico aliviado.

Quando chego, ela não está lá, então peço um café preto pequeno (praticamente a única coisa que posso comprar) e fico sentado, esperando. O café está lotado, e tenho que parecer mal-educado para manter a outra cadeira da mesa desocupada.

Finalmente, cerca de vinte minutos depois das 17h, ela aparece. Examina a multidão, e aceno. Embora eu tenha dito que era um jogador de futebol, ela ainda fica um pouco assustada. De qualquer forma, vem ao meu encontro.

— Muito bem — diz, sentando-se. — Antes de dizermos qualquer coisa, quero ver seu celular. — Devo ter feito uma expressão confusa, porque ela acrescenta: — Quero ver cada uma das ligações que você fez na semana passada, e cada telefonema que recebeu. Se isso não for uma grande brincadeira, então você não tem nada a esconder.

Entrego o telefone de James, cujo funcionamento ela conhece melhor do que eu.

Depois de alguns minutos de busca, parece satisfeita.

— Agora vou fazer umas perguntas — diz, devolvendo o telefone. — Primeiro: o que eu estava vestindo no dia em que o Justin me levou para a praia?

90

Tento me recordar. Tento apreender os detalhes. Mas eles já se foram. Lembro-me dela, não do que estava vestindo.

— Não sei — respondo. — Você se lembra do que Justin estava vestindo?

Ela pensa por um segundo.

— Bom ponto. Nós transamos?

Balanço a cabeça negativamente.

— Usamos o cobertor da pegação, mas não transamos. Nos beijamos. E foi suficiente.

— E o que eu disse antes de sair do carro?

— É assim que o dia termina numa boa.

— Correto. Rápido, qual é o nome da namorada do Steve?

— Stephanie.

— E a que horas a festa acabou?

— Às 23h15.

— E quando você estava no corpo daquela garota que eu levei para todas as minhas aulas, o que estava escrito no bilhete que você me passou?

— Era alguma coisa do tipo: "As aulas aqui são tão chatas quanto na minha escola."

— E como eram os bótons na sua mochila aquele dia?

— De gatinhos de animê.

— Bem, ou você é um mentiroso excelente ou troca de corpo todos os dias. Não tenho ideia de qual seja a verdade.

— É a segunda opção.

Por cima do ombro de Rhiannon, vejo uma mulher olhando para nós, admirada. Será que ela ouviu o que estamos dizendo?

— Vamos lá para fora — cochicho. — Acho que estamos com uma plateia indesejada.

Rhiannon parece desconfiada.

— Se você fosse uma líder de torcida baixinha e magrinha de novo, eu até poderia ir. Mas... não tenho certeza se você tem noção disso, hoje você é um cara grande e assustador. Estou ouvindo a voz da minha mãe em alto e bom som na minha cabeça: "Nada de cantos escuros."

91

Aponto para a janela, mostrando um banco ao lado da via.

— Ele é totalmente público, só que não tem ninguém para nos ouvir.

— Ótimo.

Quando saímos, a mulher que estava bisbilhotando parece desapontada. Percebo quantas pessoas estão sentadas ao nosso redor com laptops e cadernos abertos, e torço para que nenhuma esteja tomando nota.

Quando chegamos ao banco, Rhiannon me deixa sentar primeiro, para que ela mesma possa determinar a distância que vamos manter um do outro, que se mostra significativa.

— Então você está dizendo que tem sido assim desde o dia em que nasceu?

— Sim. Não consigo me lembrar de já ter sido diferente.

— E como foi? Você não ficou confuso?

— Acho que me acostumei. Tenho certeza de que, no início, acreditei que fosse apenas o modo como a vida de todo mundo funcionava. Quero dizer, quando você é um bebê, não se importa realmente com quem está cuidando de você, desde que alguém esteja. E quando eu era pequeno, pensava que era um tipo de jogo, e minha mente aprendeu a acessar, sabe, a examinar naturalmente as memórias do corpo em que estava. Então eu sempre sabia qual era meu nome e onde estava. Só com 4 ou 5 anos é que comecei a perceber que era diferente, e com 9 ou 10 descobri que realmente queria que aquilo parasse.

— Você quis que parasse?

— Claro. Imagina o que é sentir saudade de casa, mas sem ter uma casa. Era assim comigo. Eu queria ter amigos, uma mãe, um pai, um cachorro. Mas não podia me apegar a nenhum deles mais do que por um dia. Era terrível. Eu me lembro de gritar e chorar em algumas noites, implorando para que meus pais não me fizessem ir dormir. Eles nunca entendiam do que eu tinha medo. Pensavam que era de um monstro debaixo da cama, ou um truque para ouvir mais histórias na hora de dormir. Eu não podia explicar de verdade, não de um jeito que fizesse sentido para eles. Falava que não queria dizer adeus, e eles me garantiam que não era um adeus. Que era só um boa-noite. Eu respondia que era a mesma coisa, mas eles achavam que eu só estava sendo bobo.

"No fim, acabei aceitando. Percebi que esta era minha vida, e que não havia nada que eu pudesse fazer. Eu não podia nadar contra a maré, por isso decidi nadar com ela."

— Quantas vezes você já contou essa história?

— Nenhuma, juro. Você é a primeira.

Isso deveria fazer ela se sentir especial — eu queria que ela se sentisse especial —, mas em vez disso, Riahnnon pareceu preocupada.

— Você tem que ter pais, não é? Quero dizer, todos nós temos.

Dei de ombros.

— Não tenho ideia. Acho que sim. Mas não tenho ninguém a quem perguntar. Nunca conheci ninguém como eu. Não que eu tivesse como saber.

Posso ver pela sua expressão que ela acha que estou contando uma história triste, muito triste. Não sei como explicar que não tem sido tão triste assim.

— Eu vi coisas — digo. Então paro. Não sei o que vem a seguir.

— Continue — pede ela.

— É só que, sei que parece um modo horrível de se viver, mas eu já vi muitas coisas. É muito difícil ter uma noção verdadeira do que é a vida quando se está num único corpo. Você fica tão preso a quem você é. Mas quando quem você é muda todos os dias, você fica mais próximo da universalidade. Mesmo dos detalhes mais triviais. Você percebe que as cerejas têm gosto diferente para pessoas diferentes. Que o azul parece diferente. Você vê todos os estranhos rituais que os garotos têm para demonstrar afeição sem admitir. Você aprende que, se um dos pais lê para você no fim do dia, é sinal de que é um bom pai, porque já viu muitos outros pais que não têm tempo para isso. Você aprende o verdadeiro valor de um dia, porque todos os dias são diferentes. Se você perguntar à maioria das pessoas qual a diferença entre a segunda e a terça-feira, provavelmente vão responder dizendo o que comeram no jantar à noite. Eu, não. Ao enxergar o mundo de tantos ângulos, percebo melhor a dimensão dele.

— Mas você nunca consegue ver as coisas ao longo do tempo, não é? — pergunta Rhiannon. — Não que eu queira desmerecer o que você acabou de dizer, porque acho que entendo. Mas você nunca teve um amigo que conheceu dia após dia durante dez anos. Nunca viu seu bichinho de estimação envelhecer. Nunca percebeu como o amor dos pais fica estranho com o passar do tempo. E nunca esteve num relacionamento por mais de um dia, isso sem mencionar por mais de um ano.

Eu deveria saber que íamos voltar a essa questão.

— Mas eu vi coisas — argumento. — Observei. Sei como funciona.

— De fora? Não acho que você possa conhecer de fora.

— Acho que você subestima o quanto algumas coisas podem ser previsíveis num relacionamento.

— Eu o amo — diz. — Sei que você não entende, mas amo.

— Não deveria. Eu o vi por dentro. Eu sei.

— Por um dia. Você o viu por um dia.

— E por um dia você viu quem ele poderia ser. Você se apaixonou mais por ele quando ele era eu.

Tento pegar a mão dela novamente, mas desta vez ela diz:

— Não. Não faça isso.

Fico paralisado.

— Tenho um namorado — diz. — Sei que você não gosta dele, e tenho certeza de que há momentos em que não gosto também. Mas essa é a realidade. Agora, admito, você me convenceu de que realmente é a mesma pessoa com quem me encontrei em cinco corpos diferentes. Tudo isso significa que provavelmente eu seja tão doida quanto você. Sei que diz que me ama, mas você realmente não me conhece. Só me conhece há uma semana. E eu preciso de um pouco mais do que isso.

— Mas você não sentiu naquele dia? Na praia? Não parecia que tudo estava certo?

E lá estava tudo mais uma vez: o movimento do mar, a canção do universo. Um mentiroso mais experiente teria negado tudo. Mas alguns de nós não querem viver a vida feito mentirosos. Ela morde o lábio e assente.

— Sim. Mas eu não sei por quem estava sentindo aquilo. Mesmo se eu acreditasse que era você, você precisa entender que minha história com Justin interfere nisso. Eu não teria me sentido daquele jeito com um estranho. Não teria sido tão perfeito.

— Como é que você sabe?

— Esse é o ponto: eu não sei.

Ela olha para o celular, e mesmo que eu não saiba se ela tem mesmo que ir embora, sei que esse é um sinal de que está indo.

— Tenho que voltar até a hora do jantar — diz ela.

— Obrigado por ter vindo até aqui — digo.

É estranho. Tão estranho.

— Será que vou te ver de novo? — pergunto.

Ela faz que sim com a cabeça.

— Vou provar a você — digo a ela. — Vou mostrar o que isso realmente significa.

— Isso o quê?

— O amor.

Será que ela está apavorada com essa história? Constrangida? Esperançosa?

Não sei. Não estou tão perto assim para poder dizer.

Tom não diminui meu sofrimento ao voltar para casa, em parte porque fui à Starbucks e em parte porque tive que andar 3 quilômetros para voltar para casa, me atrasei para o jantar e nosso pai me deu uma bronca.

— Seja quem for esta menina que você foi encontrar, espero que tenha valido a pena — debocha Tom.

Olho para ele com uma expressão vazia.

— Cara, nem tente dizer que você só foi até lá por causa do café ou daquelas canções folclóricas que tocam nos alto-falantes. Conheço você bem demais.

Permaneço em silêncio.

Tenho que lavar toda a louça. Enquanto faço isso, ligo o rádio, e quando começa o noticiário local, falam de Nathan Daldry.

— Então, Nathan, conte-nos o que aconteceu com você no último sábado — pergunta o entrevistador.

— Eu fui possuído. Não tem outra palavra para descrever. Eu não estava controlando meu próprio corpo. Acho que tenho sorte por estar vivo. E quero pedir a quem mais já tenha sido possuído assim, apenas por um dia, que entre em contato comigo. Porque vou ser sincero com você, Chuck, muita gente acha que sou louco. Os outros garotos na escola estão debochando de mim o tempo todo. Mas sei o que aconteceu. E sei que não sou o único.

Sei que não sou o único.

Essa frase me assombra. Queria ter a mesma certeza.

Queria não ser o único.

Dia 6.004

Na manhã seguinte, acordo no mesmo quarto.

No mesmo corpo.

Não acredito. Não entendo. Depois de todos esses anos.

Olho para a parede. Para minhas mãos. Para os lençóis.

E então olho para o lado e vejo James dormindo.

James.

Então percebo: não estou no mesmo corpo. Não estou no mesmo lado do quarto.

Não. Hoje sou o irmão gêmeo, Tom.

Nunca tive essa chance antes. Observo James acordando, voltando depois de um dia longe do antigo corpo. Estou buscando vestígios de esquecimento, a perplexidade do despertar. Mas o que vejo é a cena familiar de um jogador de futebol se espreguiçando para acordar. Se ele se sente estranho ou diferente, não está demonstrando.

— Cara, o que você tá olhando?

Não é James, e sim nosso outro irmão, Paul, quem diz isso.

— Só estou acordando — murmuro.

Mas realmente não consigo tirar os olhos de James. Nem durante a ida até a escola. Nem durante o café da manhã. Ele parece um pouco aéreo agora, mas nada que não possa ser explicado por uma noite maldormida.

— Tá tudo bem? — pergunto a ele.

Ele resmunga.

— Tá. Obrigado por perguntar.

Decido bancar o idiota. Ele espera que eu aja feito um idiota, então não deve ser muito difícil.

— O que você fez depois do treino ontem? — pergunto.

— Fui à Starbucks.

— Com quem?

Ele olha para mim como se eu tivesse acabado de fazer a pergunta cantando em um tom de falsete.

— Só queria um café, está bem? Não estava *com* ninguém.

Eu o examino para ver se está tentando esconder a conversa com Rhiannon. No entanto, não acredito que tal dissimulação não fosse ficar totalmente óbvia.

Ele não se lembra mesmo de vê-la. De conversar com ela. De estar com ela.

— Então por que demorou tanto? — pergunto a ele.

— Caramba! Você estava cronometrando? Estou *emocionado*.

— Então para quem você estava mandando e-mails na hora do almoço?

— Só estava dando uma olhada nos meus e-mails.

— No seu próprio e-mail?

— De quem mais seria? Você anda fazendo umas perguntas muito esquisitas, cara. Não é, Paul?

Paul mastiga um pouco de bacon.

— Juro que sempre que vocês dois falam, eu simplesmente paro de prestar atenção. Não tenho ideia do que estão dizendo.

Por incrível que pareça, eu ainda queria estar no corpo de James, porque assim poderia ver exatamente quais são as lembranças que ele tem do dia anterior. De onde estou, parece que ele apenas se recorda dos lugares onde esteve, mas, de alguma forma, criou uma versão alternativa dos eventos, uma que se adapta mais à própria vida. Foi a mente dele que fez isso, um tipo de adaptação? Ou foi a minha que, pouco antes de sair, deixou essa história toda para trás?

James não acha que foi possuído pelo diabo.

Ele acha que ontem foi um dia qualquer.

De novo, a manhã se torna uma busca para encontrar um acesso aos e-mails por alguns minutos.

Eu deveria ter dado meu telefone para ela, penso.

Então paro. Fico de pé, bem no meio do corredor, em choque. É uma observação tão comum e rotineira, mas é justamente o que me faz parar de repente. Na minha vida, isso é um absurdo. Não havia meio de dar meu número de telefone a ela. Sei disso. E, ainda assim, o pensamento comum entrou em minha mente e fez com que eu me iludisse por um segundo ao pensar que também era normal.

Não tenho ideia do que isso significa, mas temo que seja perigoso.

Na hora do almoço, digo a James que vou para a biblioteca.

— Cara — diz ele —, a biblioteca é para garotas.

Não tem nenhuma mensagem de Rhiannon, por isso escrevo para ela.

Rhiannon,

hoje você iria me reconhecer. Acordei como o irmão gêmeo de James. Pensei que isso poderia me ajudar a entender as coisas, mas até agora não tive sorte.

Quero te ver de novo.

A

• • •

Também não tem nenhum e-mail de Nathan. Mais uma vez, resolvo digitar o nome dele num mecanismo de busca, me perguntando se poderia haver mais alguns artigos a respeito das alegações dele.

Encontro mais de 2 mil resultados. Todos dos últimos três dias.

A notícia está se espalhando. A maior parte é de sites evangélicos, que acreditaram piamente em tudo o que Nathan falou sobre o diabo. Para eles, ele é só mais um exemplo da obra do DE-E-EME-O no mundo.

Até onde me lembro, nenhuma das versões que ouvi de *O menino e o lobo* quando era criança perdia muito tempo imaginando o estado emocional do garoto, especialmente depois de o lobo finalmente aparecer. Quero saber o que Nathan está pensando, se ele realmente acredita no que está dizendo. Nenhum dos artigos ou blogues me ajuda — ele está dizendo a mesma coisa em todos eles, e as pessoas o estão rotulando ou como aberração ou como oráculo. Ninguém ainda se sentou para conversar com ele e o tratou como um garoto de 16 anos. Estão se esquecendo das verdadeiras perguntas em favorecimento das perguntas sensacionalistas.

Abro o último e-mail dele.

Você não pode evitar minhas perguntas para sempre. Quero saber quem você é. Quero saber por que faz o que faz.

Me diga.

Mas como posso responder sem confirmar pelo menos uma parte da história que ele criou? Sinto que ele está certo: de alguma forma, não posso evitar as perguntas dele para sempre. Elas vão começar a me consumir. Vão estar onde quer que eu acorde. Mas lhe dar qualquer resposta proporcionará uma confirmação que sei que não deveria dar. Isso o manterá em meu caminho.

Minha aposta é que ele comece a sentir que, de fato, está ficando maluco. O que é uma coisa horrível de se desejar a alguém. Especialmente quando ele não está maluco.

Quero perguntar a Rhiannon o que fazer. Mas posso imaginar o que ela diria. Ou talvez só esteja projetando meu melhor eu nela. Porque sei a resposta: a autopreservação de nada adianta se você não consegue conviver com o eu que está preservando.

Sou responsável por essa situação. Então, ele se tornou minha responsabilidade.

Sei disso, mesmo odiando tal fato.

Não vou escrever de imediato. Preciso pensar um pouco. Preciso ajudá-lo sem confirmar nada.

Finalmente, no último tempo, acho que descobri como.

Sei quem você é, vi sua história no noticiário. Não tem nada a ver comigo; você deve ter se enganado.

No entanto, parece que você não está considerando todas as possibilidades. Tenho certeza de que o que aconteceu foi muito desgastante. Mas culpar o diabo não é a saída.

Envio o e-mail pouco antes do treino de futebol.
Também dei uma olhada para ver se havia um e-mail de Rhiannon. Nada.

O resto do dia passa de forma rotineira. E eu me peguei imaginando mais uma vez quando comecei a pensar que meus dias incluiriam eventos reais. Até agora vivi para a rotina, e encontrei alguma satisfação na arte de passar despercebido. Lamento que as horas pareçam entediantes agora, que pareçam mais vazias. Agir mecanicamente me dá bastante tempo para examinar minhas ações. Eu costumava achar interessante. Agora assumiu o defeito da falta de propósito.

Treino futebol. Pego uma carona para casa. Faço um pouco do dever de casa. Como o jantar. Assisto à tevê com a família.

Essa é a armadilha de ter algo para o qual se viver:

Todo o resto parece sem vida.

James e eu vamos para a cama primeiro. Paul está na cozinha, conversando com nossa mãe sobre o horário de trabalho dele no fim de semana. James e eu não falamos nada ao vestir o pijama, nem ao fazer fila para o banheiro e voltar.

Deito na cama, e ele apaga a luz. Espero ouvi-lo se deitando; em vez disso, ele fica parado no meio do quarto.

— Tom?

— Sim?

— Por que você me perguntou o que eu estava aprontando ontem?

Eu me sento.

— Não sei. Você só parecia um pouco... estranho.

— Só achei esquisito. Quero dizer, você perguntar.

Ele vai até a cama agora. Ouço quando seu peso cai sobre o colchão.

— Então nada pareceu estranho pra você? — pergunto, torcendo para que haja alguma coisa, qualquer coisa, que venha à tona.

— Não que eu saiba. Achei bem engraçado Snyder ter que encerrar o treino mais cedo para ir, sei lá, aprender a ajudar a mãe do filho dele a respirar. Mas acho que foi o ponto alto. É só que... Eu também pareço estranho hoje?

A verdade é que não prestei tanta atenção assim, não desde o café da manhã.

— Por que está me perguntando?

— Por nada. Eu me sinto bem. Só não quero, sabe, que pareça que tem algo errado quando não tem.

— Você parece bem — tranquilizo.

— Bom — diz ele, se virando e encontrando a posição certa no travesseiro.

Quero dizer mais alguma coisa, mas não sei quais devem ser as palavras. Sinto uma ternura por essas conversas noturnas e vulneráveis, pelo modo como as palavras assumem uma forma diferente no ar quando não há luz no quarto. Penso nas raras noites de sorte quando terminei o dia na casa de um amigo ou dividindo o quarto com um irmão ou amigo do qual gostava de verdade. Essas conversas me faziam acreditar que eu podia dizer qualquer coisa, mesmo quando estava escondendo tanto. No fim, a noite tomaria seu lugar, mas era sempre como se eu tivesse indo dormir em vez de indo embora.

— Boa noite — digo para James. Mas o que sinto realmente é que é um adeus. Estou indo embora daqui, deixando esta família. Foram apenas dois dias, mas isso é o dobro do que estou acostumado. É só uma sugestão, a menor sugestão, do que seria acordar no mesmo lugar todas as manhãs.

Tenho que deixar que as coisas sigam seu rumo.

Dia 6.005

Algumas pessoas acreditam que doenças mentais são uma questão de humor, um problema de personalidade. Acham que a depressão é simplesmente uma forma de tristeza, que o TOC é uma forma de repressão. Acham que a alma está doente, não o corpo. Acreditam que se trata de algo sobre o qual você tem alguma escolha.

Eu sei o quanto isto é errado.

Quando era criança, eu não entendia. Acordava num corpo novo e não conseguia compreender por que as coisas pareciam pálidas, opacas. Ou, ao contrário: ficava superagitado, desconcentrado, como um rádio no volume máximo, mudando rapidamente de emissora para emissora. Como não tinha acesso às emoções do corpo, imaginava que as que eu estava sentindo eram minhas. No fim, porém, percebi que essas inclinações, essas compulsões, eram tão parte do corpo quanto a cor dos olhos ou a voz. Sim, os sentimentos em si eram intangíveis, amorfos, mas a causa dos sentimentos era uma questão de química, de biologia.

É um ciclo difícil de vencer. O corpo está trabalhando contra você. E, por causa disso, você se desespera mais ainda, o que só aumenta o desequilíbrio. É preciso uma força incomum para conviver com essas coisas. Mas eu vi essa força mais de uma vez. Quando entro na vida de alguém que está lutando, tenho que refletir essa força e, algumas vezes, ultrapassá-la, porque estou menos preparado.

Reconheço os sinais agora. Sei quando pegar os vidros de comprimidos, quando deixar o corpo seguir o próprio rumo. Tenho que ficar me lembrando: *este não sou eu*. É a química. É a biologia. Não é quem eu sou. Não é quem nenhum deles é.

A mente de Kelsea Cook é um lugar escuro. Mesmo antes de abrir os olhos, sei disso. A mente dela é inquieta: palavras, pensamentos e impulsos colidindo uns contra os outros sem parar. Meus próprios pensamentos tentando afirmar-se em meio ao barulho. O corpo responde começando a suar. Tento permanecer calmo, mas o corpo conspira contra isso, tenta me afogar na distorção.

Não costuma ser tão ruim assim no início da manhã. Se está assim agora, deve ser muito ruim sempre.

Sob a distorção, existe um desejo de dor. Abro meus olhos e vejo as cicatrizes. Não apenas no corpo, embora elas estejam lá: fissuras muito finas espalhadas pela pele, a teia criada para capturar a própria morte. As cicatrizes estão no quarto também, nas paredes, ao longo do piso. A pessoa que vive aqui já não se importa com mais nada. Tem pôsteres rasgados pendurados nas paredes. O espelho está rachado. As roupas estão largadas. As cortinas estão fechadas. Os livros estão tortos nas prateleiras, como se fossem fileiras de dentes malcuidados. A certa altura, ela deve ter quebrado uma caneta e girado ao redor do quarto, porque, se você olhar bem de perto, dá para ver pequenas gotas secas de tinta por todas as paredes e pelo teto.

Acesso o histórico dela e fico impressionado ao descobrir que chegou até aqui sem que tivessem percebido nem feito um diagnóstico. Ela foi abandonada aos próprios recursos, e tais recursos se esgotaram.

São 5h da manhã. Acordei sem o despertador. Acordei porque os pensamentos estão altos demais, e nenhum deles me faz bem.

Faço um esforço para voltar a dormir, mas o corpo não vai me deixar.

Duas horas depois, levanto da cama.

A depressão já foi comparada a uma nuvem negra e a um cão negro. Para alguém como Kelsea, a nuvem negra é a metáfora perfeita. Ela está cercada por ela, imersa nela, e não há nenhuma saída óbvia. O que ela precisa fazer é tentar contê-la, fazer com que assuma a forma do cão negro. Ele ainda a seguirá aonde quer que ela vá; estará sempre ali. Mas, pelo menos, estarão separados, e ele estará atrás dela.

Vou me arrastando até o banheiro e entro no banho.

— O que você está fazendo? — grita uma voz masculina. — Não tomou banho ontem à noite?

Não me importo. Preciso da sensação da água contra meu corpo. Preciso desse empurrão para começar o dia.

Quando saio do banheiro, o pai de Kelsea está no corredor, me olhando de cara feia.

— Vá se vestir — diz, fazendo uma careta. Aperto a toalha com mais força ao redor do corpo.

Depois que estou de roupa, pego os livros da escola. Tem um diário de Kelsea na mochila, mas não tenho tempo de ler. Também não tenho tempo de olhar os e-mails. Embora esteja no outro quarto, posso sentir que o pai de Kelsea está esperando.

São apenas os dois. Acesso e descubro que Kelsea mentiu para ele para ser levada de carro até a escola: disse que o trajeto fora modificado, mas o que ela realmente não quer é ficar presa no ônibus com outros garotos. Não que impliquem com ela; ela está ocupada demais implicando consigo mesma para perceber. O problema é o confinamento, a impossibilidade de sair.

O carro do pai não é muito melhor, mas pelo menos só tem mais outra pessoa com quem lidar. Mesmo quando estão em movimento, ele não deixa de transpirar impaciência. Eu sempre fico impressionado com pessoas que sabem que algo está errado mas ainda insistem em ignorar, como se isso, de alguma forma, fizesse com que os problemas desaparecessem. Elas se poupam do confronto, mas terminam ressentidas de qualquer maneira.

Ela precisa da sua ajuda, quero dizer. Mas meu papel não é esse, sobretudo porque não tenho certeza de que ele reagirá da maneira correta.

106

Por isso, Kelsea permanece em silêncio durante todo o trajeto. Pela reação do pai a isso, posso imaginar que é assim que as manhãs são.

Kelsea acessa o e-mail pelo telefone, mas ainda estou preocupado de que algo seja rastreado, especialmente depois do meu deslize com Nathan.

Então caminho pelos corredores e vou para as aulas, esperando pela minha oportunidade. Tenho que fazer um esforço maior para que Kelsea chegue ao fim do dia. Sempre que relaxo, o peso de viver chega sorrateiramente e começa a arrastá-la para baixo. Seria fácil demais dizer que me sinto invisível. Em vez disso, me sinto dolorosamente visível e totalmente ignorado. As pessoas falam com ela, mas é como se estivessem do lado de fora de uma casa, falando através das paredes. Ela tem amigos, mas são as pessoas com quem passa o tempo, não com quem o divide. Tem uma fera de mentirinha que assume a forma do instinto e resmunga sobre a inutilidade de tudo o que acontece.

A única pessoa que tenta se relacionar com ela de fato é a dupla de Kelsea na aula de laboratório, Lena. Estamos na turma de física, e a tarefa é criar um sistema de polias. Já fiz isso outras vezes, então não é complicado. No entanto, Lena está surpresa com a participação de Kelsea. Percebo que me excedi, que não é o tipo de coisa com a qual ela iria se animar. Mas Lena não me deixa recuar. Quando tento murmurar desculpas e me afastar, ela insiste em continuar.

— Você é boa nisso — diz ela. — Muito melhor do que eu.

Enquanto arrumo as coisas, ajustando as inclinações e calculando as diversas formas de atrito, Lena me fala sobre uma festa que vai acontecer, pergunta se tenho algum plano para o fim de semana e me diz que talvez vá a Washington com os pais. Parece hipersensível com minha reação, e fico imaginando que a conversa deve costumar acabar bem antes desse ponto. Mas eu a deixo falar, deixo que a voz dela se oponha às vozes insistentes e silenciosas que emanam de minha mente distorcida.

Então a aula acaba e nos separamos. Não volto a vê-la no restante do dia.

• • •

Passo a hora do almoço na biblioteca, no computador. Não acho que alguém vá sentir minha falta, mas talvez isso seja apenas o que Kelsea pensaria. Parte do amadurecimento envolve a certeza de que o sentido de realidade não é inteiramente fundamentado na própria mente; sinto que a mente de Kelsea não a está deixando chegar a lugar algum próximo a esse ponto, e fico imaginando quanto dos meus pensamentos estão ficando presos nisso também.

Entrar no meu e-mail é uma boa sacudida para me lembrar de que, na verdade, eu sou eu, não Kelsea. Melhor ainda, tem notícias de Rhiannon e, ao vê-las, eu me alegro, até ler o que o e-mail diz:

A,

Então, quem você é hoje?

Que pergunta estranha de se fazer. Mas acho que faz sentido. Se é que alguma coisa faz.

Ontem foi um dia difícil. A avó do Justin está doente, mas em vez de admitir que está chateado com isso, ele simplesmente xinga mais o mundo. Estou tentando ajudá-lo, mas é complicado.

Não sei se você quer saber disso ou não. Sei como se sente sobre Justin. Se quiser que eu mantenha essa parte da minha vida escondida de você, eu posso fazê-lo, mas não acho que seja o que você quer.

Me conte como está sendo seu dia.

Rhiannon

Respondo, contando a ela um pouco sobre o que Kelsea está passando.

Então finalizo assim:

Quero que você seja sincera comigo. Mesmo que me magoe. Embora eu preferisse que não me magoasse.

Com amor,
A

Em seguida, troco de conta e vejo uma resposta de Nathan.

Sei que não errei. Sei o que você é. E vou descobrir quem é. O reverendo diz que está tratando disso.

Você quer que eu duvide de mim mesmo. Mas não sou o único. Você vai ver.

Confesse agora, antes que eu o encontre.

Olho para a tela por um minuto, tentando comparar o tom deste e-mail ao Nathan que conheci durante um dia. Parecem ser duas pessoas diferentes. Fico imaginando se é possível que alguém tenha assumido a conta de Nathan, e me pergunto quem é "o reverendo".

O sinal toca, marcando o fim do almoço. Volto para a aula, e a nuvem negra toma conta de mim. É difícil me concentrar no que está sendo dito. É difícil enxergar a importância de alguma coisa ali. Nada do que estão me ensinando tornará a vida menos dolorosa. Nenhuma das pessoas nessa sala de aula tornará a vida menos dolorosa. Ataco minhas cutículas com precisão cruel. É a única sensação que parece verdadeira.

O pai de Kelsea não vai buscá-la depois da escola; ele ainda está no trabalho. Em vez disso, ela vai andando para casa, para evitar o ônibus. Fico tentado a romper esse padrão, mas ela foge do ônibus há tanto tempo que não se lembra mais de qual é o dela. Então começo a caminhar.

Mais uma vez, eu me pego desejando ter a possibilidade mundana de telefonar para Rhiannon, de preencher a próxima hora com o som da voz dela.

Mas, em vez disso, tudo que me resta é Kelsea e as percepções distorcidas dela. A volta para casa é difícil, e me pergunto se isso é outro modo de ela se punir. Depois de cerca de meia hora, com mais outra meia hora adiante, decido parar num parquinho pelo qual estou passando. Os pais ali me lançam olhares cautelosos, porque não sou nem pai nem criança pequena, então evito o trepa-trepa, os balanços e a caixa de areia, terminando na parte externa, em uma gangorra que parece ter sido banida por mau comportamento.

Eu poderia fazer o dever de casa, mas o diário de Kelsea chama minha atenção. Tenho medo do que vou encontrar nele, mas estou, sobretudo, curioso. Se não posso acessar o que ela tem sentido, ao menos poderei ler uma transcrição parcial.

Não é um diário no sentido tradicional. Dá para perceber depois de uma ou duas páginas. Não há divagações sobre garotos nem garotas. Não há cenas recontadas de discórdia com o pai nem com os professores. Não há segredos compartilhados nem injustiças reveladas.

Em vez disso, há meios de se matar, listados em detalhes extraordinários.

Facas no coração. Facas no pulso. Cintos ao redor do pescoço. Sacos plásticos. Quedas. Morte por queimadura. Todas elas metodicamente pesquisadas. Com exemplos e ilustrações, desenhos grosseiros onde o caso de teste é evidentemente Kelsea. Autorretratos do próprio fim.

Folheio até chegar ao fim, passando por páginas com dosagens e instruções especiais. Ainda sobram páginas em branco no final, mas antes delas há uma com FIM DA LINHA escrito, seguido por uma data a apenas seis dias dali.

Examino o restante do caderno, tentando encontrar outros fins da linha que não aconteceram.

Mas só tem um.

Saio da gangorra e vou embora do parque, porque agora sinto que sou eu quem estou assustando os pais, que eu sou a realidade que eles querem evitar. Não, não apenas evitar — *impedir*. Não me querem perto dos filhos deles, e eu não os culpo. Parece que tudo que toco vai se tornar nocivo.

Não sei o que fazer. Não há ameaça no presente: estou no controle do corpo e, enquanto estiver no controle, não vou permitir que ele se machuque. Mas não estarei no controle daqui a seis dias.

Sei que não devo interferir. É a vida de Kelsea, não a minha. É injusto da minha parte fazer algo para limitar as escolhas dela, decidir por ela.

Meu impulso infantil é desejar não ter aberto o diário.

Mas abri.

Tento acessar qualquer lembrança de Kelsea gritando por ajuda. Mas o problema em gritar por ajuda é que alguém mais tem que estar por perto para ouvir. E não estou encontrando nenhuma ocasião dessas na vida dela. O pai vê o que quer ver, e ela não quer dissipar essa ficção com fatos. A mãe foi embora há muitos anos. Os outros parentes estão distantes. Todos os amigos ficam muito além da nuvem negra. E só porque Lena foi legal na aula de física não significa que ela deveria arcar com isso, ou que saberia o que fazer.

Volto para a casa vazia de Kelsea, suado e exausto. Ligo o computador dela, e tudo que preciso saber está no histórico: os sites de onde estes planos vieram, onde as informações podem ser encontradas. Bem ali, a um clique de distância para qualquer um ver. Só que não tem ninguém olhando.

Nós dois precisamos conversar com alguém.

Envio um e-mail para Rhiannon.

Preciso muito falar com você agora. A garota em cujo corpo estou quer se matar. Não estou brincando.

Dou a ela o telefone da casa de Kelsea, imaginando que não vai haver nenhum registro óbvio disso, e que um telefonema sempre pode ser considerado um engano.

Dez minutos depois, ela liga.

— Alô? — Atendo.

— É você? — pergunta ela.

— Sim. — Esqueci que ela não conhece minha voz. — Sou eu.

— Recebi seu e-mail. Caramba.

— É. Caramba.

— Como é que você sabe?

Falo rapidamente sobre o diário de Kelsea.

— Coitada — diz Rhiannon. — O que você vai fazer?

— Não tenho ideia.

— Você não tem que contar para alguém?

— Não tive como treinar para isso, Rhiannon. Realmente não sei. Tudo que sei é que preciso dela. Mas tenho medo de dizer. Porque dizer isso pode assustá-la.

— Onde você está? — pergunta.

Digo a cidade.

— Não é longe. Posso chegar em pouco tempo. Você está sozinho?

— Sim. O pai dela não chega antes das 19h.

— Me dê o endereço.

Digo.

— Daqui a pouco estarei aí — diz ela.

Nem mesmo preciso pedir. Isso significa mais do que ela imagina.

Fico me perguntando o que aconteceria se eu arrumasse o quarto de Kelsea. Fico imaginando o que aconteceria se ela acordasse amanhã e encontrasse todas as coisas no lugar certo. Será que lhe traria um pouco de calma inesperada? Será que a faria entender que a vida dela não precisa ser um caos? Ou será que ela olharia em volta e destruiria tudo novamente? Porque é isso que a química, que a biologia dela, lhe diria para fazer.

● ● ●

A campainha toca. Passei dez minutos olhando para as manchas de tinta nas paredes, torcendo para que se reordenassem numa resposta, e sabendo que isso nunca acontecerá.

A nuvem negra está tão densa nesse momento que nem mesmo a presença de Rhiannon consegue afastá-la. Fico feliz por vê-la à porta, mas a felicidade parece mais gratidão resignada do que prazer.

Ela pisca, absorvendo as informações. Eu me esqueci de que não está acostumada a isso, de que não está esperando uma pessoa nova a cada dia. Uma coisa é saber disso na teoria, outra é ver uma garota magra e trêmula parada do outro lado do precipício.

— Obrigado por vir — digo.

Passa um pouco das 17h, então não temos muito tempo até o pai de Kelsea chegar.

Vamos até o quarto dela. Rhiannon vê o diário sobre a cama e o pega. Observo e espero até que ela termine a leitura.

— Isso é sério — diz. — Eu já... pensei nisso. Mas nunca desse jeito.

Ela se senta na cama. Sento-me ao lado dela.

— Você tem que impedi-la — pede.

— Mas como? Será que é meu direito mesmo? Ela não deveria decidir sozinha?

— Mas e aí? Você simplesmente vai deixar ela morrer? Só porque não quis se envolver?

Seguro a mão dela.

— Não temos certeza se o fim da linha é real. Isso poderia simplesmente ser o jeito de ela se livrar dos pensamentos. Colocá-los no papel para não concretizá-los.

Ela olha para mim.

— Mas você não acredita nisso, acredita? Você não teria me ligado se acreditasse.

Ela baixa os olhos para nossas mãos.

— É estranho — diz.

— O quê?

Ela aperta minha mão uma vez, então a afasta.

— Isso.

— Do que você está falando?

— Não é como no outro dia. Quero dizer, é uma mão diferente. Você está diferente.

— Mas eu não sou diferente.

— Você não pode dizer isso. Sim, você é a mesma pessoa por dentro, mas o exterior também conta.

— Você parece a mesma pessoa, não importa com que olhos eu a veja. E eu me sinto o mesmo.

É verdade, mas não responde ao que ela está dizendo.

— Você nunca se envolve na vida das pessoas? Das pessoas que está habitando?

Faço que não com a cabeça.

— Você tenta deixar a vida delas do jeito que encontrou.

— Isso.

— Mas e quanto ao Justin? O que tornou a vida dele tão diferente?

— Você — respondo.

Uma palavra apenas, e ela finalmente entende. Só uma palavra, e a porta para a grandiosidade finalmente se abre.

— Não faz sentido — diz ela.

E o único meio de mostrar-lhe como faz sentido, o único meio de tornar a grandiosidade real, é me inclinando e a beijando. Como da última vez, mas totalmente diferente da última vez. Não é nosso primeiro beijo, mas também não deixa de ser nosso primeiro beijo. Meus lábios parecem diferentes contra os dela, nossos corpos se encaixam de modo diferente. E tem mais uma coisa nos envolvendo, além da grandiosidade: a nuvem negra. Não estou beijando Rhiannon porque quero, e não a estou beijando porque preciso. Eu a estou beijando por uma razão que transcende a vontade e a necessidade, que parece essencial à nossa existência; um componente molecular sobre o qual nosso universo será construído. Não é nosso primeiro beijo, mas é o primeiro no qual ela sabe quem eu sou, e isso faz dele mais um primeiro beijo do que o primeiro beijo que demos.

114

Eu me flagro desejando que Kelsea pudesse sentir isso também. Talvez ela sinta. Não é o suficiente. Não é uma solução. Mas alivia um pouco o peso por um instante.

Rhiannon não está sorrindo quando nos afastamos. Não tem nada da leveza do beijo anterior.

— Isso é definitivamente estranho — diz ela.

— Por quê?

— Porque você é uma garota?! Porque continuo tendo um namorado?! Porque estamos conversando sobre o suicídio de outra pessoa?!

— Em seu coração, isso importa? — No meu nada disso tem importância.

— Sim. Importa, sim.

— Qual parte?

— Todas. Quando beijo você, não estou beijando você de verdade, sabe. Você está aí dentro, em algum lugar. Mas eu estou beijando o exterior. E nesse momento posso sentir você debaixo disso, mas tudo que recebo é tristeza. Estou beijando ela, e sinto vontade de chorar.

— Não é isso que quero — digo a ela.

— Eu sei. Mas é o que está aí.

Ela se levanta e olha ao redor, procurando pistas de um assassinato que ainda não aconteceu.

— Se ela estivesse sangrando na rua, o que você faria?

— Não é a mesma situação.

— E se ela fosse matar outra pessoa?

— Eu a entregaria à polícia.

— Então qual é a diferença?

— É a vida dela. Não a de outra pessoa.

— Mas ainda é uma morte.

— Se ela realmente deseja fazer isso, não há nada que eu possa fazer para impedir.

Mesmo ao dizer isso, parece errado.

— Muito bem — continuo, antes que Rhiannon possa me corrigir. — Criar obstáculos pode ajudar. Envolver outras pessoas pode ajudar. Conseguir os médicos certos para ela pode ajudar.

— Como se ela tivesse câncer, ou estivesse sangrando na rua.

É disso que preciso. Não basta ouvir essas coisas na minha própria voz. Preciso ouvi-las sendo ditas a mim por alguém em quem confio.

— Então... a quem contar?

— Um orientador educacional, talvez?

Olho para o relógio.

— A escola está fechada. E, lembre-se, só temos até meia-noite.

— Quem é a melhor amiga dela?

Faço que não com a cabeça.

— Namorado? Namorada?

— Não.

— Uma linha direta para suicidas?

— Se telefonarmos, vão dar conselhos a mim, não a ela. Não tenho como saber se ela vai se lembrar disso amanhã, ou se terá algum efeito. Acredite, já pensei em todas essas opções.

— Então tem que ser o pai dela, certo?

— Eu acho que ele andou perguntando há algum tempo.

— Bem, você precisa fazê-lo perguntar de novo.

Ela faz as coisas parecerem tão fáceis. Mas nós dois sabemos que não são.

— O que eu digo?

— Você diz: "Pai, quero me matar." Vai até lá e diz.

— E se ele me perguntar o porquê?

— Diga que não sabe. Não se comprometa. Ela vai ter que pensar nisso a partir de amanhã.

— Você pensou nisso no caminho, não foi?

— Foi uma viagem agitada.

— E se ele não se importar? E se não acreditar?

— Então você pega as chaves do carro dele e vai até o hospital mais próximo. Leve o diário com você.

Ao ouvi-la dizer isso, tudo faz sentido.

Rhiannon volta a se sentar na cama.

— Vem cá — diz ela. Desta vez, não nos beijamos. Mas ela abraça meu corpo frágil.

116

— Não sei se consigo fazer isso — murmuro.

— Você consegue — diz ela. — Claro que consegue.

Estou sozinho no quarto de Kelsea quando o pai dela chega em casa. Eu o ouço largando as chaves e pegando alguma coisa da geladeira. Depois caminhando até o quarto dele e saindo de novo. Não diz "olá". Nem sei se percebe que estou aqui.

Cinco minutos se passam. Dez minutos. Enfim, ele grita: "Jantar!"

Não ouvi nenhuma atividade na cozinha, por isso não me surpreende encontrar um balde do KFC sobre a mesa. Ele já começou a comer uma coxa de frango.

Posso imaginar como costuma acontecer. Ele leva o jantar para o quarto, para a frente da tevê. Ela leva o dela para o quarto. E isso representa o restante da noite para eles.

Mas hoje é diferente. Hoje ela diz:

— Eu quero me matar.

A princípio não acho que ele tenha me ouvido.

— Sei que você não quer ouvir isso — digo —, mas é a verdade.

Ele deixa a mão cair, ainda segurando a coxa.

— O que você está dizendo? — pergunta.

— Eu quero morrer — digo a ele.

— Ah, vamos lá — retruca ele. — É sério?

Se eu fosse a Kelsea, provavelmente sairia revoltada do cômodo. Desistiria.

— Você precisa conseguir ajuda para mim — digo. — É uma coisa na qual ando pensando há muito tempo. — Ponho o diário sobre a mesa, empurrando-o até ele. Isso poderia, em última instância, ser minha maior traição a Kelsea. Sinto-me péssimo, mas então recordo a voz de Rhiannon ao meu ouvido, dizendo que estou fazendo a coisa certa.

117

O pai de Kelsea põe a coxa de lado e pega o diário. Começa a ler. Tento decifrar a expressão dele. Ele não quer ver isso. Lamenta o que está acontecendo. Odeia até. Mas não a ela. Ele continua a ler porque, mesmo que odeie a situação, ele não a odeia.

— Kelsea... — gagueja.

Queria que ela pudesse ver como isso o atinge. A expressão no rosto dele, sua vida desmoronando. Porque aí talvez ela percebesse, ao menos por um milésimo de segundo, que, embora o mundo não importe para ela, ela importa para o mundo.

— Isso não é apenas alguma... coisa? — pergunta ele.

Balanço a cabeça negativamente. É uma pergunta tola, mas não vou discutir.

— Então o que vamos fazer?

Isso. Chamei a atenção dele.

— Precisamos de ajuda — respondo. — Amanhã de manhã precisamos encontrar um psicólogo que trabalhe aos sábados, e temos que ver o que precisamos fazer. Provavelmente preciso de remédios. Definitivamente, preciso conversar com um médico. Tenho vivido assim há muito tempo.

— Mas por que você não me disse?

Por que você não viu?, quero perguntar de volta. Mas agora não é hora para isso. Ele vai chegar a esta conclusão sozinho.

— Não faz diferença. Precisamos nos concentrar no agora. Estou pedindo ajuda. Preciso que você consiga ajuda para mim.

— Tem certeza de que pode esperar até amanhã de manhã?

— Não vou fazer nada hoje à noite. Mas amanhã você tem que prestar atenção em mim. Tem que me obrigar, se eu mudar de ideia. Posso mudar de ideia. Posso fingir que esta conversa não aconteceu. Guarde o caderno. É a verdade. Se eu resistir, me obrigue. Chame uma ambulância.

— Uma ambulância?

— É muito sério, pai.

É a última palavra que realmente ganha a confiança dele. Não acho que Kelsea a use com tanta frequência.

118

Agora ele está chorando. Só ficamos parados, trocando olhares. Finalmente, ele diz:

— Coma um pouco do jantar.

Pego um pedaço de frango do balde e o levo para meu quarto. Eu disse tudo o que precisava dizer.

Kelsea vai ter que contar o restante.

Eu o ouço andando pela casa. Escuto-o falando ao telefone com alguém e torço para que seja uma pessoa que possa ajudá-lo, da mesma forma que Rhiannon me ajudou. Ouço quando para do lado de fora da minha porta, com medo de abrir, mas ainda prestando atenção. Faço um ruído baixinho ao me mover para que ele saiba que estou acordada, viva.

Adormeço ouvindo os sons de sua preocupação.

Dia 6.006

O telefone toca.

Estendo a mão para pegá-lo, pensando que é Rhiannon.

Mesmo que não possa ser.

Olho para o nome na tela: *Austin*.

Meu namorado.

— Alô? — atendo.

— Hugo! É sua ligação-despertador das nove da manhã. Estarei aí em uma hora. Fique bem, gatinho.

— Como quiser — resmungo.

Tenho muita coisa para fazer em uma hora.

Primeiro, preciso me levantar, tomar banho e me vestir, como sempre. Na cozinha, posso ouvir meus pais conversando em voz alta numa língua que não conheço. Parece espanhol, mas não é, então suponho que seja português. As línguas estrangeiras me deixam confuso; tenho uma compreensão básica de algumas delas, mas não consigo acessar a memória da pessoa depressa o suficiente para fingir ser fluente em alguma. Acesso e descubro que os pais de Hugo são brasileiros. Mas isso não vai me ajudar a entendê-los melhor. Por isso fico bem longe da cozinha.

Austin vai buscar Hugo para irem a uma parada do orgulho gay, em Annapolis. Dois de seus amigos, William e Nicolas, vão com eles. Está marcado tanto no calendário de Hugo quanto na mente dele.

Por sorte, Hugo tem um laptop no quarto. Como é fim de semana e não dá para usar o computador da escola, vou correr o risco e dar uma olhada. Abro meu e-mail rapidamente e vejo que Rhiannon enviou alguma coisa há apenas dez minutos.

A,

Espero que tenha dado tudo certo ontem. Acabei de ligar para a casa dela, mas não tem ninguém. Você acha que foram procurar ajuda? Estou tentando considerar isto um bom sinal.

Enquanto isso, tem um link que você precisa ver. Está fora de controle.

Onde você está hoje?

R

Clico no link abaixo da assinatura dela e sou levado até o site de um tabloide de Baltimore. A manchete anuncia:

O DEMÔNIO ESTÁ ENTRE NÓS!

É a história de Nathan, mas não somente a história dele. Dessa vez, cinco ou seis pessoas da região afirmam terem sido possuídas pelo demônio. Para meu alívio, não conheço nenhuma além de Nathan. São todas mais velhas do que eu. A maioria diz ter sido possuída por mais do que um único dia.

Eu esperaria que a repórter fosse mais cética, mas ela compra as histórias sem questionar. Até mesmo associa a outras histórias de possessão demoníaca: criminosos no corredor da morte que disseram estar sob influência de forças satânicas, políticos e religiosos flagrados em situações comprometedoras que afirmaram que algo muito atípico os havia dominado. Tudo parece muito conveniente.

Rapidamente, pesquiso o nome de Nathan num mecanismo de busca e encontro mais notícias. A história, ao que parece, está se espalhando.

Em todos os artigos, uma pessoa é citada. Ele sempre diz a mesma coisa:

"Não tenho dúvida de que existam casos de possessão demoníaca", afirma o reverendo Anderson Poole, que tem aconselhado Daldry. "São exemplos clássicos. O diabo é bastante previsível."

"Essas possessões não deveriam causar surpresa", diz Poole. "Nossa sociedade tem deixado a porta escancarada. Por que o diabo não entraria?"

As pessoas estão acreditando nisso. São muitos artigos e comentários; todos de pessoas que veem a obra do diabo em tudo.

Embora não devesse fazer isso, envio um breve e-mail a Nathan.

Não sou o diabo.

Aperto "enviar", mas não me sinto nem um pouco melhor.

Então mando um e-mail para Rhiannon contando como foram as coisas com o pai de Kelsea. Também digo que vou ficar em Annapolis o dia todo, e a deixo ciente de minha aparência e da camiseta que estou vestindo.

Ouço uma buzina do lado de fora e vejo um carro que deve ser de Austin. Passo correndo pela cozinha e dou um adeus rápido para os pais de Hugo. Entro no carro; o garoto no banco do passageiro (William) vai para a parte de trás com o outro garoto (Nicolas) para que eu possa me sentar perto do meu namorado. Austin, por sua vez, dá uma olhada na minha roupa e faz um "tsc, tsc".

— Você está vestindo *isso* para ir à parada?

Mas ele está brincando. Eu acho.

Tem muita conversa ao meu redor durante todo o trajeto, mas não participo de fato. Meu pensamento está longe.

Eu não devia ter enviado aquele e-mail a Nathan.

Uma única linha, mas revela demais.

No momento em que chegamos a Annapolis, Austin está em casa.

— Não é *divertido*? — Ele não para de perguntar.

William, Nicolas e eu fazemos que sim com a cabeça. Na verdade, os eventos do orgulho gay de Annapolis não são tão bem-elaborados assim. Sob muitos aspectos, é como se a Marinha tivesse se tornado gay por um dia, e um bando de pessoas tivesse vindo para comemorar. O tempo está ensolarado e fresco, e isso parece animar ainda mais a todos. Austin gosta de segurar minha mão, balançando-a como se estivéssemos percorrendo a estrada de tijolos amarelos. Normalmente, eu ficaria encantado. Ele tem toda razão em estar orgulhoso e aproveitar esse dia. Não é culpa dele eu estar tão distraído.

Estou procurando por Rhiannon na multidão. Não consigo evitar. De vez em quando, Austin se aproxima.

— Viu alguém conhecido? — pergunta.

— Não — digo com sinceridade.

Ela não está aqui. Não conseguiu chegar. E me sinto um idiota por ficar esperando. Ela simplesmente não pode parar a vida sempre que eu estiver disponível. O dia dela não é menos importante do que o meu.

Vamos até uma esquina onde algumas pessoas estão protestando contra a comemoração. Não entendo o porquê. É como protestar contra o fato de algumas pessoas serem ruivas.

Na minha experiência, desejo é desejo, amor é amor. Nunca me apaixonei por um gênero. Apaixonei-me por indivíduos. Sei que é difícil as pessoas fazerem isso, mas não entendo por que é tão complicado, quando é tão óbvio.

Lembro-me da hesitação de Rhiannon em me beijar por mais tempo quando eu era Kelsea. Torço para que esta não seja nem de perto a razão. Tinha tantos outros motivos naquele momento.

Um dos cartazes dos manifestantes chama minha atenção. Está escrito: "HOMOSSEXUALISMO É OBRA DO DIABO." E, mais uma vez, penso em como as pessoas usam o diabo para dar nome às coisas que temem. A causa e o efeito estão invertidos. O diabo não obriga ninguém a fazer coisas. As pessoas é que fazem as coisas e culpam o diabo por isso.

Como era de esperar, Austin para e me beija na frente dos manifestantes. Tento corresponder. Filosoficamente, estou com ele. Mas não estou no beijo. Não posso fingir a intensidade.

Ele percebe. Não diz nada, mas percebe.

Quero dar uma olhada nos e-mails pelo telefone de Hugo, mas Austin não tira os olhos de mim. Quando William e Nicolas sugerem comer alguma coisa, Austin diz que ele e eu vamos ficar um pouco a sós.

Achei que iríamos almoçar também, mas em vez disso ele me leva até uma loja de roupas hype e passa a hora seguinte experimentando coisas enquanto dou minha opinião, de-quem-está-fora-do-provador. A certa altura ele me puxa para a cabine para roubar uns beijos, aos quais correspondo. Mas, ao mesmo tempo, fico pensando que, se ficarmos ali dentro, Rhiannon não vai ter como me encontrar.

Enquanto Austin discute se a calça skinny é skinny suficiente, fico me perguntando o que Kelsea está fazendo nesse momento. Será que está tirando o peso das próprias costas, lidando com os fatos, ou será que está desafiando, negando que, para começo de conversa, ela quisesse ajuda? Fico imaginando Tom e James jogando videogame, sem ter a menor noção de que a semana deles foi interrompida. Penso em Roger Wilson mais tarde, arrumando as roupas para ir à igreja na manhã seguinte.

— O que você acha? — pergunta Austin.

— Ficou ótima — respondo.

— Você nem olhou.

Não tenho como responder a isso. Ele está certo. Não olhei.

Foco nele agora. Preciso prestar mais atenção.

— Eu gosto — digo a ele.

— Bem, eu não — retruca. E retorna correndo para o provador.

Não fui um bom hóspede na vida de Hugo. Acesso suas lembranças e descubro que ele e Austin começaram a namorar nessa mesma comemoração, há um ano. Eles eram amigos havia algum tempo, mas nunca conversaram sobre o que sentiam. Ambos tinham medo de estragar a amizade, e, ao invés de melhorar as coisas, a prudência deles tornava tudo esquisito. Então, finalmente, quando um casal de caras de vinte e poucos anos passou de mãos dadas, Austin comentou:

— Ei, podia ser a gente daqui a uns dez anos.

E Hugo falou:

— Ou dez meses.

Austin continuou:

— Ou dez dias.

E Hugo disse:

— Ou dez minutos.

E Austen concluiu:

— Ou dez segundos.

Então eles contaram até dez e se deram as mãos pelo restante do dia.

O início de tudo.

Hugo teria se lembrado disso.

Mas eu não.

Austin percebe que alguma coisa mudou. Ele volta do provador sem roupa alguma nos braços, olha para mim e toma uma decisão.

— Vamos sair daqui — diz. — Não quero ter essa conversa particular nesta loja particular.

Ele me conduz até a água, longe da comemoração, longe da multidão. Encontra um banco relativamente isolado, e eu o acompanho. Quando sentamos, tudo vem à tona.

— Você não esteve comigo nem uma vez durante todo o dia — observa ele. — Não ouve nem uma palavra que digo. Fica olhando por aí, procurando por alguém. E beijar você é como beijar um bloco de madeira. Logo hoje, dentre todos os dias. Pensei que você tivesse dito que ia nos dar uma chance. Pensei que você tivesse dito que ia se livrar do que quer que andou te incomodando nas últimas semanas.

125

Tenho *certeza* de que me lembro de você dizendo que não havia outra pessoa. Mas talvez eu esteja errado. Eu estava disposto a tentar, a me virar do avesso por você, Hugo. Mas não posso me virar do avesso e andar por aí ao mesmo tempo. Não posso me virar do avesso e ter uma conversa. Acho que, no fim das contas, simplesmente não sou tão flexível assim.

— Austin, sinto muito — digo.

— Você ao menos me ama?

Não tenho ideia de se Hugo o ama ou não. Se eu tentasse, tenho certeza de que poderia acessar os momentos em que ele o amava e os momentos em que não amava. Mas não posso responder à pergunta tendo certeza de estar sendo sincero. Estou sem saída.

— Meus sentimentos não mudaram — respondo. — Só estou um pouco distraído hoje. Não tem nada a ver com você.

Austin dá uma risada.

— Nosso aniversário de namoro não tem nada a ver comigo?

— Não foi isso que eu quis dizer. Eu me referia ao meu humor.

Agora Austin está balançando a cabeça.

— Não posso fazer isso, Hugo. Você sabe que não posso.

— Você está terminando comigo? — pergunto, e há medo genuíno em minha voz. Não acredito que estou fazendo isso com os dois.

Austin percebe o medo, olha para mim, e talvez enxergue algo que faça valer a pena continuar.

— Não quero que o dia de hoje seja desse jeito — diz ele. — Mas preciso acreditar que você também não quer.

Não consigo imaginar que Hugo estivesse planejando terminar com Austin hoje. E, mesmo que estivesse, ele sempre pode fazer isso amanhã.

— Vem cá — digo.

Austin se aproxima de mim, e me recosto em seu ombro. Ficamos sentados assim por um momento, olhando os barcos na baía. Seguro a mão dele. Quando me viro para fitá-lo, ele está piscando para dispersar as lágrimas.

Desta vez, quando o beijo, sei que tem algo ali. Quando esse sentimento alcançá-lo, pode ser interpretado como amor. É meu "muito-obrigado" por ele não terminar comigo. Meu "muito-obrigado" por ele nos dar pelo menos mais um dia.

Ficamos na rua até tarde, e ajo como um bom namorado durante todo o tempo. Em determinado momento consigo enfim me perder um pouco na vida dele, dançando com Austin, William, Nicolas e umas poucas centenas de gays e lésbicas enquanto os organizadores da parada tocam "In the Navy", do Village People, no último volume.

Continuo procurando por Rhiannon, mas apenas quando Austin está distraído, e, a certa altura, desisto.

Quando chego em casa, tem um e-mail dela:

A,

Desculpe por não ter podido ir até Annapolis; tive que resolver umas coisas.

Quem sabe amanhã?

R

Eu me pergunto que coisas eram essas que ela "teve que resolver". Suponho que envolvam Justin, caso contrário ela teria me dito, não é?

Estou pensando nisso quando Austin me envia uma mensagem de texto para dizer que, no fim das contas, ele teve um ótimo dia. Respondo dizendo que tive um ótimo dia também. Só posso torcer para que seja desse jeito que Hugo se recorde, porque agora Austin tem provas.

A mãe de Hugo entra e fala alguma coisa para mim em português. Só entendo metade do que diz.

— Estou cansado — respondo em inglês. — Acho que é hora de ir para a cama.

127

Não acho que tenha respondido às suas perguntas, mas ela simplesmente balança a cabeça — sou um adolescente típico, pouco comunicativo — e volta para o quarto dela.

Antes de dormir, resolvo ver se Nathan me escreveu de volta.

Ele escreveu.

Uma palavra.

Prove.

Dia 6.007

Na manhã seguinte, acordo no corpo da Beyoncé.

Não a Beyoncé de verdade. Mas um corpo extraordinariamente parecido com o dela. Todas as curvas em todos os lugares certos.

Abro os olhos e vejo um borrão. Estendo a mão para pegar os óculos na mesinha de cabeceira, mas não estão lá. Então saio tropeçando até o banheiro e ponho as lentes de contato.

Aí olho para o espelho.

Eu não sou bonita. Eu não sou linda.

Sou absolutamente maravilhosa.

Sempre fico mais feliz quando sou bonito apenas o suficiente. O que significa: as outras pessoas não me acharão feio. O que significa: eu causo uma impressão positiva. O que significa: minha vida não é definida pela minha beleza, porque isso traz seus próprios perigos tanto quanto as próprias recompensas.

A vida de Ashley Ashton é definida pela sua beleza. A beleza pode surgir naturalmente, mas é difícil ser deslumbrante por acidente. Muito trabalho foi dedicado a esse rosto, a esse corpo. Tenho certeza de que há um regime matinal completo pelo qual devo passar antes de começar o dia.

Não quero nada disso, porém. Tenho vontade de sacudir garotas como Ashley e dizer que, por mais que lutem contra isso, a aparência adolescente não vai durar para sempre, e que há bases muito melhores sobre as quais construir a vida do que sobre a beleza. Mas não há meio de transmitir essa mensagem. O único meio de me rebelar seria deixando a sobrancelha dela por fazer durante o dia.

Acesso onde estou, e descubro que me encontro a quinze minutos de Rhiannon.

Um bom sinal.

Entro no meu e-mail e encontro uma mensagem dela.

A,

Estou livre e com o carro hoje. Disse à minha mãe que tenho
umas coisas pra resolver.

Quer ser uma delas?

R

Digo a ela que sim. Um milhão de vezes, sim

Os pais de Ashley vão ficar fora durante o fim de semana. O irmão mais velho, Clayton, está tomando conta da casa. Tenho medo de que crie problemas, mas ele tem as próprias coisas para fazer, conforme me diz várias vezes. Respondo que não vou ficar no caminho dele.

— Você vai sair assim? — pergunta ele.

Normalmente, quando um irmão mais velho faz essa pergunta, significa que a saia está muito curta ou que o decote está muito grande. Mas nesse caso acho que ele está dizendo que estou vestida como a Ashley particular, não como a pública.

Não me importo de fato, mas respeito o fato de que Ashley se importaria — provavelmente, muito. Então volto e troco de roupa, e até passo maquiagem. Fico fascinado pela vida que Ashley deve ter, sendo linda desse jeito. É como ser muito baixo ou muito alto; muda toda sua perspectiva no mundo. Se outras pessoas te enxergam de modo diferente, você acabará as enxergando de modo diferente também.

Até o irmão lida com ela de um jeito que, aposto, não seria igual se ela tivesse uma aparência mais normal. Ele nem pisca quando digo que vou passar o dia fora com minha amiga Rhiannon.

Se sua beleza é inquestionável, muitas outras coisas também serão.

No instante que entro no carro, Rhiannon começa a gargalhar.

— Você está brincando — diz.

— O quê? — pergunto. Então percebo.

— O *quê?* — repete, zombando. Fico feliz que ela esteja à vontade para fazer isso, mas isso não muda o fato de que está zombando de mim.

— Você tem que entender... É a primeira pessoa a me conhecer em mais de um corpo. Não estou acostumado a isso. Não sei como você vai reagir.

Isso a deixa um pouco mais séria.

— Desculpe. É só que você é uma garota negra e megalinda. É muito difícil formar uma imagem mental. Continuo tendo que modificá-la.

— Me imagine como você quiser. Porque é provável que essa imagem seja mais verdadeira do que qualquer um dos corpos nos quais você me vê.

— Acho que minha imaginação precisa de um pouco mais de tempo para se acostumar a essa situação, OK?

— OK. Então, aonde vamos?

— Como já estivemos na praia, pensei que hoje poderíamos ir até o bosque.

Sendo assim, partimos para o bosque.

Não é como da última vez. O rádio está ligado, mas não estamos cantando junto. Estamos dividindo o mesmo espaço, mas nossos pensamentos se divergem para além dele.

Quero segurar a mão dela, mas percebo que não vai funcionar. Sei que ela não vai estender a mão para mim, a menos que eu precise. Esse é o problema em ser tão bonita: pode te transformar numa pessoa intocável. E esse é o problema em estar num corpo diferente a cada dia: a história está ali, mas não é visível. Tem que ser diferente da última vez, porque eu estou diferente.

Conversamos um pouco sobre Kelsea; Rhiannon ligou para a casa dela uma segunda vez ontem, só para ver o que ia acontecer. O pai de Kelsea atendeu e, quando Rhiannon se apresentou como uma amiga, disse que Kelsea tinha saído para resolver umas coisas, e só. Rhiannon e eu decidimos considerar isso um bom sinal.

Conversamos mais um pouco, porém não sobre coisas importantes. Quero acabar com o constrangimento, para que Rhiannon me trate como seu namorado ou sua namorada de novo. Mas não posso. Não sou.

Chegamos ao parque, e nos afastamos dos outros. Rhiannon encontra uma área de piquenique isolada para nós e me surpreende ao tirar um banquete do porta-malas.

Observo enquanto ela tira as coisas da cesta. Queijos. Baguete. Homus. Azeitonas. Saladas. Batata frita. Molho.

— Você é vegetariana? — pergunto, com base nas evidências diante de mim.

Ela faz que sim com a cabeça.

— Por quê?

— Porque tenho a teoria de que, quando morremos, todos os animais que comemos têm uma chance de nos comer. Se você é carnívoro e somar todos os animais que comeu, bem, vai ser um longo tempo no purgatório, sendo mastigado.

— Sério?

Ela dá uma risada.

— Não. Só estou cansada da pergunta. Quero dizer, sou vegetariana porque acho errado comer outras criaturas conscientes. E é ruim para o ambiente.

— Justo. — Não conto a ela quantas vezes comi carne acidentalmente enquanto estava no corpo de um vegetariano. É só uma coisa da qual não me lembro de checar. Em geral, o que me alerta são as reações dos amigos à volta. Uma vez fiz um vegano passar muito, muito mal no McDonald's.

Durante o almoço, continuamos a conversar sobre coisas banais. Só quando terminamos o piquenique e estamos caminhando pelo bosque é que as palavras reais vêm à tona.

— Preciso saber o que você quer — diz ela.

— Quero que fiquemos juntos — respondo mesmo antes de conseguir pensar no assunto.

Ela continua andando. Eu continuo andando ao lado dela.

— Mas não podemos ficar juntos. Você entende, não é?

— Não. Não entendo.

Ela para. Põe a mão no meu ombro.

— Você precisa entender. Posso sentir carinho por você. Você pode sentir carinho por mim. Mas não podemos ficar juntos.

É ridículo, mas pergunto:

— Por quê?

— Por quê? Porque um dia você poderia acordar do outro lado do país. Porque eu sinto como se estivesse encontrando uma pessoa nova sempre que te vejo. Porque você não pode estar ao meu lado sempre que eu precisar. Porque eu não acho que possa gostar de você independentemente de qualquer coisa. Não assim.

— Por que você não pode gostar de mim assim?

— Porque é coisa demais. Você é perfeito demais agora. Não consigo me imaginar com alguém como... você.

— Mas não olhe para ela. Olhe para mim.

— Não consigo enxergar além dela, está bem? E também tem o Justin. Tenho que pensar nele.

— Não. Não tem.

— Você não sabe de nada, OK? Quantas horas passou acordado dentro dele? Catorze? Quinze? Você realmente conheceu tudo a respeito dele enquanto estava lá? Tudo a meu respeito?

— Você gosta dele porque ele é um garoto perdido. Acredite, já vi isso antes. Mas você sabe o que acontece às garotas que gostam dos garotos perdidos? Elas se perdem também. Não tem erro.

— Você não me conhece...

— Mas sei como funciona! Sei como ele é. Ele não liga para você tanto quanto você liga para ele. Ele não liga para você tanto quanto eu ligo.

— Pare! Apenas pare.

Mas não consigo.

— O que você acha que aconteceria se ele me encontrasse nesse corpo? Se nós três saíssemos? Quanta atenção você acha que ele te daria? Porque ele não se importa com quem você é. Eu acho que você é mil vezes mais atraente do que Ashley. Mas você realmente acha que ele ia conseguir se controlar se tivesse uma chance?

— Ele não é esse tipo de cara.

— Tem certeza? Tem certeza mesmo?

— Muito bem — diz Rhiannon. — Vou ligar pra ele.

Apesar de meus protestos imediatos, ela tecla o número e, quando ele atende, diz que uma amiga está na cidade e que quer que ele a conheça. Será que podíamos sair todos para jantar? Ele concorda, mas só quando Rhiannon diz que é por conta dela.

Ao desligar, simplesmente ficamos parados.

— Satisfeito? — pergunta.

— Não faço ideia — respondo com sinceridade.

— Nem eu.

— Quando vamos nos encontrar?

— Às 18h.

— Está bem — digo. — Nesse meio-tempo, quero lhe contar tudo, e quero que me conte tudo também.

É tão mais fácil quando estamos falando sobre coisas reais. Não temos que ficar nos lembrando dos objetivos das coisas, porque estamos bem no cerne da questão.

Ela me pergunta quando eu compreendi minha condição.

— Provavelmente, com 4 ou 5 anos. Claro, eu sabia antes disso sobre a troca de corpos, que tinha uma mãe e um pai diferentes todos os dias. Ou uma avó ou uma babá ou quem quer que fosse. Sempre havia alguém para cuidar de mim, e eu presumia que viver era simplesmente isso: uma nova vida a cada manhã. Se eu dissesse algo errado, um nome, lugar ou regra, as pessoas me corrigiam. Nunca foi um grande problema. Eu não pensava em mim como menino ou menina; nunca pensei. Só pensava em mim como menino ou menina por um dia. Como se trocasse de roupa.

"O que acabou me criando problema foi o conceito de 'amanhã'. Porque, depois de um tempo, comecei a perceber que as pessoas continuavam a falar sobre fazer coisas no dia seguinte. Juntas. E, se eu questionasse, me olhavam de um jeito estranho. Para todas as outras pessoas parecia haver um amanhã em comum. Mas não para mim. E eu dizia: 'Você não vai estar lá', e elas respondiam: 'Claro que vou.' Então eu acordava e elas não estavam lá. E meus novos pais não tinham ideia do motivo da minha chateação.

"Só havia duas opções: ou algo estava errado com todas as outras pessoas ou algo estava errado comigo. Porque ou elas estavam se enganando ao pensar que havia um amanhã em comum, ou eu era a única pessoa a ir embora."

Rhiannon pergunta:

— Você já tentou ficar?

Respondo:

— Com certeza. Mas não me lembro disso agora; eu me lembro de chorar e de protestar... já te contei sobre isso. Mas do restante? Não tenho certeza. Quero dizer, você se lembra de muita coisa de quando tinha 5 anos?

Ela balança a cabeça.

— Não muito. Me lembro da minha mãe levando a mim e a minha irmã à loja de calçados para comprar sapatos novos antes de começar o jardim de infância. Eu me lembro de aprender que a luz verde significava "siga" e que a vermelha queria dizer "pare". Eu me lembro de pintá-las, e lembro de a professora ficar meio confusa na hora de explicar a luz amarela. Acho que ela disse para agirmos como se fosse a vermelha.

— Aprendi a escrever rápido — digo a ela. — Me lembro de que as professoras ficavam surpresas com o fato de eu saber as letras. E creio que também ficavam surpresas no dia seguinte, quando eu me esquecia delas.

— É provável que uma criança de 5 anos não percebesse que passou um dia ausente.

— Provavelmente. Não sei.

— Fico questionando o Justin sobre isso, sabe. Sobre o dia em que você foi ele. E é incrível como as falsas lembranças são claras. Ele não discorda quando digo que fomos à praia, mas não se lembra disso de verdade.

— James, o gêmeo, ficou assim também. Não percebeu nada de errado, mas quando perguntei a ele sobre ter te encontrado para tomar um café, ele não se lembrava de nada. Lembrava de ter ido à Starbucks; a mente dele tinha ciência do tempo. Mas não foi isso que realmente aconteceu.

— Talvez eles se lembrem do que você quer que lembrem.

— Já pensei nisso. Queria saber com certeza.

Continuamos andando. Traçamos um círculo numa árvore com os dedos.

— E quanto ao amor? — pergunta ela. — Você já se apaixonou?

— Não sei se você chamaria isso de amor — respondo. — Já gostei, com certeza. E houve dias em que realmente lamentei por ir embora. Tentei encontrar uma ou duas pessoas, mas não funcionou. O mais perto que cheguei foi desse cara, Brennan.

— Conte-me sobre ele.

— Faz um ano. Eu estava trabalhando num cinema, e ele estava na cidade, visitando os primos. Quando foi pegar a pipoca, flertamos um pouco, e acabou se formando essa... centelha. Era um cinema pequeno, com uma única sala, e quando o filme estava passando, o trabalho ficava bem devagar. Acho que ele perdeu a segunda parte do filme, porque voltou e começou a conversar mais comigo. Acabei tendo que contar o filme para ele poder fingir que estivera lá na maior parte do tempo. No fim, pediu meu e-mail, e eu inventei um.

— Como fez comigo.

— Exatamente como fiz com você. Na mesma noite ele mandou uma mensagem, e no dia seguinte foi embora de volta para o Maine, o que foi ideal, porque então o restante do nosso relacionamento poderia ser via internet. Eu estava usando um crachá, por isso tive que lhe dizer meu primeiro nome, mas inventei o sobrenome e criei um login usando algumas fotos do perfil do garoto de verdade. Acho que o nome era Ian.

— Ah... Então você era um garoto?

— Sim — respondo. — Faz diferença?

— Não — diz ela. — Acho que não.

Mas dá para ver que faz, sim. Um pouco. Mais uma vez, a imagem mental dela precisa de ajustes.

— Então trocávamos e-mails quase todos os dias. Até entrávamos no bate-papo. E, embora eu não pudesse dizer o que estava acontecendo de verdade (eu escrevia e-mails de lugares muito estranhos) eu ainda sentia que havia alguma coisa no mundo que era sempre minha, e essa era uma sensação nova. O único problema era que ele queria mais. Mais fotos. Depois quis conversar pelo Skype. Então, depois de um mês dessas conversas intensas, ele começou a falar em viajar para lá novamente. O tio e a tia já tinham convidado, e o verão estava chegando.

— Oh-oh.

— É. Oh-oh. Eu não conseguia imaginar um jeito de sair dessa situação. E quanto mais eu tentava mudar de assunto, mais ele percebia. Todas as conversas passaram a ser sobre nós. De vez em quando eu saía pela tangente, mas ele sempre voltava ao mesmo ponto. Então tive que terminar. Porque não haveria um amanhã para nós.

— Por que você não falou a verdade?

— Porque não acreditava que ele pudesse entender. Porque não confiava o suficiente nele, acho.

— Então você terminou.

— Disse que tinha conhecido outra pessoa. Peguei emprestado fotos do corpo em que eu estava no dia. Mudei o status de relacionamento do perfil falso. Brennan nunca mais quis falar comigo.

— Coitado.

— Pois é. Depois disso, me prometi que não iria mais me meter em confusões virtuais, por mais fáceis que parecessem ser. Qual o sentido de uma coisa virtual se não termina sendo real? Eu nunca ia poder oferecer algo real a alguém. Só poderia oferecer ilusão.

— Como fingir ser o namorado de uma pessoa? — diz Rhiannon.

— Sim. Mas você tem que entender: foi uma exceção à regra. E eu não queria que se baseasse em mentiras. Por isso você foi a primeira pessoa a quem já contei.

— O engraçado é que você fala como se fosse algo raro ter feito isso só uma vez. Mas aposto que tem um monte de gente que passa a vida inteira sem dizer a verdade. E essas pessoas acordam no mesmo corpo e na mesma vida todas as manhãs.

— Por quê? O que você não está me contando?

Rhiannon olha nos meus olhos.

— Se não estou te contando algo, é por alguma razão. Só porque você confia em mim, não quer dizer que eu tenha que confiar em você automaticamente. Não funciona assim.

— É justo.

— Eu sei que é. Mas já chega disso. Fale sobre... não sei... o terceiro ano do ensino fundamental.

A conversa continua. Ela descobre o motivo pelo qual agora acesso informações sobre alergias antes de comer alguma coisa (depois de quase ter morrido por causa de um morango quando tinha 9 anos), e eu descubro a origem de seu medo de coelhos (uma criatura particularmente malvada chamada Swizzle, que gostava de fugir da gaiola e dormir no rosto das pessoas). Ela ouve sobre a melhor mãe que já tive (cuja história tem a ver com um parque aquático), e eu ouço sobre os altos e baixos de viver a vida inteira com a mesma mãe, a pessoa que mais te irrita no mundo e, ao mesmo tempo, a que você mais ama acima de qualquer outra coisa. Ela descobre que nem sempre estive em Maryland, mas que só me desloco por grandes distâncias quando o corpo no qual estou se desloca por grandes distâncias. E eu descubro que ela nunca viajou de avião.

Ela ainda mantém uma distância física entre nós. Não dá para apoiar a cabeça no ombro nem andar de mãos dadas agora. Mas se nossos corpos estão distantes, nossas palavras não estão. Não me importo.

Voltamos para o carro e beliscamos o que sobrou do piquenique. Depois ficamos passeando e conversamos mais um pouco. Fico surpreso com o número de vidas das quais consigo me lembrar para contar a Rhiannon, e ela fica impressionada com o fato de sua única vida ter tantas histórias quanto as minhas muitas vidas. Como a existência normal dela é muito estranha e muito intrigante para mim, também começa a parecer um pouco mais interessante para ela.

Eu poderia continuar assim até a meia-noite. Mas, às 17h15, Rhiannon olha para o celular e diz:

— Melhor irmos andando. Justin está esperando por nós.

Por alguma razão, eu tinha conseguido me esquecer disso.

Deveria ser uma conclusão previsível. Eu sou uma garota absurdamente atraente. Justin é o típico garoto excitado.

Estou torcendo para a teoria de Rhiannon estar certa e Ashley somente se lembrar do que eu quero que se lembre, ou do que sua mente quer que ela se lembre. Não que eu vá levar isso longe demais; tudo que preciso é da confirmação do interesse de Justin, não o contato real.

Rhiannon escolheu um restaurante de frutos do mar fora da estrada. Como era de esperar, confirmo que Ashley não tem nenhuma alergia a frutos do mar. Na verdade, ela anda enganando a si mesma, inventando que é "alérgica" a um monte de coisas, como um meio de manter a dieta. Mas frutos do mar nunca chegaram a essa lista em particular.

Quando ela entra no salão, as cabeças realmente se viram. Muitas delas estão presas a homens uns trinta anos mais velhos do que ela. Tenho certeza de que Ashley já está acostumada a isso, mas eu fico assustado.

Embora Rhiannon tenha ficado preocupada achando que Justin poderia estar esperando por nós, ele acaba chegando dez minutos depois. A expressão em seu rosto quando me vê não tem preço; quando Rhiannon disse que uma amiga estava na cidade, ele *não* imaginou que seria Ashley. Ele diz "olá" para Rhiannon, mas fica boquiaberto quando olha para mim.

Sentamos. No início, estou tão preocupado com a reação dele que não percebo a de Rhiannon. Ela está se fechando, subitamente calada, subitamente tímida. Não sei dizer se é a presença de Justin que faz isso acontecer ou se é a combinação da presença dele à minha.

Estivemos tão envolvidos em nosso próprio dia que não nos preparamos de fato para isso. Então, quando Justin começa a fazer as perguntas óbvias — como Rhiannon e eu nos conhecemos, por que ele nunca tinha ouvido falar de mim —, tenho que preencher as lacunas. Para Rhiannon, inventar uma mentira requer reflexão, enquanto para mim faz parte das necessidades básicas.

Digo que minha mãe e a mãe de Rhiannon foram melhores amigas no ensino médio. Agora estou morando em Los Angeles (por que não?), fazendo testes para programas de tevê (porque eu posso). Minha mãe e eu estamos visitando a Costa Leste por uma semana, e ela queria rever a amiga. Rhiannon e eu nos vimos algumas vezes ao longo dos anos, mas esta é a primeira vez em muito tempo.

Justin parece estar prestando atenção em cada uma de minhas palavras, mas não está me ouvindo de modo algum. Roço minha perna na dele "acidentalmente" por baixo da mesa. Ele finge não perceber. Rhiannon também.

Sou descarada, mas tomo cuidado. Toco a mão de Rhiannon algumas vezes quando quero enfatizar algo, para que não pareça incomum quando faço o mesmo com Justin. Digo o nome de um astro de Hollywood que beijei uma vez numa festa, mas deixo claro que não foi grande coisa.

Quero que Justin flerte comigo, mas ele parece incapaz, especialmente quando tem comida diante de si. Então a ordem da atenção é:

comida, Ashley, Rhiannon. Mergulho o bolinho de caranguejo no molho tártaro e imagino Ashley gritando comigo por fazer isso.

Quando a comida acaba, ele volta a se concentrar em mim. Rhiannon se anima um pouco e tenta imitar meus movimentos, primeiro segurando a mão dele. Ele não se afasta, mas também não parece totalmente à vontade; age como se ela o estivesse envergonhando. Imagino que seja um bom sinal.

Finalmente, Rhiannon diz que precisa ir ao banheiro. É minha chance de fazer com que ele aja de maneira imperdoável, de fazer com que ela veja quem ele é de verdade.

Começo com o movimento de perna. Desta vez, com Rhiannon longe, ele não se afasta.

— Olá — digo.

— Olá — responde. E sorri.

— O que você vai fazer depois daqui? — pergunto.

— Depois do jantar?

— Isso. Depois do jantar.

— Não sei.

— Talvez a gente pudesse fazer alguma coisa — sugiro.

— Tá. Claro.

— Talvez só nós dois.

Clique. Ele finalmente entendeu.

Chego mais perto. Toco na mão dele. Digo:

— Acho que ia ser divertido.

Preciso que ele se incline para mim. Preciso que se entregue ao que quer. Preciso que avance o sinal. Só preciso de um "sim" para que isso aconteça.

Ele olha ao redor para ver se Rhiannon está por perto, para saber se os outros caras no salão estão vendo isso acontecer.

— Opa — diz.

— Está tudo bem — digo a ele. — Eu realmente gostei de você.

Ele se recosta na cadeira. Balança a cabeça.

— Hum... não.

Fui muito atirada. Ele precisa que a ideia parta dele.

— Por que não? — pergunto.

Ele olha para mim como se eu fosse uma completa idiota.

— Por que não? — repete ele. — E quanto a Rhiannon? Caramba.

Estou tentando pensar numa resposta para isso, mas não existe nenhuma. E nem importa mais, porque, nesse momento, Rhiannon volta para a mesa.

— Não quero mais isso — diz ela. — Pare.

Justin, tolo como é, pensa que ela está falando com ele.

— Não estou fazendo nada! — protesta, com a perna firme do próprio lado da mesa. — Sua amiga aqui é que está meio fora de controle.

— Não quero mais isso — repete ela.

— Está tudo bem — digo. — Sinto muito.

— E deveria sentir mesmo! — grita Justin. — Meu Deus, não sei como são as coisas na Califórnia, mas aqui não se faz isso. — Ele fica de pé. Olho rapidamente para a virilha dele e vejo que, apesar de ele negar, o flerte teve ao menos um efeito. Mas realmente não posso mostrar isso a Rhiannon.

— Estou indo — diz. Então, como se quisesse provar alguma coisa, beija Rhiannon bem na minha frente. — Obrigado, baby — diz. — Vejo você amanhã.

Ele não se dá ao trabalho de se despedir de mim.

Rhiannon e eu voltamos a nos sentar.

— Desculpe — digo de novo.

— Não. Foi culpa minha. Eu devia saber.

Fico esperando pela parte do *Eu te disse...*, então ela chega.

— Eu te disse, você não entende. Não tem como nos entender — diz ela.

A conta chega. Tento pagar, mas ela recusa.

— Não é seu dinheiro — argumenta. E isso dói tanto quanto todo o restante.

Sei que ela quer que a noite termine. Sei que quer me levar para casa para poder ligar para o Justin, pedir desculpas e ficar de bem com ele de novo.

Dia 6.008

Vou para o computador assim que acordo na manhã seguinte, mas não tem nenhum e-mail de Rhiannon. Envio outra mensagem de desculpas. Envio mais agradecimentos pelo dia. Algumas vezes, quando você aperta "enviar", consegue imaginar a mensagem indo diretamente para o coração da outra pessoa. Mas outras vezes, como agora, parece que as palavras estão meramente caindo num poço.

Entro nas redes sociais, buscando algo mais. Vejo que o status de relacionamento de Austin e Hugo ainda mostra que estão juntos. Bom sinal. A página de Kelsea está bloqueada para quem não é seu amigo. Então aí está a prova de uma coisa que consegui salvar, e de outra onde a salvação é possível.

Tenho que me lembrar de que não é tão ruim.

E tem o Nathan. As notícias a respeito dele continuam a aparecer. O reverendo Poole está obtendo mais testemunhos a cada dia, e os sites de notícias engolem tudo. Até o *Onion* está metido nisso, com a manchete: WILLIAM CARLOS WILLIAMS PARA O REVERENDO POOLE: "O DIABO ME FEZ COMER AMEIXA." Se pessoas inteligentes estão fazendo paródias, é um sinal de que pessoas menos inteligentes estão acreditando nisso.

Mas o que posso fazer? Nathan quer uma prova, mas eu não tenho certeza de poder dar alguma. Tudo o que tenho é a minha palavra, e que tipo de prova é essa?

• • •

Hoje sou um garoto chamado AJ. Ele tem diabetes, portanto tenho outra camada de preocupações por cima das preocupações de sempre. Já tive diabetes algumas vezes, e a primeira foi angustiante. Não porque a doença não fosse controlável, mas porque tive que confiar nas lembranças do corpo para me dizer do que eu devia cuidar e de como lidar com isso. Acabei fingindo que não me sentia bem só para minha mãe ficar em casa e monitorar minha saúde comigo. Agora sinto que posso lidar com a doença, mas estou muito atento ao que o corpo está me dizendo, muito mais do que o normal.

AJ é cheio de idiossincrasias que provavelmente não parecem mais tão idiossincráticas para ele. É fanático por esportes: joga futebol no time reserva, mas sua verdadeira paixão é o beisebol. A mente dele é cheia de estatísticas, fatos e números, calculados em milhares de combinações e comparações diferentes. Ao mesmo tempo, o quarto dele é um santuário dos Beatles, e parece que George é, de longe, o favorito. Não é difícil imaginar o que ele vai vestir, porque o guarda-roupa inteiro é composto de jeans azul e diferentes variações da mesma camisa social. Também tem mais bonés de beisebol do que uma pessoa precisa, mas imagino que ele não possa usá-los na escola.

É um alívio, de várias maneiras, ser um cara que não se importa em andar de ônibus, que tem amigos esperando por ele quando chega, que não tem que lidar com nenhum problema além do fato de ter tomado o café da manhã e continuar com fome.

É um dia comum, e tento me distrair com isso.

No entanto, entre o terceiro e o quarto tempo, sou arrastado de volta à realidade. Porque ali, bem no corredor, está Nathan Daldry.

Primeiro acho que posso estar enganado. Tem um monte de garotos que se parecem com Nathan. Mas então vejo o modo como os outros alunos no corredor estão reagindo diante dele, como se fosse uma piada ambulante. Ele está tentando fingir que não percebe as gargalhadas, os risinhos, os comentários irônicos. Mas não consegue esconder o desconforto.

Penso: *Ele merece. Não tinha que ter dito nada. Podia ter simplesmente deixado essa história passar.*

E penso: *É minha culpa. Fui eu que fiz isso com ele.*

Acesso AJ e descubro que ele e Nathan eram bons amigos no ensino fundamental, e ainda mantêm uma relação amistosa. Por isso faz sentido dizer um "olá" quando ele passar por mim. E ele retribuir com um "olá" também.

Sento com meus amigos na hora do almoço. Alguns caras me perguntam sobre o jogo da noite anterior, e respondo vagamente, acessando o tempo inteiro.

Pelo canto do olho, vejo Nathan sentar-se à mesa, comendo sozinho. Não me lembro de ele não ter amigos, só de ser tapado. Mas agora parece que não tem amigos.

— Vou falar com o Nathan — digo a meus amigos.

Um deles resmunga:

— Sério? Estou tão de saco cheio dele.

— Ouvi dizer que ele está participando de *talk-shows* agora — acrescenta outro.

— Eu imagino que o diabo tenha coisa mais importante a fazer do que pegar um Subaru pra dar uma volta num sábado à noite.

— Sério mesmo.

Pego a bandeja antes que a conversa possa ir além, e digo que nos vemos depois.

Nathan vê que estou me aproximando, mas ainda assim parece surpreso quando me sento com ele.

— Você se importa? — pergunto.

— Não — responde. — De jeito nenhum.

Não sei o que estou fazendo. Penso no último e-mail dele — PROVE —, e meio que espero que aquelas palavras surjam por alguns instantes nos olhos dele, para que haja algum desafio que eu tenha que cumprir. Eu sou a prova. Estou bem na frente dele. Mas ele não sabe.

— Então... como vão as coisas? — pergunto, pegando uma batata frita e tentando agir como se esta fosse uma conversa normal entre amigos na hora do almoço.

— Tudo bem, acho. — Tenho a impressão de que, apesar de toda a atenção que ele está recebendo, não tem muita gente perguntando como estão as coisas.

— E aí, alguma novidade?

Ele olha por cima do meu ombro.

— Seus amigos estão olhando para a gente.

Viro para trás, e todos na minha antiga mesa subitamente olham para qualquer lugar que não seja para nós.

— Tanto faz — digo. — Não ligue para eles. Para nenhum deles.

— Não estou ligando. Eles não entendem.

— Eu entendo. Quero dizer, entendo que eles não entendem.

— Eu sei.

— Mas deve ser bem cansativo ter todo mundo tão interessado. E todos os blogues e tal. E o reverendo.

Fico me perguntando se fui longe demais. Mas Nathan parece feliz por conversar. AJ é um cara legal.

— É, ele realmente entende. Ele sabia que as pessoas me chateariam. Mas disse que eu tinha que ser mais forte. Quero dizer, ver as pessoas rindo não é nada comparado a sobreviver a uma possessão.

Sobreviver a uma possessão. Nunca pensei no que faço nesses termos. Nunca pensei que minha presença fosse algo ao qual as pessoas precisariam sobreviver.

Nathan vê que estou pensando.

— O que foi? — pergunta.

— Só estou curioso. Do que é que você se lembra daquele dia?

Agora a cautela toma conta da expressão dele.

— Por que você está perguntando?

— Curiosidade, acho. Não estou duvidando de você. De jeito nenhum. Eu só sinto que, de todas as coisas que já li e de todas as coisas que as pessoas disseram, nunca ouvi o seu lado. Tudo tem sido em segunda e terceira mão, e até provavelmente em sétima ou oitava mão, por isso fiquei imaginando que devia vir e ouvir em primeira mão.

Sei que estou em terreno perigoso. Não posso fazer do AJ uma espécie de confidente, porque amanhã ele pode não se lembrar do que foi dito, e isso poderia deixar Nathan desconfiado. Mas, ao mesmo tempo, quero saber do que ele se lembra.

Nathan quer conversar, dá para perceber. Sabe que saiu do próprio território. E embora não vá recuar, também se arrepende um pouco. Não acho que ele pretendia que isso controlasse sua vida.

— Foi um dia bastante normal — começa. — Nada de diferente. Estava em casa com meus pais. Fiz as tarefas domésticas, esse tipo de coisa. E então... Não sei. Alguma coisa deve ter acontecido, porque inventei essa história de musical na escola e peguei o carro deles para sair à noite. Não me lembro da parte do musical; eles me contaram isso depois. Mas lá estava eu, dirigindo por aí. E eu tinha essas... vontades. Como se eu estivesse sendo atraído para algum lugar.

Faz uma pausa.

— Para onde? — pergunto.

Ele balança a cabeça.

— Não sei. Isso que é estranho. Tem umas horas que estão completamente em branco. Tenho a sensação de não ter estado no controle do meu corpo, mas é isso. Tenho flashes de uma festa, mas não tenho ideia do local, nem de quem mais estava lá. Então, de repente, estou sendo acordado por um policial. E eu não bebi nem uma gota. Nem usei drogas. Eles me testaram, sabe.

— E se você teve uma convulsão?

— Por que eu ia pegar o carro dos meus pais emprestado para ter uma convulsão? Não, tinha alguma outra coisa no controle. O reverendo diz que devo ter lutado contra o diabo. Como Jacó. Devo ter percebido que meu corpo estava sendo usado para alguma coisa ruim e lutado. E então, quando venci, o diabo me deixou no acostamento da estrada.

Ele acredita nisso. Realmente acredita nisso.

E não posso dizer que não é verdade. Não posso dizer o que realmente aconteceu. Porque, se eu disser, o AJ vai estar em perigo. Eu vou estar em perigo.

— Não precisa necessariamente ter sido o diabo — digo.

Nathan fica na defensiva.

147

— Eu apenas sei, OK? E não sou o único. Tem um monte de gente lá fora que passou pela mesma coisa. Conversei com alguns deles. É assustador quanta coisa temos em comum.

— Você tem medo de que aconteça de novo?

— Não. Estou preparado desta vez. Se o diabo estiver em qualquer lugar por perto, vou saber o que fazer.

Estou sentado bem na frente dele, ouvindo.

Ele não me reconhece.

Não sou o diabo.

Esse pensamento ecoa em minha mente pelo resto do dia.

Não sou o diabo, mas poderia ser.

Observando a situação de uma perspectiva distante, de uma perspectiva como a de Nathan, posso ver como poderia ser assustador. Afinal, o que me impede de fazer o mal? Que castigo haveria se eu pegasse o lápis em minha mão e enfiasse no olho da garota sentada ao meu lado na aula de química? Ou coisa pior. Eu poderia facilmente escapar com o crime perfeito. O corpo que cometeu o assassinato seria inevitavelmente pego, mas o assassino estaria livre. Por que nunca pensei nisso antes?

Tenho potencial para ser o diabo.

Mas então penso: *Pare*. Penso: *Não*. Porque, sério, isso me torna diferente das outras pessoas de alguma forma? Sim, eu poderia escapar, mas certamente todos nós temos potencial para cometer crimes. Escolhemos não cometê-los. Todos os dias, escolhemos não cometê-los. Não sou diferente.

Não sou o diabo.

Ainda estou sem notícias de Rhiannon. Ou o silêncio é fruto da confusão dela ou do desejo de se livrar de mim; não tenho como saber.

Escrevo para ela e digo, simplesmente:

Preciso ver você de novo.

A

Dia 6.009

Continuo sem notícias dela na manhã seguinte.

Entro no carro e dirijo.

O carro é de Adam Cassidy. Ele deveria estar na escola, mas ligo para a secretaria fingindo ser o pai dele e digo que Adam tem uma consulta médica.

Pode durar o dia inteiro.

É um trajeto de duas horas. Sei que deveria usar esse tempo tentando conhecer Adam Cassidy, mas, neste momento, ele não tem muita importância para mim. Eu me acostumei a viver vidas assim o tempo todo, testando qual era o mínimo que precisava saber para passar o dia. Fiquei tão bom nisso que, uma vez, passei dias sem acessar. Tenho certeza de que foram dias passados em branco para os corpos nos quais eu estava, pois foram dias extraordinariamente passados em branco para mim.

Penso em Rhiannon durante a maior parte do trajeto. Em como reconquistá-la. Em como fazer com que ela continue a gostar de mim. Em como fazer isso funcionar.

A última parte é a mais difícil.

Quando chego à escola, estaciono onde Amy Tran estacionou. O dia letivo já começou bem movimentado, por isso, quando abro a porta, me junto à confusão. Eles estão no intervalo entre os tempos e tenho no máximo dois minutos para encontrá-la.

Não sei onde ela está. Nem mesmo sei que aula vai começar. Simplesmente caminho pelos corredores, procurando por ela. As pessoas passam por mim, dizendo para eu olhar por onde ando. Não ligo. Tem as outras pessoas, e tem ela. Só estou concentrado nela.

Deixo o universo me dizer aonde ir. Confio somente no instinto, sabendo que esse tipo de instinto vem de outro lugar além de mim, de outro lugar além deste corpo.

Ela está entrando numa sala de aula. Mas para. Ergue os olhos. E me vê.

Não sei como explicar. Sou uma ilha no corredor enquanto as pessoas me empurram. Ela é outra ilha. Eu a vejo, e ela sabe exatamente quem sou. Não tem como saber disso. Mas sabe.

Ela se afasta da sala, caminhando em minha direção. Outro sinal toca, e o restante das pessoas deixa o corredor, nos deixando a sós.

— Olá — diz ela.

— Olá — respondo.

— Achei que você pudesse aparecer.

— Está com raiva?

— Não, não estou com raiva. — Ela volta a olhar para a sala de aula. — Mas Deus sabe que você não faz bem para minha lista de presença nas aulas.

— Não sou bom para a lista de presença de ninguém.

— Qual é o seu nome hoje?

— A — respondo. — Para você é sempre A.

No tempo seguinte ela tem um teste que não pode perder, por isso ficamos no terreno da escola. Quando começamos a encontrar outros garotos — adolescentes que não têm aula nesse tempo ou que também estão matando aula —, ela começa a ficar um pouco mais cautelosa.

— O Justin está em aula? — pergunto, para dar um nome ao medo dela.

— Sim, se ele resolveu comparecer.

Encontramos uma sala de aula vazia e entramos. Por causa de toda a parafernália shakespeariana pendurada nas paredes, suponho que estamos na sala de inglês. Ou de teatro.

Sentamos na fila de trás, fora do campo de visão da vidraça na porta.

— Como sabia que era eu? — preciso perguntar.

— Pelo modo como olhou para mim — diz ela. — Não teria como ser outra pessoa.

É isso que o amor faz: que você queira reescrever o mundo. Que você queira escolher os personagens, construir o cenário, dirigir o roteiro. A pessoa que você ama senta de frente para você, e você quer fazer tudo que estiver ao alcance para tornar isso possível, infinitamente possível. E quando são apenas vocês dois a sós numa sala, você pode fingir que é assim que as coisas são, que é assim que serão.

Pego a mão dela, e ela não a afasta. Será que é porque algo entre nós mudou, ou será que é apenas porque meu corpo mudou? É mais fácil para ela segurar a mão de Adam Cassidy?

A eletricidade no ar diminuiu. Isso não vai levar a nada além de uma conversa sincera.

— Desculpe pela outra noite — falo mais uma vez.

— Eu mereço parte da culpa. Não devia ter telefonado para ele.

— O que foi que ele disse? Depois?

— Ficou te chamando de "aquela vadia negra".

— Encantador.

— Acho que ele percebeu que era uma armadilha. Não sei. Ele simplesmente sabia que algo estava errado.

— E provavelmente foi por isso que passou no teste.

Rhiannon recua.

— Isso não é justo.

151

— Desculpe.

Fico me perguntando por que ela é forte o bastante para me dizer não, mas não para dizer a ele.

— O que você quer fazer? — pergunto.

Ela corresponde ao meu olhar de forma perfeita.

— O que você quer que eu faça?

— Quero que faça o que achar que é melhor para você.

— Resposta errada — diz ela.

— Por quê?

— Porque é mentira.

Você está tão perto, penso. *Está tão perto, e não posso alcançá-la.*

— Vamos voltar à minha pergunta original — digo. — O que você quer fazer?

— Não quero jogar tudo fora por uma coisa incerta.

— O que é incerto em relação a mim?

Ela ri.

— Sério? Eu preciso explicar?

— Além disso. Você sabe que é a pessoa mais importante que já tive na vida. Isso é certo.

— Em apenas duas semanas. Isso é incerto.

— Você sabe mais sobre mim do que qualquer outra pessoa.

— Mas não posso dizer o mesmo de você. Não ainda.

— Você não pode negar que existe algo entre nós.

— Não. Não posso. Quando te vi hoje, não sabia que estava te esperando até você aparecer. E então toda aquela espera tomou conta de mim em um segundo. É alguma coisa... mas não sei se é certeza.

Sei o que estou te pedindo, quero dizer a ela. Mas me seguro, pois percebo que seria outra mentira. E ela ia me censurar.

Rhiannon olha para o relógio.

— Tenho que me preparar para o teste E você tem que voltar para outra vida.

Não consigo me segurar e pergunto:

— Você não quer me ver?

Ela fica parada por um instante.

— Quero. E não quero. Você acha que isso facilitaria as coisas, mas, na verdade, só as torna mais difíceis.

— Então eu não deveria simplesmente aparecer por aqui?

— Vamos ficar só nos e-mails por enquanto. Está bem?

E, num estalar de dedos, o universo fica errado. Num estalar de dedos, toda a grandiosidade parece encolher feito uma bola e flutuar para longe do meu alcance.

Eu sinto, mas ela não sente.

Ou eu sinto, mas ela não vai sentir.

Dia 6.010

Estou a quatro horas de distância dela.

Sou uma garota chamada Chevelle, e não suporto a ideia de ir para a escola hoje. Por isso, finjo que estou doente, e me dão permissão para ficar em casa. Tento ler, jogar videogames, acessar a internet, fazer todas as coisas que costumava fazer para preencher o tempo.

Nenhuma delas funciona. O tempo ainda parece vazio.

Fico verificando meus e-mails.

Nada dela.

Nada.

Nada.

Dia 6.011

Estou a apenas 30 minutos de distância dela.

Acordei de madrugada com minha irmã me sacudindo e gritando meu nome: Valeria.

Acho que estou atrasado para a escola.

Mas não é isso. Estou atrasado para o trabalho.

Sou uma empregada. Uma empregada menor de idade, ilegal.

Valeria não fala inglês, então todos os pensamentos que preciso acessar estão em espanhol. Nem sei o que está acontecendo. Levo tempo para traduzir o que está acontecendo.

Somos quatro no apartamento. Vestimos nossos uniformes, e uma van vem nos buscar. Sou a mais nova, a menos respeitada. Minha irmã fala comigo, e eu faço que sim com a cabeça. Sinto minha barriga se revirando, e a princípio acho que é só pelo choque da situação. Depois percebo que ela está realmente se revirando: cólica.

Encontro as palavras e digo à minha irmã. Ela compreende, mas ainda tenho que trabalhar.

Outras mulheres se juntam a nós na van. E outra garota da minha idade. Algumas pessoas conversam, mas minha irmã e eu não trocamos uma palavra com nenhuma delas.

A van começa a nos deixar na casa das pessoas. Pelo menos duas em cada; às vezes, três ou quatro. Formo uma dupla com minha irmã.

Sou a responsável pelos banheiros. Tenho que esfregar as privadas. Retirar os fios de cabelo do ralo do chuveiro. Lustrar os espelhos até brilharem.

Cada uma tem seu próprio cômodo. Não conversamos. Não ouvimos música. Só trabalhamos.

Estou suando em meu uniforme. As cólicas não diminuem. Os armários de remédios estão cheios, mas sei que estou aqui para limpar, não para pegar nada. Ninguém sentiria falta de dois comprimidos de Ibuprofeno, mas não vale a pena correr o risco.

Quando chego ao banheiro da suíte do casal, a dona da casa ainda está no quarto, falando ao telefone. Ela não acha que eu seja capaz de entender uma palavra do que diz. Imagine a surpresa dela se Valeria entrasse, fazendo barulho com os pés, e começasse a conversar com ela sobre as leis da termodinâmica ou a vida de Thomas Jefferson com pronúncia perfeita?

Depois de duas horas, terminamos. Acho que é só, mas temos mais quatro casas depois dessa. No fim, mal posso me mover e percebo que minha irmã limpa os banheiros comigo. Somos uma equipe, e essa afinidade dá ao dia a única lembrança digna de ser mantida.

Quando voltamos para casa, mal consigo falar. Faço um esforço para jantar, mas é uma refeição silenciosa. Então vou para a cama, deixando espaço para minha irmã ao meu lado.

O e-mail não é uma opção.

Dia 6.012

Estou a uma hora de distância dela.

Abro os olhos de Sallie Swain e procuro um computador no quarto. Estou abrindo o e-mail antes mesmo de despertar completamente.

A,

desculpe por não ter escrito ontem. Eu queria, mas aconteceram outras coisas (nada de importante, só perda de tempo). Mesmo que tenha sido difícil ver você, também foi bom. De verdade. Mas dar um tempo e pensar nas coisas faz sentido.

Como foi seu dia? O que você fez?

R

Será que ela quer mesmo saber, ou só está sendo educada? Eu sinto como se ela pudesse estar falando com qualquer pessoa. E, embora uma vez tenha pensado que o que eu queria dela era esse tom cotidiano, normal, agora que o tenho, a normalidade me desaponta.

Respondo, contando sobre os últimos dois dias. Então digo que preciso ir; não posso faltar à escola hoje porque Sallie Swain tem uma grande competição de cross-country, e não seria justo fazê-la perder o evento.

• • •

Corro. Sou feito para correr. Porque, quando você corre, pode ser qualquer um. Você concentra todas as energias em um corpo, nada mais nada menos do que um corpo. E responde ao corpo, como um corpo. Se você está correndo para vencer, não pensa em nada além dos pensamentos do corpo, nem tem objetivos além dos objetivos do corpo. Você se extingue em nome da velocidade. E se anula para ultrapassar a linha de chegada.

Dia 6.013

Estou a uma hora e meia de distância dela, e faço parte de uma família feliz.

A família Stevens não deixa os sábados passarem em branco. Não, a sra. Stevens acorda Daniel às 9h em ponto e diz para ele se arrumar para um passeio. Quando ele sai do chuveiro, o sr. Stevens já carregou o carro, e as duas irmãs estão ansiosas para partir.

A primeira parada em Baltimore é o museu de arte, para uma exposição de Winslow Homer. Depois tem almoço no Inner Harbor, seguido por uma longa viagem até o aquário. Então uma versão IMAX de um filme da Disney para as garotas, e jantar num restaurante de frutos do mar tão famoso que eles nem sentem necessidade de pôr a palavra *famoso* no nome.

Há alguns breves momentos de tensão: a irmã que está entediada com os golfinhos, um lugar onde o pai fica frustrado pela falta de vagas. Mas, na maior parte do tempo, todos permanecem felizes. Estão tão absorvidos na própria felicidade que não percebem que não faço parte dela. Estou vagando pela periferia. Sou como as pessoas nos quadros de Winslow Homer, dividindo o mesmo espaço com elas mas sem estar realmente ali. Sou como o peixe no aquário, pensando numa linguagem diferente, me adaptando a uma vida que não é meu hábitat. Sou as pessoas nos outros carros, cada uma com sua história, mas passando depressa demais para serem percebidas ou compreendidas.

É um bom dia, e certamente me ajuda mais do que um dia ruim. Há momentos em que não penso nela, nem mesmo em mim. Há momentos em que apenas me sento em minha moldura, flutuo em meu aquário, ando em meu carro e não digo nada, nem penso em nada que me conecte a coisa alguma.

Dia 6.014

Estou a 40 minutos de distância dela.

É domingo, então resolvo ver o que o reverendo Poole anda fazendo.

Orlando, o garoto em cujo corpo estou, raramente acorda antes de meio-dia aos domingos, portanto, se eu ficar digitando em silêncio, os pais dele vão me deixar em paz.

O reverendo criou um site para as pessoas contarem suas histórias de possessão. Já tem centenas de posts e vídeos.

O post de Nathan é superficial, como se fosse um resumo de suas declarações anteriores. Ele não fez um vídeo. Não descubro nada novo.

Outras histórias são mais elaboradas. Algumas são nitidamente obra de malucos — pessoas clinicamente paranoicas que precisam de ajuda profissional e não de arenas nas quais divulgar suas teorias conspiratórias exageradas. Outros testemunhos, no entanto, são quase dolorosamente sinceros. Tem uma mulher que sente de verdade que Satã a atingiu na fila do supermercado, enchendo-a de desejo de roubar. E tem um homem, cujo filho se matou, que acredita que ele deve ter sido possuído por demônios reais em vez de enfrentar os demônios metafóricos em seu interior.

Como só habito pessoas da minha idade, procuro pelos adolescentes. Poole deve ler com atenção tudo o que aparece no site, pois não há paródia nem sarcasmo. Por isso, são poucos os adolescentes. Tem um, porém, de Montana, e a história dele me faz estremecer. Diz que foi possuído, mas apenas por um dia. Nada de grave aconteceu, mas ele sabe que não estava controlando o próprio corpo.

Nunca estive em Montana. Tenho certeza disso.

Mas o que ele está descrevendo é muito parecido com o que faço.

Tem um link no site de Poole:

SE VOCÊ ACREDITA QUE O DIABO ESTÁ DENTRO DE VOCÊ, **CLIQUE AQUI** OU LIGUE PARA ESTE NÚMERO.

Mas, se o diabo estiver mesmo dentro de você, por que ele ia clicar ou telefonar?

Entro na conta de e-mail antiga e descubro que Nathan está tentando entrar em contato comigo de novo.

Sem prova, hein?

Procure ajuda.

Ele até anexa o link para a página de Poole. Quero responder a ele e informar que nós dois conversamos outro dia. Quero que pergunte ao amigo AJ como foi a segunda-feira dele. Quero que tenha medo de que eu possa estar lá a qualquer momento, em qualquer pessoa.

Não, penso. *Não se sinta assim.*

Era tão mais fácil quando eu não queria nada.

Não conseguir o que quer pode torná-lo cruel.

• • •

Dou uma olhada na outra conta e vejo outro e-mail de Rhiannon. Ela me conta vagamente sobre o fim de semana e me pergunta vagamente sobre o meu.

Tento dormir pelo restante do dia.

Dia 6.015

Acordo, e não estou a quatro horas de distância dela, nem a uma hora, nem a 15 minutos.

Não. Acordo na casa dela.

No quarto dela.

No corpo dela.

No início acho que ainda estou dormindo, sonhando. Abro os olhos, e eu poderia estar no quarto de qualquer garota — um quarto onde ela habita há muito tempo, onde as bonecas de Madame Alexander dividem o espaço com lápis de olho e revistas de moda. Tenho certeza de que é apenas um truque da minha imaginação quando acesso minha identidade e descubro que é Rhiannon quem aparece. Será que já tive esse sonho antes? Acho que não. Mas, de certo modo, faz sentido. Se ela é o pensamento, a esperança, a preocupação sob todos os momentos em que estou acordado, então por que não ia se infiltrar nas minhas horas de sono também?

Mas não estou sonhando. Estou sentindo a pressão do travesseiro contra o rosto. Estou sentindo os lençóis ao redor de minhas pernas. Estou respirando. Nos sonhos, nunca nos preocupamos em respirar.

Imediatamente, é como se o mundo tivesse se transformado em vidro. Todo momento é delicado. Todo movimento é um risco. Sei que ela não ia me querer aqui. Sei o horror que ela estaria sentindo agora. A perda total de controle

Tudo que faço poderia quebrar alguma coisa. Toda palavra que digo. Todo gesto que faço.

Olho ao redor mais um pouco. Algumas garotas e garotos modificam seus quartos à medida que crescem, pensando que precisam banir todas as encarnações mais jovens para habitar uma nova de forma convincente. Mas Rhiannon é mais segura em relação ao passado do que isso. Vejo fotografias dela e da família quando tinha 3, 8, 10 e 14 anos. Um pinguim de pelúcia ainda toma conta da cama dela. J. D. Salinger está ao lado de Dr. Seuss na prateleira.

Pego as fotografias. Se quisesse, podia tentar acessar o dia em que foram tiradas. Parece que ela e a irmã estão numa feira rural. A irmã usa algum tipo de fita de premiação. Seria muito fácil descobrir o que é. Mas não seria Rhiannon me contando.

Quero que ela fique perto de mim, que me conte sobre as coisas. Agora sinto como se a tivesse invadido.

O único modo de passar o dia é vivendo-o como Rhiannon gostaria que eu o vivesse. Se ela souber que estive aqui — e tenho a sensação de que vai saber —, quero que tenha certeza de que não me aproveitei disso. Percebo instintivamente que esse não é o modo pelo qual quero aprender alguma coisa a respeito dela. Não é o modo pelo qual quero ganhar alguma coisa.

Por causa disso, parece que tudo o que posso fazer é perder.

É assim que ela levanta o braço.

É assim que ela pisca os olhos.

É assim que ela vira a cabeça.

É assim que ela passa a língua sobre os lábios, que põe os pés no chão.

Este é o peso dela. A altura. Este é o ângulo a partir do qual ela vê o mundo.

• • •

Eu poderia acessar as lembranças que ela tem de mim. Poderia acessar todas as lembranças que tem do Justin. Poderia ouvir o que andou dizendo quando não estive por perto.

"Olá."

Este é o som da voz dela ouvida de dentro.

É desse jeito que a voz dela soa quando está sozinha.

A mãe dela passa por mim arrastando os pés pelo corredor, acordada, mas não por escolha. Para ela, foi uma longa noite, que levou a uma manhã curta. Ela diz que vai tentar voltar a dormir, mas acrescenta que é improvável que consiga.

O pai de Rhiannon está na cozinha, se preparando para ir trabalhar. O bom-dia dele tem menos queixas. Mas está com pressa, e tenho a sensação de que essas duas palavras são tudo o que Rhiannon vai ouvir. Pego um pouco de cereal enquanto ele procura as chaves, então ecoo um "tchau" à despedida breve dele.

Decido que não vou tomar banho, nem trocar a roupa de baixo da noite anterior. Quando vou ao banheiro, mantenho os olhos fechados. Já me sinto bastante nu olhando para o espelho e vendo o rosto de Rhiannon. Não posso ir além disso. Escovar os cabelos dela já é íntimo demais. Fazer a maquiagem. E até mesmo calçar os sapatos. Sentir o equilíbrio do corpo dela no mundo, a sensação da pele dela desde o interior, tocar seu rosto e receber o toque dos dois lados — é inevitável e incrivelmente intenso. Tento pensar somente como eu mesmo, mas não consigo parar de sentir que sou ela.

Tenho que acessar para encontrar minhas chaves, depois para achar o caminho até a escola. Talvez eu devesse ficar em casa, mas não tenho certeza se conseguiria suportar ficar sozinho no corpo dela por tanto tempo sem distrações. A estação de rádio está ligada no noticiário, o que é inesperado. O pingente do capelo de formatura da irmã está pendurado no espelho retrovisor.

Olho para o banco do carona, esperando que Rhiannon esteja lá, olhando para mim, dizendo-me aonde ir.

Vou tentar evitar o Justin. Vou cedo até o armário, pego os livros e sigo diretamente para a primeira aula. Conforme meus amigos vão entrando lentamente na sala, converso tanto quanto posso. Ninguém percebe qualquer diferença; não porque não se importam, mas porque é de manhã cedo, e não se espera que ninguém esteja cem por cento aqui. Me preocupei tanto com Justin que não percebi o quanto os amigos de Rhiannon são parte da vida dela. Percebo que, até agora, o máximo que vi da vida dela foi quando fui Amy Tran visitando a escola por um dia. Porque ela não passa o dia sozinha. Não é dos amigos que ela quer fugir quando dá suas escapadas.

— Você terminou o dever de biologia? — pergunta a amiga dela, Rebecca.

Primeiro acho que está pedindo para copiar meu dever de casa, mas então percebo que está me oferecendo o dela. Com certeza Rhiannon tem algumas questões para responder. Agradeço e começo a copiar.

Quando a aula inicia e a professora começa a falar, tudo o que preciso fazer é prestar atenção e tomar notas.

Lembre-se disso, digo a Rhiannon. *Lembre-se de como é trivial.*

Não posso evitar de ter flashes de coisas que nunca vi. Desenhos de árvores e montanhas no caderno dela. A marca leve que as meias fazem nos tornozelos. Um sinalzinho vermelho de nascença na base do polegar esquerdo. Provavelmente são coisas que ela nunca nota. Mas como sou novo para ela, vejo tudo.

É assim que a mão dela segura o lápis.

É assim que os pulmões dela se enchem de ar.

É assim que as costas dela fazem pressão contra a cadeira.

É assim que ela toca a orelha.

É desse jeito que o mundo soa para ela. É desse jeito que ela ouve todos os dias.

• • •

Eu me permito ter uma lembrança. Não escolho. Ela simplesmente surge, e eu não a interrompo.

Rebecca está sentada perto de mim, mascando um chiclete. A certa altura da aula, está tão entediada que tira o chiclete da boca e começa a brincar com ele entre os dedos. E eu me lembro de uma vez em que ela fez isso, no sexto ano. A professora a flagrou, e Rebecca ficou tão surpresa por ser descoberta que se assustou, o que fez o chiclete sair voando e ir parar no cabelo de Hannah Walker. A princípio Hannah não sabia o que estava acontecendo, e todas as crianças começaram a rir dela, deixando a professora ainda mais furiosa. Fui eu que me inclinei e disse que havia um chiclete no cabelo dela. Fui eu que o retirei, tomando cuidado para não embaraçar ainda mais. Removi tudo. Eu me lembro de ter removido tudo.

Tento evitar Justin na hora do almoço, mas não consigo.

Estou em um corredor nem um pouco perto dos armários ou da cantina, e ele está lá também. Não está feliz nem infeliz por me ver; considera minha presença um fato, não muito diferente do toque do sinal entre os tempos de aula.

— Quer ir lá fora? — pergunta ele.

— Claro — digo, sem saber realmente com o que estou concordando.

Nesse caso, "lá fora" significa uma pizzaria a dois quarteirões da escola. Pegamos as fatias e as Coca-Colas. Ele paga a dele, mas não se oferece para pagar a minha. O que é bom.

Ele está falante, concentrado no que imagino ser seu assunto favorito: as injustiças cometidas contra ele por todas as outras pessoas, o tempo todo. É uma grande conspiração envolvendo tudo, do problema na ignição do carro ao pai o chateando por causa da faculdade até o "jeito gay de falar" do professor de inglês. Mal estou acompanhando a conversa, e *acompanhar* parece ser a palavra correta, porque esse papo foi concebido para que eu fique, pelo menos, uns cinco passos atrás. Ele não quer minha opinião. Sempre que ofereço qualquer coisa, ele simplesmente a deixa na mesa entre nós, sem aceitá-la.

Conforme ele continua falando o quanto a Stephanie tem sido uma vaca com o Steve e se entupindo de pizza e olhando para a mesa muito mais do que para mim, tenho que combater a tentação real de fazer alguma coisa drástica. Embora ele não perceba, o poder é todo meu. Levaria um minuto — menos até — para terminar com ele. Bastariam umas poucas palavras bem pensadas para romper a corrente. Ele poderia contra-atacar com lágrimas, raiva ou promessas, mas eu poderia resistir a cada uma delas.

É tudo o que quero, mas não abro a boca. Não uso esse poder. Porque sei que esse tipo de rompimento nunca levaria ao começo que desejo. Se boto um ponto final nas coisas desse jeito, Rhiannon nunca vai me perdoar. Ela não apenas poderia desfazer tudo amanhã como também me definiria com base na minha traição pelo resto do tempo que eu permanecesse na vida dela, o que não seria muito.

Espero que Riahnnon perceba: durante todo o tempo, Justin nunca presta atenção a ela. Ela consegue me enxergar em qualquer corpo em que eu esteja, mas ele não consegue enxergar que ela não está ali. Não está olhando com tanta atenção assim.

Então ele a chama de Prateada. É só um "Anda, Prateada" quando acabamos de comer. Penso que, talvez, eu tenha ouvido errado. Então acesso a memória dela e lá está. Um momento entre eles. Eles estavam lendo *Vidas sem rumo (The Outsiders)* para a aula de inglês, deitados lado a lado na cama dele com o mesmo livro aberto, e ela está um pouco mais adiantada na história. Rhiannon pensa que o livro é uma relíquia da época em que garotos de gangue chorões faziam amizade por causa de ...*E o vento levou*, mas fica em silêncio quando vê como o livro o está afetando. Rhiannon permanece lá depois de terminar, e volta a ler o início novamente até Justin terminar também. Então ele fecha o livro e diz: "Uau. Quero dizer, nada que é dourado fica. O quão verdadeiro é isso?" Ela não quer interromper o momento, não quer perguntar o que isso significa. E é recompensada quando ele sorri e diz: "Acho que isso significa que nós teremos que ser prateados." Quando ela vai embora naquela noite, ele grita: "Até logo, Prateada!" E isso pega.

Quando caminhamos de volta à escola, não nos damos as mãos, nem mesmo conversamos. Quando nos separamos, ele não me deseja um boa-tarde nem me agradece o tempo que acabamos de passar juntos. Ele nem mesmo diz que vai me ver dali a pouco. Simplesmente supõe.

Quando ele me deixa, quando outras pessoas me cercam, fico superatento à natureza perigosa do que estou experimentando, do efeito borboleta que ameaça bater as asas em todas as interações. Se você pensar com atenção sobre isso, se traçar as reverberações potenciais por tempo suficiente, todo passo pode ser um passo em falso, qualquer movimento pode levar a uma consequência indesejada.

Quem estou ignorando que não deveria ignorar? O que não estou dizendo que deveria dizer? O que não vou perceber que ela sem dúvida perceberia? Enquanto estou no corredor, que linguagens particulares não estou ouvindo?

Quando se olha para uma multidão, nossos olhos naturalmente vão para certas pessoas, conhecendo-as ou não. Mas meu olhar neste momento está vazio. Sei o que vejo, mas não o que ela veria.

O mundo ainda é de vidro.

É assim que os olhos dela leem as palavras.

É assim que a mão dela vira uma página.

É assim que os tornozelos se cruzam.

É assim que ela baixa a cabeça para que os cabelos ocultem seus olhos da visão de outras pessoas.

É assim que é a letra dela. É assim que é feita. É assim que ela assina o nome.

Tem um teste na aula de inglês. É sobre *Tess d'Urbevilles*, que eu já li. Acho que Rhiannon se sai bem.

Acesso o suficiente para saber que ela não tem nenhum plano para depois da escola. Justin a encontra antes do último tempo e pergunta se ela quer fazer alguma coisa. Fica claro para mim o que será essa coisa, e não consigo ver muita vantagem nisso.

— O que você quer fazer? — pergunto.

Ele olha para mim como se eu fosse um filhotinho imbecil.

— O que você acha?

— O dever de casa?

Ele bufa.

— É. Podemos chamar assim se você quiser.

Preciso de uma mentira. Na verdade, o que quero fazer é dizer sim e dar um bolo nele. Mas isso poderia ter consequências no dia de amanhã. Então, em vez disso, digo que tenho que levar minha mãe a um médico por causa dos problemas dela para dormir. É muito chato, mas eles vão lhe dar remédios e ela provavelmente não vai conseguir dirigir de volta para casa.

— Bem, desde que eles deem um monte de comprimidos para ela — diz ele. — Adoro os comprimidos da sua mãe.

Ele se inclina para me beijar, e tenho que retribuir. É incrível como são os mesmos dois corpos de três semanas atrás, mas o beijo não podia ser mais diferente. Antes, quando nossas línguas se tocaram, quando eu estava do outro lado, parecia uma nova forma de conversa íntima. Agora parece que ele está enfiando algo estranho e nojento em minha boca.

— Traga uns comprimidos para mim — diz ele quando nos separamos.

Espero que minha mãe tenha algumas pílulas anticoncepcionais a mais que eu possa dar a ele.

• • •

Estivemos juntos no mar, e num bosque. Por isso hoje resolvo que deveríamos ir a uma montanha.

Uma pesquisa rápida me mostra o lugar mais próximo para uma escalada. Não tenho ideia se Rhiannon já esteve ali, mas não tenho certeza se isso importa.

Ela não está vestida para caminhar; a sola do All-star está muito gasta. De qualquer forma, sigo em frente, levando uma garrafa de água e um telefone, deixando todo o resto no carro.

De novo, é uma segunda-feira e as trilhas estão completamente vazias. De vez em quando, passo por outra pessoa descendo e fazemos um gesto com a cabeça ou dizemos "olá", do jeito que as pessoas cercadas por acres de silêncio fazem. As trilhas estão marcadas ao acaso ou talvez eu não esteja prestando atenção suficiente. Posso sentir a inclinação tal como é medida pelos músculos da perna de Rhiannon, posso sentir a mudança da respiração dela no ar com menos oxigênio. Continuo andando.

Para a nossa tarde, decidi tentar dar a Rhiannon a satisfação de estar totalmente sozinha. Não a letargia de deitar no sofá ou a monotonia entorpecida de um cochilo na aula de matemática. Nem o perambular pelos corredores de uma casa adormecida à meia-noite ou a dor de estar sozinha num quarto depois de bater a porta. Esta solidão não é uma variação de nenhuma das anteriores. Esta solidão é o próprio ser. Sentir o corpo, mas não usá-lo para desviar a mente de seu rumo. Mover-se com objetivo, mas sem pressa. Conversar, não com a pessoa a seu lado, mas com todos os elementos. Suar e ficar dolorida, subir e tomar cuidado para não escorregar nem cair, nem se perder demais, apenas o suficiente.

E, no fim, a pausa. No alto, a vista. Lutando contra a última inclinação íngreme, contra as últimas curvas da trilha, e encontrando-se acima de tudo isso. Não que haja uma vista espetacular. Não chegamos ao pico do Everest. Mas aqui estamos, no ponto mais alto que o olho pode ver, sem contar as nuvens, o ar, o sol preguiçoso. Tenho 11 anos de novo; estamos no alto da árvore. O ar parece mais limpo, porque, quando o mundo está abaixo de nós, nos permitimos respirar fundo. Quando ninguém mais está por perto, nos abrimos para o espanto mais silencioso que a grandiosidade pode nos oferecer.

Lembre-se disso, imploro a Rhiannon quando olho por cima das árvores, quando recupero o fôlego dela. *Lembre-se dessa sensação. Lembre-se de que estivemos aqui.*

Sento-me numa pedra e bebo um pouco de água. Sei que estou no corpo dela, mas parece que ela está aqui comigo, como se fôssemos duas pessoas separadas, juntas, compartilhando isso.

Janto com os pais dela. Quando me perguntam o que fiz hoje, conto a eles. Tenho certeza de que contei mais do que Rhiannon faria, mais do que o dia costuma permitir.

— Parece ótimo — diz a mãe.

— Só tome cuidado lá fora — acrescenta o pai. Então muda a conversa para algo que aconteceu no trabalho, e meu dia, registrado rapidamente, se torna apenas meu de novo.

Faço o dever de casa da melhor maneira possível. Não olho o e-mail dela, temendo que haja alguma coisa que ela não gostaria que eu visse. Também não verifico meu próprio e-mail, porque ela é a única pessoa de quem eu ia querer notícias. Tem um livro na mesinha de cabeceira, mas não leio, por medo de que ela não vá se lembrar do que li e tenha que ler novamente de qualquer forma. Folheio algumas revistas.

Por fim, decido deixar um bilhete para ela. É a única maneira de ela saber, com certeza, que estive ali. Outra tentação real é fingir que nada daquilo aconteceu, negar qualquer acusação que ela faça com base num resquício de lembrança remanescente. Mas quero ser sincero. Isso só vai funcionar se formos totalmente sinceros.

Por isso conto a ela. Bem no início de minha carta, peço que tente se lembrar o máximo possível do dia antes de continuar a ler, assim o que eu escrever não vai afetar o que realmente ficou na mente dela. Explico que nunca teria escolhido estar no corpo dela, que não é algo sobre o qual eu tenha controle. Digo que tentei respeitar o dia dela tanto quanto soube, e que espero não ter causado nenhum contratempo na vida dela. Então, com a letra dela, mapeio nosso dia. É a primeira vez que escrevo para a pessoa cuja vida ocupei, e, ao mesmo tempo, parece estranho e confortável saber que Rhiannon vai ler tais palavras. Há tantas explicações que posso deixar de mencionar. O fato de estar escrevendo esta carta é uma expressão de fé; tanto nela quanto na crença de que a confiança pode levar à confiança, e a verdade pode levar à verdade.

É assim que as pálpebras dela se fecham.

É assim que o sono é para ela.

É assim que a noite toca a pele dela.

É assim que os ruídos da casa a embalam.

Este é o adeus que ela sente todas as noites. É assim que o dia dela termina.

Eu me encolho na cama, ainda de roupa. Agora que o dia está quase no fim, o mundo de vidro recua, a ameaça da borboleta diminui. Imagino que nós dois estamos nesta cama, que meu corpo invisível está aninhado no dela. Estamos respirando no mesmo ritmo, nossos peitos subindo e descendo em uníssono. Não temos necessidade de sussurrar, porque, a esta distância, só precisamos do pensamento. Nossos olhos se fecham ao mesmo tempo. Sentimos os mesmos lençóis contra nós, a mesma noite. Nossa respiração desacelera ao mesmo tempo. Partimos em versões diferentes do mesmo sonho. O sono nos leva exatamente na mesma hora.

Dia 6.016

A,

Acho que me lembro de tudo. Onde você está hoje?
Em vez de escrever um longo e-mail, quero conversar.

R

Estou a cerca de duas horas de distância dela quando leio o e-mail, no corpo de um garoto chamado Dylan Cooper. Ele é um desses nerds do design, e seu quarto é um pomar de produtos da Apple. Acesso o suficiente para saber que, quando ele gosta muito mesmo de uma garota, cria uma fonte e a batiza com o nome dela.

Respondo a Rhiannon, dizendo onde estou. Ela escreve de volta imediatamente (deve estar esperando perto do computador) e me pergunta se posso encontrá-la depois da escola. Marcamos de nos encontrar na Clover Bookstore.

Dylan é um sedutor. Até onde posso ver, ele está a fim de três garotas diferentes. Passo o dia tentando não me aproximar muito de nenhuma delas. Ele vai ter que descobrir sozinho qual das fontes prefere.

Chego meia hora mais cedo na livraria, mas estou nervoso demais para ler qualquer coisa além dos rostos das pessoas à minha volta.

Ela passa pela porta, adiantada também. Não preciso me levantar nem acenar. Ela lança um olhar pelo local, nota a mim e ao modo como olho para ela, e sabe.

— Olá — diz ela.

— Olá — respondo.

— Parece a manhã seguinte — diz ela.

— Eu sei — respondo.

Ela trouxe café, e agora estamos sentados à mesa com as xícaras abrigadas em nossas mãos.

Vejo algumas das coisas que percebi ontem: o sinal de nascença, as espinhas espalhadas pela testa. Mas agora eles não importam tanto quanto a imagem completa.

Ela não parece surtada. Nem irritada. Se qualquer coisa, parece em paz com o que aconteceu. Quando o choque diminui, você sempre espera que, por trás dele, haja compreensão. E com Rhiannon, aparentemente a compreensão já veio à tona. Qualquer vestígio de dúvida desapareceu.

— Acordei e sabia que algo estava diferente — diz. — Mesmo antes de ver sua carta. Não era a desorientação esperada. Mas não sentia como se tivesse perdido um dia. Era como se tivesse acordado e algo tivesse sido... acrescentado. Então vi a carta e comecei a ler, e na mesma hora soube que era verdade. Tinha acontecido mesmo. Parei quando você me disse para parar, e tentei me lembrar de tudo sobre o dia de ontem. Estava tudo ali. Não as coisas que costumo esquecer, como acordar ou escovar os dentes. Mas subir aquela montanha. Almoçar com Justin. Jantar com meus pais. Até escrever a carta em si: eu me lembrava disso. Não deveria fazer sentido. Por que eu ia escrever uma carta para eu mesma ler na manhã seguinte? Mas, na minha mente, faz sentido.

— Você me sente aí? Nas suas lembranças?

Ela balança a cabeça.

— Não do jeito que você pensa. Não sinto você no controle das coisas, nem no meu corpo ou algo assim. É como se você estivesse comigo. Tipo, como se eu pudesse sentir sua presença, mas fora de mim.

Ela faz uma pausa. E recomeça.

— É insano termos essa conversa.

Mas eu quero saber mais.

— Eu queria que você se lembrasse de tudo — digo. — E é como se sua mente cooperasse com isso. Ou talvez ela também quisesse que você se lembrasse.

— Não sei. Só estou feliz por me lembrar.

Conversamos mais sobre o dia, sobre como isso é estranho. Por fim, ela diz:

— Obrigada por não bagunçar minha vida. E por não se despir de minhas roupas. A menos, claro, que você não quisesse que eu me lembrasse de que você deu uma espiadinha.

— Não teve espiadinha.

— Acredito em você. Por incrível que pareça, acredito em você a respeito de todas as coisas.

Dá para perceber que tem algo mais que ela deseja dizer.

— O que foi? — pergunto.

— É só que... Você acha que me conhece melhor agora? Porque o estranho é que... eu sinto que te conheço mais. Por causa do que fez e do que não fez. Não é estranho? Eu pensaria que você teria descoberto mais sobre mim... mas não tenho certeza de que isso seja verdade.

— Eu conheci seus pais — digo.

— E qual foi sua impressão?

— Acho que os dois se preocupam com você, do jeito deles.

Ela dá uma risada.

— Boa resposta.

— Bem, foi legal conhecê-los.

— Pode ter certeza de que vou me lembrar disso quando você conhecê-los de verdade. "Mãe, pai, este é A. Vocês acham que o estão conhecendo agora, mas, na verdade, vocês já o conhecem, de quando ele estava no meu corpo.

— Tenho certeza de que vou me sair bem.

Claro, nós dois sabemos que não vou me sair bem de jeito nenhum. Não há meio de conhecer os pais dela. Não como eu mesmo.

Não verbalizo isso, nem ela. Nem sei se ela está pensando nisso durante a pausa que se segue. Mas eu estou.

— Não tem como acontecer de novo, certo? — pergunta ela, finalmente. — Você nunca é a mesma pessoa duas vezes.

— Correto. Nunca vai acontecer de novo.

— Sem ofensas, mas é um alívio não ter que ir dormir me perguntando se vou acordar com você no controle. Acho que posso lidar com isso uma vez. Mas não transforme num hábito.

— Prometo. Quero que ficar com você se torne um hábito, mas não desse jeito.

E aí está: eu tinha que trazer à tona a questão sobre nosso destino a partir de agora. Sobrevivemos ao passado, estamos aproveitando o presente, mas agora eu forço a barra e caímos no futuro.

— Você viu minha vida — diz ela. — Me diz um modo de fazer isso funcionar.

— Nós vamos encontrar um jeito — respondo.

— Isso não é uma resposta. É uma esperança.

— A esperança nos trouxe até aqui. Não as respostas.

Ela me dá um breve sorriso.

— Tem razão. — Ela bebe um gole de café, e posso ver que outra pergunta está a caminho. — Sei que é esquisito, mas... continuo pensando. Você realmente não é menino nem menina? Quero dizer, quando estava no meu corpo, você se sentiu mais... à vontade do que no corpo de um garoto?

É interessante que essa seja a única coisa à qual ela se apegue.

— Sou apenas eu — digo a ela. — Sempre me sinto à vontade e nunca me sinto à vontade. É assim que as coisas são.

— E quando você beija alguém?

— É a mesma coisa.

— E na hora do sexo?

— O Dylan está ficando vermelho? — pergunto. — Neste minuto, ele está ficando vermelho?

— Está — diz Rhiannon.

— Que bom. Porque sei que eu estou.

— Você nunca...?

— Não seria justo da minha parte..

— Nunca!

— Fico feliz que você ache engraçado.

— Desculpe.

— Teve uma garota.

— Sério?

— É. Ontem. Quando eu estava no corpo dela. Não se lembra? Acho que talvez ela esteja grávida.

— Isso não tem graça! — diz ela. Mas está rindo.

— Eu só tenho olhos para você — digo.

Apenas seis palavras e a conversa volta a ficar séria. Sinto isso como uma mudança no ar, como quando uma nuvem cobre o sol. As risadas param, e ficamos quietos.

—A... — começa ela. Mas não quero ouvir. Não quero ouvir sobre o Justin, nem sobre as impossibilidades ou qualquer das outras razões pelas quais não podemos ficar juntos.

— Agora não — peço. — Vamos ficar numa boa.

— Está bem — responde ela. — Posso fazer isso.

Ela me pergunta sobre as outras coisas que percebi quando estava em seu corpo, e falo sobre o sinal de nascença, sobre as pessoas que notei nas salas de aula, sobre a preocupação dos pais. Compartilho a lembrança sobre Rebecca, mas não conto a ela minhas observações sobre Justin, pois ela já sabe, quer ela admita ou não para mim ou para si. E não menciono as pequenas rugas ao redor dos olhos nem as espinhas porque sei que elas iam aborrecê-la, mesmo que sirvam para acrescentar algo real à sua beleza.

Nós dois temos que estar em casa para o jantar, mas o único modo pelo qual a deixo ir é obtendo uma promessa de que passaremos algum tempo juntos em breve. Amanhã. Ou depois de amanhã.

— Como posso dizer não? — pergunta ela. — Estou morrendo de curiosidade para ver quem você vai ser a seguir.

Sei que é uma piada, mas tenho que responder:

— Sempre vou ser o A.

Ela se levanta e me beija na testa.

— Eu sei — diz. — É por isso que quero te ver.

Saímos numa boa.

Dia 6.017

Passei dois dias sem pensar em Nathan, mas é evidente que Nathan não passou dois dias sem pensar em mim.

19h30, SEGUNDA-FEIRA
Ainda quero provas.

20h14, SEGUNDA-FEIRA
Por que você não está falando comigo?

23h43, SEGUNDA-FEIRA
Você fez isso comigo. Mereço uma explicação.

6h13, TERÇA-FEIRA
Não consigo mais dormir. Fico me perguntando se você vai voltar. Fico me perguntando o que vai fazer comigo. Você é louco?

14h30, TERÇA-FEIRA
Você só pode ser o diabo. Só o diabo me deixaria desse jeito.

2h12, QUARTA-FEIRA
Você tem ideia de como as coisas estão pra mim agora?

O peso que sinto é o peso da responsabilidade, com o qual é complicado se lidar. Ele me deixa mais lento, mais pesado. Mas, ao mesmo tempo, isso evita que eu flutue para a ausência de sentido

São 6h; Vanessa Martinez acordou cedo. Depois de ler os e-mails de Nathan, penso no que Rhiannon disse, no que ela temia. Nathan merece ao menos que eu lhe dê uma resposta.

Não vai acontecer de novo. É definitivo. Não posso explicar muito mais do que isso, mas é o que sei: só acontece uma vez. Aí você segue em frente.

Ele escreve de volta dois minutos depois.

Quem é você? Como vou acreditar em você?

Sei que qualquer resposta que eu lhe der correrá o risco de ser publicada no site do reverendo Poole em questão de segundos. Não quero contar a ele meu nome verdadeiro. Mas sinto que, se eu fornecer um nome a ele, será menos provável que ele me veja como o diabo e mais provável que me veja como sou: apenas uma pessoa igual a ele.

Meu nome é Andrew. Você precisa acreditar em mim, porque sou a única pessoa que realmente entende o que aconteceu com você.

Não foi surpreendente quando ele respondeu com:

Prove.

Digo a ele:

Você foi a uma festa. Não bebeu. Conversou com uma garota. Ela perguntou se você queria dançar no porão. Você foi e, por cerca de uma hora, dançou. Perdeu a noção do tempo. Perdeu a noção de si. E foi um dos momentos mais fantásticos de sua vida. Não sei se você lembra, mas provavelmente uma hora vai estar dançando daquele jeito outra vez e isso vai parecer familiar, e você saberá que já fez antes. Será o dia do qual você se esqueceu. É assim que você vai ter essa parte de volta.

Não é o suficiente.

Mas por que eu estava lá?

Tento simplificar.

Você estava lá para conversar com a garota. Por apenas um dia, você queria conversar com aquela garota.

Ele pergunta:

Qual é o nome dela?

Não posso envolvê-la. Não posso explicar a história toda. Então opto por me esquivar.

Isso não é importante. O importante é que, por um curto período, valeu a pena. Você estava se divertindo tanto que perdeu a noção do tempo. Por isso você estava no acostamento da estrada. Não bebeu. Não bateu. Só perdeu a noção do tempo.

Tenho certeza de que foi assustador. Não tenho dúvida de que é difícil de entender. Mas não vai acontecer de novo.

Perguntas sem resposta podem te destruir. Siga em frente.

É a verdade, mas não é o suficiente.

Seria fácil pra você, não é? Se eu seguisse em frente.

Cada oportunidade que dou a ele, cada verdade que digo, alivia mais o peso da minha responsabilidade. Eu me solidarizo com a confusão dele, mas não sinto nada em relação à hostilidade.

Nathan, o que você faz ou deixa de fazer não é problema meu. Só estou tentando ajudar. Você é um cara legal. Não sou seu inimigo. Nunca fui. Nossos caminhos se cruzaram por acaso. Agora se separaram.

Vou embora agora.

Fecho a janela, então abro uma nova para ver se Rhiannon vai aparecer. Percebo que ainda não descobri a que distância estou dela, e fico desanimado ao saber que está a quase quatro horas de mim. Conto a novidade para ela num e-mail, e uma hora depois ela responde que ia ser difícil nos encontrarmos hoje de qualquer forma. Então marcamos para amanhã.

Nesse meio-tempo, tenho que enfrentar Vanessa Martinez. Ela corre pelo menos 3 quilômetros todas as manhãs, e já estou atrasado para o exercício. Ela tem que se virar com apenas 1,5 quilômetro, e quase posso ouvi-la reclamando comigo. No café da manhã, porém, ninguém diz nada: os pais de Vanessa e a irmã parecem ter um medo genuíno dela.

É a primeira pista de algo que vou comprovar várias vezes durante o dia: Vanessa Martinez não é uma boa pessoa.

Isso se evidencia quando ela encontra os amigos, no início das aulas. Eles também têm medo. Não se vestem igual a ela, mas fica claro que todos se vestem de acordo com as mesmas regras de vestuário, ditadas por você-sabe-quem.

Ela tem uma personalidade venenosa, e sinto que até eu estou suscetível a isso. Sempre que há algo ruim a ser dito, todos olham para ela, esperando por um comentário. Até os professores. E me encontro preso nesses silêncios, com palavras na ponta da minha língua peçonhenta. Vejo todas as garotas que não estão vestidas de acordo com as regras e como seria fácil acabar com elas.

Aquilo que a Lauren tem nas costas é uma mochila? Acho que ela vai fingir que está no ensino fundamental até ter peitos. E, ai, meu Deus, por que Felicity está usando aquelas meias? Aquilo são gatinhos? Pensei que só molestadores de crianças condenados pudessem usar essas coisas. E a blusa de Kendall? Não acho que exista coisa mais triste do que uma garota sem-graça tentando ser sexy. Devíamos fazer uma vaquinha pra ela, de tão triste. Tipo, as vítimas de um tornado iam olhar pra ela e dizer: "Não, sério, não precisamos do dinheiro de verdade. Deem para aquela garota desastrosa."

Não quero esses pensamentos em parte alguma da minha mente. O estranho é que, quando eu os escondo, quando não deixo Vanessa dizê-los em voz alta, não sinto o alívio de nenhuma das pessoas à minha volta. Sinto decepção. Estão entediados. E o tédio deles é alimentado pela maldade.

O namorado de Vanessa, Jeff, um desses viciados em esportes, acha que ela está naqueles dias. A melhor amiga e cúmplice número um, Cynthia, pergunta se alguém morreu. Eles sabem que algo está errado, mas nunca vão adivinhar a verdadeira razão. Certamente não vão pensar que ela foi possuída pelo diabo. No máximo desconfiarão que o diabo tirou um dia de folga.

Sei que seria tolice minha tentar modificá-la. Eu podia dar uma fugida hoje à tarde e inscrevê-la como voluntária para distribuir sopa, mas tenho certeza de que quando ela chegasse lá amanhã só ia ridicularizar as roupas dos sem-teto e a qualidade da sopa. O melhor que poderia fazer seria colocá-la numa posição comprometedora, na qual alguém pudesse chantageá-la. (*Vocês viram o vídeo da Vanessa Martinez andando pelo corredor de fio-dental e cantando músicas do* Vila Sésamo? *E depois quando ela correu para o banheiro feminino e enfiou a cabeça numa privada?*) Mas isso seria descer ao nível dela, e tenho certeza de que usar o próprio veneno contra ela faria com que, no mínimo, um pouco dele recaísse dentro de mim também.

Por isso não tento modificá-la. Simplesmente tento deter sua ira por um único dia.

É exaustivo tentar fazer com que uma pessoa má aja da forma correta. Dá para ver por que é tão mais fácil ser má.

• • •

Quero contar a Rhiannon tudo sobre isso. Porque, quando algo acontece, é ela a pessoa a quem quero contar. O indicador mais básico do amor.

Tenho que recorrer ao e-mail, mas o e-mail não é o suficiente. Estou começando a ficar cansado de depender das palavras. Elas estão cheias de significado, sim, mas falta a sensação. Escrever para ela não é a mesma coisa que ver seu rosto enquanto ela ouve com atenção. Receber a resposta dela não é a mesma coisa que ouvir sua voz. Sempre fui grato à tecnologia, mas agora é como se um pequeno nó de separação fosse tecido sobre qualquer interação digital. Quero estar presente, e isso me assusta. Todos os meus tradicionais pequenos confortos estão sendo tirados de mim agora que conheço o conforto maior da presença.

Nathan também envia um e-mail, como eu sabia que faria.

Você não pode me deixar agora. Tenho mais perguntas.

Não tenho coragem de dizer a ele que esse é o jeito errado de pensar sobre o mundo. Sempre haverá mais perguntas. Toda resposta leva a mais perguntas.

O único meio de sobreviver é abrindo mão de algumas.

Dia 6.018

No dia seguinte, sou um garoto chamado George e estou a apenas 45 minutos de distância de Rhiannon. Ela me envia um e-mail dizendo que poderá sair da escola na hora do almoço.

No entanto, vou ter um dia difícil, porque hoje tenho aula em casa.

A mãe e o pai de George são pais do-tipo-que-ficam-em-casa, e George e os dois irmãos passam todos os dias com eles. O cômodo que na maioria das casas seria denominado sala de jogos é chamado de "sala das aulas" pela família de George. Os pais até arranjaram três carteiras para eles, aparentemente sobras de alguma escola rural da virada do século passado.

Não dá para dormir tarde aqui. Todos nós acordamos às 7h, e existe um protocolo sobre quem toma banho quando. Consigo usar o computador escondido por alguns minutos para ler a mensagem de Rhiannon e enviar a minha, dizendo que teremos que ver o que vai acontecer durante o dia. Então, às 8h, nos sentamos pontualmente às carteiras, e enquanto nosso pai trabalha no outro extremo da casa, a mãe nos dá aula.

Ao acessar, descubro que George nunca esteve numa sala de aula além desta, por causa de uma briga que os pais tiveram com a professora da pré-escola do irmão mais velho sobre os métodos de ensino dela. Não consigo imaginar quais métodos do jardim de infância seriam chocantes o bastante para afastar uma família inteira da escola para sempre, mas não tenho como acessar informações sobre esse acontecimento, pois George não tem ideia do que houve. Ele só lida com as consequências.

Eu já tive aulas em casa antes com pais que eram interessados e interessantes, que queriam ter certeza de que os filhos teriam espaço para explorar e crescer. Não é o caso aqui. A mãe de George é feita de um material severo, inflexível, e também é a oradora mais lenta que já ouvi.

— Garotos... vamos falar... sobre... os acontecimentos... que levaram... à... Guerra... Civil.

Todos os irmãos aceitam isso, resignados. Eles sempre olham para a frente o tempo inteiro, numa imitação perfeita do ato de prestar atenção.

— O presidente... do... Sul... era... um homem... chamado... Jefferson... Davis.

Eu me recuso a ficar refém dessa maneira — não quando, em breve, Rhiannon estará esperando por mim. Por isso, depois de uma hora, decido seguir a estratégia de Nathan.

Começo a fazer perguntas.

Qual era o nome da esposa de Jefferson Davis?

Quais eram os estados da União?

Quantas pessoas realmente morreram em Gettysburg?

Lincoln escreveu o discurso de Gettysburg sozinho?

E mais umas três dúzias delas.

Meus irmãos olham para mim como se eu tivesse cheirado cocaína, e minha mãe fica confusa a cada pergunta, porque tem que procurar cada uma das respostas.

— Jefferson Davis... casou-se... duas vezes. A primeira esposa... Sarah... era filha do... presidente... Zachary Taylor. Mas Sarah... morreu... de malária... três meses depois... do... casamento. Ele voltou a se casar...

Isso continua por mais uma hora. Então pergunto a ela se posso ir à biblioteca para pegar alguns livros sobre o assunto.

Ela diz que sim e se oferece para me levar até lá.

188

• • •

O dia letivo está na metade, por isso sou o único na biblioteca. No entanto, a bibliotecária me conhece e sabe de onde estou vindo. Ela é simpática comigo, mas ríspida com minha mãe, o que me leva a crer que a professora do jardim de infância não é a única pessoa na cidade que minha mãe considera incompetente em seu trabalho.

Encontro um computador e envio um e-mail para Rhiannon dizendo onde estou. Então pego uma cópia de *Feed* da prateleira e tento me lembrar onde parei, alguns corpos atrás. Sento à mesa de leitura perto da janela, e minha atenção é atraída toda hora para o trânsito, mesmo sabendo que ainda vai levar umas duas horas até Rhiannon aparecer.

Durante uma hora, ponho de lado minha vida emprestada e assumo a do livro que estou lendo. Rhiannon me encontra assim, no espaço de leitura altruísta que minha mente me empresta. No início, nem percebo que ela está ali.

— Hã-hã — diz ela. — Imaginei que você fosse o único garoto no prédio, portanto tinha que ser você.

É fácil demais. Não consigo resistir.

— Como é que é? — digo, abrupto.

— É você, não é?

Faço George parecer tão confuso quanto possível.

— Eu te conheço?

Agora ela começa a ficar em dúvida.

— Ah, desculpe. É só que, hum, eu ia me encontrar com um garoto.

— Como ele é?

— Eu não, hum, conheço. É, tipo, uma coisa da internet.

Resmungo.

— Você não devia estar na escola?

— *Você* não devia estar na escola?

— Não posso. Tem uma garota realmente incrível com quem eu ia me encontrar.

Ela me lança um olhar severo.

— Imbecil.

— Desculpe. É só que...

— Seu idiota... imbecil.

Ela está com raiva de verdade. Eu fiz uma besteira de verdade.

Levanto da mesa de leitura.

— Rhiannon, me desculpe.

— Você não pode fazer isso. Não é justo. — Ela está de fato se afastando de mim.

— Nunca mais vou fazer. Prometo.

— Não acredito que você acabou de fazer isso. Olhe nos meus olhos e diga mais uma vez. Diga que promete.

Olho nos olhos dela.

— Eu prometo.

É o suficiente, mas não de verdade.

— Acredito em você — diz ela. — Mas ainda é um imbecil até que prove o contrário.

Esperamos até a bibliotecária estar distraída, então saímos de fininho pela porta. Fico preocupado sobre se há alguma lei sobre denunciar garotos que têm aula em casa e que saem sem consentimento. Sei que a mãe de George volta daqui a duas horas, sendo assim, não temos muito tempo.

Vamos até um restaurante chinês na cidade. Se eles acham que devíamos estar na escola, não tocam no assunto. Rhiannon me conta sobre a manhã monótona dela: Steve e Stephanie brigaram de novo, mas fizeram as pazes no segundo tempo; e conto para ela como foi estar no corpo de Vanessa.

— Conheço tantas garotas assim — diz Rhiannon quando termino. — As perigosas são aquelas que são realmente boas nisso.

— Suspeito que ela seja muito boa.

— Bem, fico feliz por não ter tido que conhecê-la.

Mas aí você não pôde me ver, penso, e guardo para mim.

Encostamos os joelhos debaixo da mesa. Minhas mãos encontram as dela, e nos damos as mãos. Conversamos como se nada disso estivesse acontecendo, como se não sentíssemos a vida pulsar através de todos os pontos onde estamos nos tocando.

— Desculpe por ter chamado você de imbecil — diz ela. — É só que... já é difícil do jeito que é. E eu tinha tanta certeza de estar certa.

— Eu *fui* um imbecil. Fico achando que tudo isso parece normal.

— Justin faz isso às vezes. Finge que não contei para ele uma coisa que acabei de contar. Ou inventa uma história e ri quando caio nela. Odeio isso...

— Desculpe...

— Não, está tudo bem. Quero dizer, ele não é o primeiro. Acho que tem alguma coisa em mim que as pessoas adoram enganar. E provavelmente eu faria isso, enganar as pessoas, se a ideia já tivesse me ocorrido.

Tiro todos os hashis do suporte, colocando-os em cima da mesa.

— O que você está fazendo? — pergunta ela.

Uso os hashis para desenhar o maior coração que consigo. Então pego pacotinhos de adoçantes e começo a preenchê-lo. Pego alguns emprestados de outras duas mesas quando os da nossa acabam.

Quando termino, aponto para o coração na mesa.

— Isso — digo — é apenas a nonagésima milionésima parte de como me sinto em relação a você.

Ela ri.

— Vou tentar não levar para o lado pessoal — diz.

— Levar o que para o lado pessoal? — pergunto. — Você deveria levar para o lado muito pessoal.

— O fato de você ter usado adoçante artificial?

Pego um pacotinho e jogo nela.

— Nem tudo é um símbolo! — grito.

Ela ergue um dos hashis e empunha como se fosse uma espada. Pego outro, e duelamos.

Estamos nisso quando a comida chega. Me distraio, e ela me dá um belo golpe no peito.

— Morri! — proclamo.

— Quem pediu frango mu shu? — pergunta o garçom.

O garçom continua a nos servir enquanto rimos e falamos sem parar durante o almoço. É um verdadeiro profissional, o tipo de garçom que enche o copo de água quando ele está pela metade sem que você perceba a presença dele.

Ele nos entrega os biscoitos da sorte ao final da refeição. Rhiannon quebra o dela na metade com cuidado, dá uma olhada no pedacinho de papel e franze a testa.

— Isso não é uma sorte — diz, mostrando-o para mim.

VOCÊ TEM UM BELO SORRISO.

— Não. *Você terá um belo sorriso...* Isso seria uma sorte — digo a ela.

— Vou mandar trocar.

Ergo uma das sobrancelhas... ou pelo menos tento. Tenho certeza de que parece que estou tendo um derrame.

— Você costuma devolver biscoitos da sorte com frequência?

— Não. É a primeira vez. Quero dizer, este é um restaurante chinês...

— É negligência.

— Exato.

Rhiannon chama o garçom, explica a situação, e ele responde que sim com a cabeça. Quando volta para nossa mesa, traz meia dúzia de biscoitos da sorte para ela.

— Só preciso de um — diz para ele. — Espere um segundo.

O garçom e eu prestamos muita atenção enquanto Rhiannon quebra o segundo biscoito da sorte. Desta vez, dá um belo sorriso.

Mostra para nós dois.

A AVENTURA ESTÁ LOGO ALI.

— Muito bem, senhor — digo ao garçom.

Rhiannon me cutuca para que eu abra o meu. Abro e descubro que é exatamente a mesma sorte dela.

Não mando trocar.

Voltamos para a biblioteca e ainda temos cerca de meia hora livre. A bibliotecária nos vê entrando, mas não diz nem uma palavra.

— Então — pergunta Rhiannon —, o que eu deveria ler a seguir?

Mostro *Feed* para ela. Falo sobre *A menina que roubava livros*. Arrasto-a até encontrar *Destroy all cars* e *First day on Earth*. Explico para ela que os livros têm sido minha companhia durante todos esses anos, as constantes do dia a dia, as histórias às quais sempre posso retornar, mesmo quando a minha está sempre mudando.

— E quanto a você? — pergunto. — O que você acha que eu deveria ler a seguir?

Ela segura minha mão e me conduz para a seção infantil. Olha ao redor por um segundo, então caminha até uma prateleira de exposição. Vejo um certo livro verde ali e entro em pânico.

— Não! Esse, não! — digo.

Mas ela não está estendendo a mão para o livro verde. Está pegando *Harold and the Purple Crayon*.

— O que você poderia ter contra *Harold and the Purple Crayon*? — pergunta ela.

— Desculpe, pensei que você estivesse indo na direção de *A árvore generosa*.

Rhiannon olha para mim como se eu fosse um pato louco.

— Eu ODEIO *A árvore generosa*.

Fico muito aliviado.

— Graças a Deus. Se esse fosse o seu livro favorito, seria o fim de nós dois.

— Tome, leve meus braços! Leve minhas pernas!

— Leve minha cabeça! Leve meus ombros!

— Por que isso é amor!

— Aquele garoto é, tipo, o imbecil do século — digo, aliviado pelo fato de Rhiannon saber do que estou falando.

— O maior imbecil na história da literatura — arrisca Rhiannon. Então coloca *Harold* no lugar e se aproxima de mim.

— Amar significa nunca precisar perder seus membros — digo, me aproximando para beijá-la.

— Exato — murmura ela, os lábios logo sobre os meus.

É um beijo inocente. Não vamos nos agarrar nos pufes da sala de leitura infantil. Mas isso não impede o efeito de ducha fria quando a mãe de George grita o nome dele, chocada e aborrecida.

— O que você *pensa que* está *fazendo*? — pergunta ela. Imagino que esteja falando comigo, mas quando se aproxima de nós, vai para cima de Rhiannon. — Não sei quem são seus pais, mas eu não criei *meu* filho para ficar se agarrando com *vadias*.

— Mãe! — grito. — Deixa ela em paz!

— Entre no carro, George. Neste minuto.

Sei que só estou piorando as coisas para George, mas não me importo. Não vou deixar Rhiannon sozinha com ela.

— Fique calma — digo à mãe de George, e minha voz desafina um pouco. Então me viro para Rhiannon e digo que falo com ela mais tarde.

— Você certamente não vai fazer isso! — proclama a mãe de George. Sinto certa satisfação pelo fato de que vou estar sob a supervisão dela apenas pelas próximas oito horas, se tanto.

Rhiannon me dá um beijo de despedida e cochicha que vai dar um jeito de fugir no fim de semana. A mãe de George segura a orelha dele e o arrasta para fora.

Dou uma risada, e isso só piora as coisas.

É como Cinderela às avessas. Dancei com o príncipe e agora estou de volta à casa, limpando privadas. Esse é meu castigo: limpar todas as privadas, todas as banheiras, todos os cestos de lixo. Isso já seria bastante ruim, mas a cada dois ou três minutos a mãe de George aparece e me dá um sermão sobre os "pecados da carne". Espero que George não internalize a tática de intimidação dela. Quero discutir com ela, dizer que os "pecados da carne" são apenas um mecanismo de controle, porque se você demonizar o prazer de uma pessoa será capaz de controlar a vida dela. Não sei dizer quantas vezes esta arma foi empunhada contra mim, numa variedade de formas. Mas não vejo pecado em um beijo. Só vejo pecado na condenação.

Não digo nada disso para a mãe de George. Se ela fosse minha mãe em tempo integral, eu diria. Se fosse eu a aguentar as consequências, eu diria. Mas não posso fazer isso a George. Já baguncei a vida dele. Espero que para melhor, mas pode ser que tenha sido para pior.

Enviar um e-mail para Rhiannon está fora de questão. Isso vai ter que esperar até amanhã.

Depois que todas as tarefas estão concluídas e o pai de George fez suas ponderações com um discurso próprio, aparentemente ditado pela esposa, vou cedo para a cama, me aproveitando do silêncio de um quarto todo meu. Se o tempo que passei como Rhiannon serve de evidência, sou capaz de construir as lembranças que deixarei com George. Então quando deito na cama dele, crio uma verdade alternativa. Ele vai se lembrar de ter ido até a biblioteca, e de conhecer uma garota. Ela será uma estranha na cidade, cuja mãe deixou na biblioteca enquanto visitava uma velha amiga. Ela perguntou o que ele estava lendo, e começaram a conversar. Foram até o restaurante chinês juntos e se divertiram. Ele realmente gostou dela, e ela, dele. Voltaram para a biblioteca, tiveram a mesma conversa sobre *A árvore generosa* e se aproximaram para dar um beijo. Foi aí que a mãe dele chegou. Foi isso que a mãe dele estragou. Uma coisa inesperada, mas também maravilhosa.

A garota desapareceu. Nunca disseram os nomes um para o outro. Ele não tem ideia de onde ela mora. Estava tudo lá num instante, e então o instante se desfez.

Estou deixando-o com saudade. O que pode ser uma coisa cruel a se fazer, mas espero que ele use esse sentimento para sair desta casa muito, muito pequena.

Dia 6.019

Tenho muito mais sorte na manhã seguinte, quando acordo no corpo de Surita, cujos pais estão fora e que está sendo cuidada pela avó de 90 anos, que não se importa com o que faz desde que não interfira com os programas dela no canal Game Show Network. Estou a apenas uma hora de Rhiannon, e para evitar que ela seja chamada à sala do diretor devido às faltas frequentes, volto a encontrá-la na Clover Bookstore, depois das aulas.

Ela está cheia de planos.

— Eu disse para todo mundo que vou visitar minha avó no fim de semana e falei para meus pais que estaria na casa de Rebecca, então estou livre. Na verdade, vou ficar na casa da Rebecca hoje à noite, mas estava pensando que amanhã a gente poderia... ir a algum lugar.

Digo que gosto do plano.

Vamos até um parque, passeamos, brincamos no trepa-trepa e conversamos. Percebo que ela fica menos carinhosa comigo quando estou no corpo de uma garota, mas não chamo a atenção dela por causa disso. Ela ainda está comigo e ainda está feliz, e isso significa alguma coisa.

Não falamos sobre Justin. Não falamos sobre o fato de que não temos ideia de onde estarei amanhã. Não falamos sobre como fazer as coisas darem certo.

Bloqueamos tudo isso e nos divertimos.

Dia 6.020

Xavier Adams não podia ter imaginado que o sábado ia caminhar nessa direção. Ele deveria ensaiar ao meio-dia, mas assim que sai de casa telefona para o diretor e diz que está com uma gripe terrível — com sorte, do tipo que dura 24 horas. O diretor é compreensivo; a peça é *Hamlet*, e Xavier interpreta Laertes, então há muitas cenas que podem ser passadas sem ele. Portanto, Xavier está livre... e vai até Rhiannon imediatamente.

Ela me deu as indicações, mas não disse qual era o destino final. Dirijo por quase duas horas para oeste, no interior de Maryland. No fim, as indicações me levam até uma pequena cabana escondida na mata. Se o carro de Rhiannon não estivesse estacionado na frente, sem dúvida eu pensaria estar irremediavelmente perdido.

Ela está esperando na porta quando saio do carro. Parece feliz e nervosa. Ainda não tenho ideia de onde estou.

— Você está muito bonitinho hoje — observa quando me aproximo.

— Meu pai é franco-canadense, minha mãe, *créole* — digo. — Mas não falo nem uma palavra de francês.

— Sua mãe não vai aparecer desta vez, vai?

— Não.

— Que bom. Então posso fazer isso sem que me matem.

Ela me beija com vontade. Retribuo o beijo com vontade. E, de repente, deixamos nossos corpos conversarem. Estamos na porta, dentro da cabana. Mas não estou olhando para o cômodo. Estou sentindo, provando, pressionando meu corpo contra o dela do mesmo jeito que ela faz comigo. Ela está tirando meu casaco, e estamos tirando os sapatos, e ela está me empurrando para trás. A beirada da cama bate na minha panturrilha e então estamos caindo um sobre o outro, de modo desajeitado, prazeroso; eu, deitado, ela agarrando meus ombros, nós nos beijando sem parar. Respiração, calor, contato, sem camisa, pele sobre pele, sorrisos, murmúrios, e a grandiosidade se revelando nos menores gestos, nas sensações mais delicadas.

Afasto-me e olho para ela. Ela para e retribui o olhar.

— Oi — digo.

— Oi — responde.

Traço os contornos do rosto dela, da clavícula. Ela percorre os dedos pelos meus ombros, minhas costas. Beija meu pescoço, minha orelha.

Pela primeira vez, olho à minha volta. É uma cabana de um cômodo; o banheiro deve ficar do lado de fora. Há cabeças de veados na parede nos fitando com olhos vitrificados.

— Onde estamos? — pergunto.

— É uma cabana de caça que meu tio usa. Ele está na Califórnia agora, por isso achei seguro invadir.

Procuro por janelas quebradas, sinais da entrada forçada.

— Você invadiu?

— Bem, com a chave reserva.

A mão dela se move até os pelos no centro do meu peito, depois para as batidas do meu coração. Apoio uma das mãos na lateral do corpo dela, deslizando-a suavemente sobre a maciez da pele ali.

— Foi uma recepção e tanto — digo.

— Ainda não acabou — retruca ela. E, como num passe de mágica, voltamos a pressionar nossos corpos.

Estou deixando que ela assuma o controle. Estou deixando que desabotoe a calça. Que abaixe o zíper. Estou deixando que tire o sutiã. Estou acompanhando, mas, a cada gesto, a pressão aumenta. Até onde isso vai? Até onde deve ir?

Sei que nossa nudez significa alguma coisa. Sei que nossa nudez é uma forma de confiança, mas também de desejo. É assim que ficamos quando estamos completamente abertos um ao outro. É aonde chegamos quando não queremos mais nos esconder. Eu a desejo. Desejo isto. Mas tenho medo.

Nós nos movimentamos febrilmente, então diminuímos a velocidade e passamos a nos mexer como se em um sonho. Não tem roupa agora, só lençóis. Este não é meu corpo, mas é o corpo que ela deseja.

Sinto-me um impostor.

Esta é a fonte da pressão. A causa da minha hesitação. Neste exato minuto, estou inteiro com ela. Mas amanhã pode ser que não esteja. Posso aproveitar hoje. Pode parecer que é certo agora. Mas amanhã, não sei. Amanhã posso ter ido embora.

Quero dormir com ela. Quero muito dormir com ela.

Mas também quero acordar ao lado dela na manhã seguinte.

O corpo está pronto. Está a ponto de explodir com a sensação. Quando Rhiannon me perguntar se quero, sei o que o corpo responderia.

Mas digo a ela que não. Digo que não devemos. Ainda não. Não neste minuto.

Embora seja uma pergunta legítima, ela se surpreende com a resposta. Recua para olhar para mim.

— Tem certeza? Eu quero. Não precisa ficar preocupado comigo. Eu quero. Eu... planejei.

— Não acho que a gente deva.

— Está bem — diz ela, afastando-se mais ainda.

— Não é você — digo. — E não é que eu não queira.

— Então o que é? — pergunta ela.

— Parece errado.

Ela fica magoada com a resposta.

— Deixe que eu me preocupo com Justin — diz. — Isto é sobre você e eu. É diferente.

— Mas não somos só você e eu — insisto. — Tem o Xavier também.

— Xavier?

Aponto para meu corpo.

— Xavier.

— Ah.

— Ele nunca fez isso — digo. — E eu acho que é errado... ele fazer isso pela primeira vez e não saber. Parece que, se eu fizer, vou estar tirando algo dele. Não acho que seja certo.

Não tenho ideia de se é ou não verdade, e não vou acessar para descobrir. Porque esse é um motivo aceitável para parar — aceitável porque não fere o orgulho dela.

— Ah — Rhiannon fala mais uma vez. Então chega mais perto e se aconchega em mim. — Você acha que ele se importaria?

O corpo relaxa. Absorve o prazer de um modo diferente.

— Liguei o alarme — diz Rhiannon. — Para que a gente possa dormir.

Adormecemos juntos, nus na cama. Meu coração ainda está disparado, mas à medida que diminui a velocidade, passa a acompanhar o ritmo do dela. Entramos no mais seguro dos casulos que nosso afeto pode construir, e ficamos ali, nos entregando à riqueza do momento, caindo suavemente nos braços um do outro, adormecendo.

Não é o despertador que nos acorda. É o som de um bando de pássaros do lado de fora da janela. É o som do vento batendo no beiral do telhado.

Tenho que me lembrar de que as pessoas normais também sentem isso: o desejo de pegar um momento e transformá-lo em eternidade. O desejo de ficar assim por muito mais do que realmente vai durar.

— Sei que não conversamos sobre isso — digo. — Mas por que você está com ele?

— Não sei — responde ela. — Costumava achar que sabia. Mas não sei mais.

— Quem foi seu favorito? — pergunta ela.

— Meu favorito?

— Seu corpo favorito. Sua vida favorita.

— Uma vez estive no corpo de uma garota cega — digo a ela. — Quando tinha 11 anos. Talvez 12. Não sei se ela foi minha favorita, mas aprendi mais sendo ela por um dia do que tinha aprendido com a maior parte das pessoas durante um ano. Isso me mostrou como o modo que experimentamos o mundo é arbitrário e individual. Não era apenas o fato de os outros sentidos serem mais aguçados. Também descobrimos meios de navegar no mundo tal como ele se apresenta a nós. Para mim, foi um grande desafio. Mas, para ela, era só a vida.

— Feche os olhos — murmura Phiannon.

Fecho os olhos, e ela faz o mesmo.

Experimentamos o corpo um do outro de um modo diferente.

O despertador toca. Não quero ser lembrado do tempo.

Não acendemos as lâmpadas, assim, quando o céu ficar escuro, a cabana ficará escura também. Névoa de escuridão, restos de luz.

— Vou ficar aqui — diz ela.

— Vou voltar amanhã — prometo.

— Eu acabaria com isso — digo a ela. — Acabaria com toda a mudança, se pudesse. Só para ficar aqui com você.

— Mas você não pode — diz ela. — Sei disso.

• • •

O próprio tempo se torna o despertador. Não consigo olhar para o relógio sem pensar que já passa da hora de ir. O ensaio da peça acabou. Mesmo que Xavier saísse com os amigos depois, teria que estar em casa logo. E definitivamente à meia-noite.

— Vou esperar você — diz ela para mim.

Eu a deixo na cama. Visto as roupas, pego as chaves e fecho a porta atrás de mim. Eu me viro. Fico me virando para olhar para ela. Mesmo quando as paredes estão entre nós. Mesmo quando quilômetros estão entre nós. Continuo me virando. Continuo me virando na direção dela.

Dia 6.021

Acordo e, durante pelo menos um minuto, não consigo saber quem sou. Tudo que encontro é o corpo, e o corpo está latejando de dor. Tem um borrão confuso nos meus pensamentos e um torno apertando minha cabeça. Abro os olhos, e a luz quase me mata.

— Dana — fala uma voz fora de mim. — É meio-dia.

Não ligo se é meio-dia. Não ligo para coisa alguma. Só quero que a dor latejante vá embora.

Ou não. Porque quando ela para por um instante, o restante do meu corpo entra em contato com a náusea.

— Dana, não vou deixar você dormir o dia inteiro. Ficar de castigo não significa que você vai dormir o dia inteiro.

Preciso de mais três tentativas, mas consigo abrir os olhos e mantê-los assim, mesmo que a luz do quarto pareça ter a mesma voltagem do sol.

A mãe de Dana baixa os olhos para mim com tristeza e raiva.

— A dra. P vai chegar em meia hora — diz. — Acho que você precisa vê-la.

Estou acessando feito louco, mas é como se as minhas sinapses tivessem sido mergulhadas em piche.

— Depois de tudo pelo que passamos, você nos decepcionar desse jeito na noite passada... Nem tenho palavras. Não fizemos nada a não ser cuidar de você. E é isso que você faz? Seu pai e eu já toleramos o suficiente. Já chega.

O que foi que eu fiz na noite passada? Consigo me lembrar de estar com Rhiannon. Consigo me lembrar de ir para casa como Xavier. De conversar com os amigos dele ao telefone. De ouvir sobre o ensaio. Mas não consigo chegar às lembranças de Dana. Ela está com uma ressaca forte demais para que estejam ali.

É assim que é para o Xavier hoje de manhã? Um branco completo? Espero que não, porque é terrível.

— Você tem meia hora para tomar um banho e se vestir. Não espere nenhuma ajuda de mim.

A mãe de Dana bate a porta, e o eco da batida reverbera por todo meu corpo. Quando começo a me mover, parece que estou preso a 30 quilômetros debaixo d'água. E quando tento me erguer, parece que tenho um caso grave de descompressão. Na verdade, tenho que me equilibrar na cabeceira da cama, e quase erro quando estendo a mão.

Não me importo nem um pouco com a doutora P nem com os pais de Dana. Até onde sei, Dana fez isso a si mesma e merece todo sofrimento que tiver que passar. Deve ter bebido *muito* para ficar nesse estado. Ela não é a razão para eu me levantar. Levanto porque, em algum lugar por perto, Rhiannon está sozinha em uma cabana de caça, esperando por mim. Não faço ideia de como vou sair daqui, mas preciso.

Caminho com dificuldade pelo corredor até o chuveiro. Abro a torneira, então fico parado ali por pelo menos um minuto, completamente esquecido do porquê de estar parado ali. A água é só uma música ambiente para o horror do meu corpo. Então me lembro e entro no boxe. O banho me acorda um pouco mais, mas eu vacilo no processo. Poderia cair facilmente na banheira e adormecer com a água correndo por cima de mim, meu pé sobre o ralo.

Quando volto para o quarto de Dana, deixo a toalha cair e não pego; em seguida, visto as roupas que estão mais perto. Não tem computador nem telefone no quarto. Não tem como entrar em contato com Rhiannon. Sei que deveria procurar pela casa, mas só pensar nisso requer energia demais. Preciso me sentar. Deito. Fecho os olhos.

$\bullet\ \bullet\ \bullet$

— Acorde!

A ordem é tão abrupta quanto a porta batendo antes, e duas vezes mais próxima. Abro os olhos e vejo o pai muito zangado de Dana.

— A dra. P está aqui — interrompe a mãe de Dana de trás dele, com um tom levemente mais conciliatório. Talvez esteja se sentindo mal por mim. Ou talvez só não queira que o marido me mate na frente de uma testemunha.

Fico imaginando se o que estou sentindo não é apenas ressaca, visto que tem um médico fazendo uma consulta domiciliar. Mas quando a dra. P se senta perto de mim, não há maleta médica à vista. Só um caderno.

— Dana — diz ela com voz suave.

Olho para ela. Eu me sento, mesmo quando minha cabeça parece gritar.

Ela se vira para meus pais.

— Está tudo bem. Por que vocês não nos deixam sozinhas agora? Eles não precisam ouvir outra vez.

Acessar ainda é difícil. Sei que os fatos estão lá, mas estão por trás de uma parede escura.

— Você não quer me contar o que aconteceu? — pergunta a doutora.

— Não sei — respondo. — Não me lembro.

— Está tão ruim assim?

— Está. Muito ruim.

Ela pergunta se meus pais me deram Tylenol e respondo que não, não desde que acordei. Ela sai por um segundo e retorna com dois comprimidos e um copo d'água.

Não consigo engolir na primeira tentativa, e fico envergonhado por causa do engasgo seco resultante. Na segunda vez é mais fácil, e bebo o restante da água. A dra. P sai e volta a encher o copo, me dando tempo para pensar. Mas os pensamentos em minha mente ainda estão paralisados, embotados.

Quando ela volta, começa com:

— Você consegue entender por que seus pais estão aborrecidos, não consegue?

Eu me sinto muito tolo, mas não consigo fingir.

— Eu realmente não sei o que aconteceu — digo. — Não estou mentindo. Queria estar.

— Você estava na festa de Cameron. — Ela olha para mim, vendo se estou registrando. Quando nada acontece, continua: — Você saiu escondida para ir até lá. E, quando chegou, começou a beber. Muito. Seus amigos ficaram preocupados, por razões óbvias. Mas não te impediram. Só tentaram impedir quando você resolveu dirigir de volta para casa.

Ainda estou debaixo d'água, e minhas lembranças estão na superfície. Sei que estão lá. Sei que ela está me dizendo a verdade. Mas não consigo ver.

— Eu dirigi?

— Sim. Mesmo sem poder. Você roubou as chaves do carro do seu pai.

— Roubei as chaves do carro do meu pai — repito em voz alta, na esperança de que isso ative alguma imagem.

— Quando você resolveu dirigir de volta para casa, alguns dos seus amigos tentaram te impedir. Mas você insistiu. Eles tentaram te parar. Você os atacou. Xingou-os de coisas horríveis. E quando Cameron tentou tirar as chaves de você...

— O que eu fiz?

— Você o mordeu no pulso. E correu.

Deve ter sido assim que Nathan se sentiu. Na manhã seguinte.

A dra. P continua.

— Sua amiga Lisa telefonou para seus pais. Eles correram para lá. Quando seu pai chegou, você já estava dentro do carro. Ele foi te parar, e você quase o atropelou.

Eu quase o atropelei?

— Você não foi muito longe. Estava bêbada demais para manobrar na entrada da garagem. Acabou no terreno do vizinho. Bateu num poste telefônico. Por sorte, ninguém ficou ferido.

Solto a respiração. Estou fazendo força para entrar na mente de Dana, tentando descobrir alguma coisa sobre isso.

— O que queremos saber, Dana, é por que você faria uma coisa dessas. Depois do que aconteceu com Anthony, por que você faria isso?

Anthony. Esse nome é um fato claro demais para se escondido. Meu corpo se contorce de dor. Dor é tudo que sinto.

Anthony. Meu irmão.

Meu irmão morto.

Meu irmão, que morreu ao meu lado.

Meu irmão, que morreu ao meu lado, no banco do carona.

Porque eu bati.

Porque eu estava bêbada.

Por minha culpa.

— Ai, meu Deus! — grito. — Ai, meu Deus!

Eu o estou vendo agora. O corpo ensanguentado. Estou gritando.

— Está tudo bem — diz a dra. P. — Está tudo bem agora.

Mas não está.

Não está.

A doutora me dá uma coisa mais forte do que Tylenol. Tento resistir, mas não adianta.

— Tenho que avisar Rhiannon — digo. Não queria dizer. Simplesmente saiu.

— Quem é Rhiannon? — pergunta a dra. P.

Minhas pálpebras se fecham. Adormeço antes que ela possa obter uma resposta.

Tudo começa a voltar enquanto estou dormindo e, quando acordo novamente, me lembro de mais coisas. Não do fim — eu não me lembro mesmo de ter entrado no carro, de quase atropelar meu pai, de bater no poste telefônico. Eu já devia ter apagado. Mas consigo me lembrar de antes disso, de estar na festa. De beber qualquer coisa que me ofereciam. De me sentir melhor por causa disso. De me sentir mais leve. E de flertar com Cameron, e de beber mais um pouco. De não pensar. Depois de pensar tanto, bloquear tudo.

Estou como os pais de Dana ou a dra. P — quero perguntar a ela o porquê. Mesmo estando dentro dela, não consigo entender. Porque o corpo não consegue responder a isso.

Meus membros estão pesados, rígidos. Mas eu me apoio. Fico na beirada da cama. Preciso encontrar um computador ou telefone.

Quando chego perto da porta, descubro que está trancada. Provavelmente havia uma chave, mas alguém a levou.

Estou preso em meu próprio quarto.

Agora que sabem que me lembro de pelo menos algumas coisas, estão me deixando sofrer com minha própria culpa.

E o pior: está funcionando.

Minha água acabou. Grito que preciso de mais água. Um minuto depois, minha mãe está à porta com um copo. Parece que esteve chorando. Está destruída. Eu destruí minha mãe.

— Tome — diz ela.

— Posso sair? — pergunto. — Tem algumas coisas que preciso pesquisar para a escola.

Ela balança a cabeça.

— Depois, talvez. Depois do jantar. Por enquanto a dra. P gostaria que você anotasse tudo que está sentindo.

Ela sai e tranca a porta. Pego um pedaço de papel e uma caneta.

O que sinto é impotência, escrevo.

Mas então paro. Porque não estou escrevendo como Dana. Estou escrevendo como eu mesmo.

A dor de cabeça e a náusea estão diminuindo. Mas toda vez que imagino Rhiannon sozinha na cabana, me sinto enjoado de novo.

Prometi a ela. Embora soubesse do risco, fiz uma promessa.

E agora estou provando que é arriscado demais acreditar em promessas.

Estou provando a ela que não vou conseguir resolver isto.

A mãe de Dana traz o jantar numa bandeja, como se eu fosse um inválido. Agradeço. E então encontro as palavras que deveria ter dito desde o início.

— Sinto muito — digo a ela. — Sinto muito, muito mesmo.

Ela assente, mas dá para ver que não é o suficiente.

Já devo ter dito muitas vezes que sentia muito. Em algum momento, talvez ontem à noite, ela deve ter parado de acreditar.

Quando pergunto onde meu pai está, ela responde que ele está consertando o carro.

Decidem que vou ter que ir à escola amanhã, e que vou ter que pedir desculpas aos meus amigos. Dizem que posso usar o computador para o dever de casa, mas ficam sentados atrás de mim enquanto invento coisas para pesquisar.

Não tem como enviar um e-mail para Rhiannon.

E eles não demonstram sinais de quererem devolver meu telefone.

Não consigo me lembrar dos acontecimentos da noite anterior. Passo o restante da noite fitando esse espaço em branco. E não posso evitar sentir que ele retribui meu olhar.

Dia 6.022

Meu plano é acordar cedo, por volta das 6h, e mandar um e-mail para Rhiannon explicando tudo. Imagino que ela tenha desistido de mim por um tempo.

Mas meu plano fracassa quando alguém me sacode um pouco antes das 5h.

— Michael, hora de acordar.

É minha mãe (a mãe de Michael) e, ao contrário da mãe de Dana, a voz dela tem um tom de desculpas.

Imagino que esteja na hora do treino de natação ou de outra coisa que preciso fazer antes de ir para a escola. Mas, quando levanto da cama, meu pé bate numa mala.

Ouço mamãe no outro quarto, acordando minhas irmãs.

— Hora de ir pro Havaí! — diz, animada.

Havaí.

Acesso e descubro que, sim, estamos partindo para o Havaí hoje de manhã. A irmã mais velha de Michael vai se casar lá. E a família de Michael decidiu tirar uma semana de férias.

Mas, para mim, não vai ser uma semana, porque, para voltar, eu teria que acordar no corpo de um adolescente de 16 anos que estivesse voltando para Maryland naquele dia. Poderia levar semanas. Meses.

Talvez nunca acontecesse.

— O carro vai chegar em 45 minutos! — grita o pai de Michael.

Não posso ir de modo algum.

• • •

O guarda-roupa de Michael consiste, na maior parte, em camisas de bandas de heavy metal. Visto uma delas e um jeans.

— Você deve estar querendo que o Departamento de Segurança Nacional faça uma revista completa em você — diz uma de minhas irmãs quando passo por ela no corredor.

Ainda estou tentando descobrir o que fazer.

Michael não tem carteira de motorista, e não acho que ia ajudar se eu roubasse um dos carros dos pais. O casamento da irmã mais velha só acontecerá na sexta-feira, então pelo menos não vou comprometer a presença dele. Mas a quem estou enganando? Mesmo que o casamento fosse hoje à noite, eu não entraria naquele avião.

Sei que vou causar um bocado de problemas ao Michael. Peço muitas desculpas a ele enquanto escrevo o bilhete e o deixo na mesa da cozinha.

Não posso ir hoje. Sinto muito. Volto no fim da noite.
Vão sem mim. Vou dar um jeito de estar lá na quinta-feira.

Quando todos estão no andar de cima, saio pela porta dos fundos.

Eu poderia chamar um táxi, mas tenho medo de que os pais dele telefonem para as empresas de táxi da região perguntando se pegaram algum adolescente metaleiro recentemente. Estou a pelo menos duas horas de distância de Rhiannon. Pego o primeiro ônibus que encontro e pergunto ao motorista o melhor meio de chegar até a cidade dela. Ele dá uma risada e fala: "De carro." Digo a ele que não é uma opção, e ele me responde que provavelmente vou ter que ir até Baltimore e voltar.

Leva umas sete horas.

• • •

As aulas ainda não acabaram quando chego lá, depois de caminhar quase 2 quilômetros desde o centro da cidade. Mais uma vez, ninguém me intercepta, apesar de eu ser um cara grandão, cabeludo e suado com uma camiseta do Metallica, correndo pelos degraus.

Tento me lembrar do horário de Rhiannon, de quando estava dentro da mente dela, e tenho uma vaga lembrança de que nesse tempo ela tem aula de educação física. Dou uma olhada no ginásio e vejo que está vazio. A próxima parada óbvia são as quadras que ficam atrás da escola. Quando saio, vejo que tem um jogo de softbol acontecendo. Rhiannon está na terceira base.

Ela me vê com o canto do olho. Aceno. Não dá para saber se me reconheceu como sendo eu mesmo ou não. Eu me sinto muito exposto ao ar livre, muito na linha de visão do professor. Por isso, volto até a escola, para perto da porta. Sou apenas outro preguiçoso ali, fazendo um intervalo para fumar sem fumar.

Rhiannon vai até um dos professores e diz alguma coisa. O professor parece solidário e coloca outro aluno na terceira base. Rhiannon começa a caminhar em direção à escola. Volto para dentro e espero por ela no ginásio vazio.

— Ei — digo quando ela entra.

— Onde diabos você esteve? — pergunta ela.

Nunca a vi com tanta raiva assim. É o tipo de raiva que vem quando você se sente traído não apenas por uma pessoa, mas pelo universo.

— Fiquei trancado no quarto — digo a ela. — Foi horrível. Não tinha nem computador.

— Eu esperei por você — diz. — Acordei. Arrumei a cama. Tomei café da manhã. E então esperei. O sinal do telefone ia e voltava, e fiquei imaginando que era esse o problema. Comecei a ler números antigos da *Field & Stream*, porque era a única coisa que tinha para ler. Então ouvi passos. Fiquei tão animada. Corri para a porta quando ouvi alguém lá.

"Bem, não era você. Era um cara de 80 anos. E ele carregava um cervo morto. Não sei quem ficou mais surpreso. Eu simplesmente gritei quando o vi. E ele quase teve um ataque do coração. Eu não estava nua, mas foi por pouco. Fiquei tão constrangida, e ele nem foi simpático. Disse que eu estava invadindo. Eu disse que Artie era meu tio, mas ele não acreditou. Acho que o que me salvou foi o fato de Artie e eu termos o mesmo sobrenome. Então lá estava eu, de calcinha e sutiã, mostrando minha identidade pra esse cara. E tinha sangue nas mãos dele. E ele disse que outros caras iam chegar e que imaginou que meu carro fosse de um deles.

"O problema era que... eu ainda acreditava que você iria. Por isso, não podia ir embora. Vesti a roupa e tive que ficar parada ali enquanto eles vinham e estripavam o pobre cervo. Fiquei lá até depois de eles irem embora. Esperei até escurecer, e a cabana fedia a sangue, A. Mas eu fiquei lá, e você nunca apareceu."

Conto a ela sobre Dana. Depois falo sobre Michael e sobre como fugiu de casa.

É alguma coisa. Mas não é o bastante.

— Como a gente vai fazer isso? — pergunta ela. — Como?

Queria que houvesse uma resposta. Queria ter uma resposta.

— Vem cá — digo. E lhe dou abraço bem apertado, porque esta é a única resposta que tenho.

Ficamos assim por um minuto, sem saber o que viria depois. Quando a porta do ginásio se abre, nos afastamos um do outro. Mas é tarde demais. Imagino que seja um dos professores de educação física ou outra garota da turma. Mas não é aquela porta. É a porta da lateral da escola, e quem entra é o Justin.

— Que porra é essa? — pergunta. — Que. Porra. É. Essa?

Rhiannon tenta explicar.

— Justin... — começa. Mas ele a interrompe.

— Lindsay me enviou uma mensagem de texto dizendo que você não estava se sentindo bem. Então vim pra ver como estava. Acho que você está ótima. Não quero atrapalhar.

— Pare com isso — diz Rhiannon.

213

— Parar com o quê, sua vadia? — pergunta ele. Está quase em cima da gente agora.

— Justin — digo.

Ele se vira para mim.

— Ninguém te chamou pra essa conversa, cara.

Estou prestes a dizer alguma coisa, mas ele já está me batendo. O punho acerta bem no meio do meu nariz. Caio no chão.

Rhiannon grita e corre para me ajudar a levantar. Justin puxa o braço dela.

— Sempre soube que você era uma vagabunda — diz Justin.

— Pare com isso! — grita Rhiannon.

Justin a solta e vem de novo em minha direção. Começa a me chutar.

— Ele é seu novo namorado? — grita Justin. — Você o ama?

— Eu não o amo! — grita Rhiannon em resposta. — Mas também não amo você.

Quando Justin volta a chutar, agarro a perna dele e dou um puxão. Ele cai no chão do ginásio. Penso que isso vai pará-lo, mas ele dá outro chute, acertando com a bota no meu queixo. Meus dentes batem, fazendo barulho.

Nesse momento alguém deve ter soprado algum apito do lado de fora porque, em trinta segundos, as garotas do softbol estão correndo para dentro do ginásio. Quando veem o massacre, dão gritinhos arfantes. Uma das garotas corre em direção a Rhiannon para ter certeza de que ela está bem.

Justin se levanta e me chuta de novo, para todo mundo poder ver. Não me atinge, e aproveito o impulso que dei ao desviar do golpe para ficar de pé. Quero acertá-lo, machucá-lo, mas sinceramente não sei como.

Além disso, tenho que ir embora. Vai ser fácil descobrir que não frequento esta escola. E embora esteja claro que eu seja o perdedor desta luta, ainda podem chamar a polícia por invasão e briga, para começo de conversa.

Caminho com dificuldade até Rhiannon. A amiga faz um movimento para protegê-la de mim, mas Rhiannon gesticula para que a deixe.

214

— Tenho que ir — digo. — Me encontre na Starbucks onde nos encontramos pela primeira vez. Quando puder.

Sinto a mão de alguém em meu ombro. É Justin, me fazendo virar. Ele não vai me bater enquanto eu estiver de costas.

Sei que deveria enfrentá-lo. Bater nele, se pudesse. Mas me desvencilho da mão dele e saio correndo. Ele não vai me seguir. Em vez disso, vai cantar vitória ao me ver correr.

Não é minha intenção deixar Rhiannon chorando, mas é justamente isso que faço.

Volto até o ponto do ônibus e chamo um táxi pela cabine telefônica mais próxima. Quase 50 dólares depois, estou na Starbucks. Se antes eu era um cara grandão, cabeludo e suado com uma camiseta do Metallica, agora sou um cara grandão, cabeludo e suado com uma camiseta do Metallica que apanhou, se machucou e está sangrando. Peço um café preto *venti* e deixo 20 dólares na caixinha dos funcionários. Agora eles vão me deixar ficar pelo tempo que eu quiser, por mais assustador que eu pareça.

Limpo-me um pouco no banheiro. Então sento e espero.

E espero.

E espero.

Ela só chega um pouco depois das 18h.

Não se desculpa nem explica por que demorou tanto. Nem mesmo vem diretamente para minha mesa. Para no balcão e pega um café primeiro.

— Eu realmente preciso disso — comenta ao se sentar. Sei que está falando do café e de mais nada.

Estou tomando o quarto café e comendo o segundo scone.

— Obrigado por vir — digo. Soa muito formal.

— Pensei em não vir — responde ela. — Mas não cogitei seriamente. — Ela olha para meu rosto, para os machucados. — Você está bem?

— Estou.

— Me lembre... qual é o seu nome hoje?

— Michael.

Ela volta a me fitar.

— Pobre Michael.

— Acho que não era bem assim que ele achava que o dia ia acabar.

— Somos dois.

Sinto que estamos a uma boa distância do verdadeiro assunto. Tenho que conseguir nos aproximar.

— Agora acabou? A história entre vocês dois?

— Sim. Acho que você conseguiu o que queria.

— Esse é um jeito terrível de colocar as coisas — comento. — Você não queria isso também?

— Queria. Mas não desse jeito. Não na frente de todo mundo.

Estico a mão para lhe tocar rosto, mas ela se afasta. Baixo a mão.

— Você está livre dele — digo a ela.

Ela balança a cabeça. Falei mais uma coisa errada.

— Esqueço que você sabe muito pouco sobre essas coisas — diz ela. — Esqueço que não tem experiência. Não estou livre dele, A. Só porque você terminou com alguém, não quer dizer que esteja livre da pessoa. Ainda estou ligada ao Justin de cem modos diferentes. Só não vamos mais sair. Vai levar anos até eu me livrar dele.

Mas pelo menos você começou, era o que eu queria dizer. *Pelo menos você cortou aquela ligação*. No entanto, continuo calado. Pode até ser que ela saiba disso, mas não é o que deseja ouvir.

— Será que eu deveria ter ido para o Havaí? — pergunto.

Então ela suaviza. É uma pergunta tão absurda, mas ela sabe o que quero dizer.

— Não. Não deveria ter ido. Quero você aqui.

— Com você?

— Comigo. Quando puder estar.

Quero prometer mais do que isso, mas sei que não posso.

Ficamos lá, em nossa corda bamba. Sem olhar para baixo, mas também sem se mexer.

• • •

Usamos o celular dela para checar os voos locais para o Havaí, e quando temos certeza de que não há meios de a família de Michael colocá-lo em um avião, Rhiannon me leva para casa de carro.

— Conte mais sobre essa garota que você foi ontem — pede ela.

Então eu conto. E quando termino, e a tristeza preenche o carro, decido contar para ela sobre outros dias, outras vidas. Mais felizes. Compartilho lembranças de quando me ninaram até eu dormir, lembranças de quando vi elefantes em zoológicos e circos, lembranças dos primeiros beijos e dos quase primeiros beijos nos armários da sala de recreação da escola, de quando dormi fora com os escoteiros e vimos filmes de terror. É a minha maneira de dizer a ela que, embora eu não tenha passado por tantas coisas, consegui viver.

Chegamos cada vez mais perto da casa de Michael.

— Quero ver você amanhã — digo.

— Quero ver você também — repete ela. — Mas acho que nós dois sabemos que não é só uma questão de querer.

— Vou torcer, então — digo.

— Vou torcer também.

Quero lhe dar um beijo de boa-noite, não dizer tchau. Mas quando chegamos, ela não se mexe para me beijar. Não quero forçar e fazer o primeiro movimento. E não quero pedir, por medo de ela dizer não.

Então nos separamos, e agradeço pela carona, deixando de falar um monte de coisas.

Não vou diretamente para casa. Passeio por aí para fazer o relógio avançar. São 22h quando chego à porta da frente. Acesso Michael para descobrir onde fica a chave reserva, mas, na hora que descubro, a porta se abre e o pai dele está lá.

Primeiro ele não diz nada. Fico parado sob a luz do poste, e ele olha para mim.

— Eu queria te dar uma surra — diz —, mas parece que alguém chegou primeiro.

Minha mãe e minhas irmãs foram na frente para o Havaí. Meu pai ficou por minha causa.

Para me desculpar, tenho que dar algum tipo de explicação. Invento uma que é tão ridícula quanto eu me sinto: eu tinha que ir a um show e não tive como avisar com antecedência. Me sinto horrível por criar tal confusão na vida de Michael, e essa sensação deve transparecer no que falo, pois o pai de Michael se mostra muito menos hostil do que deveria. Isso não significa que eu tenha saído impune: a taxa de remarcação das passagens vai sair da minha mesada durante todo o ano que vem, e, enquanto estivermos no Havaí, posso ficar de castigo se fizer qualquer coisa que não tenha a ver com o casamento. Vou levar a culpa por isso pelo resto da vida. A única salvação é que havia passagens disponíveis para o dia seguinte.

À noite, crio uma lembrança do melhor show ao qual Michael já foi. É a única coisa na qual consigo pensar para dar a ele algum motivo para aquilo tudo ter valido a pena.

Dia 6.023

Mesmo antes de abrir os olhos, gosto de Vic. Biologicamente feminina, gênero masculino. Vivendo segundo a própria realidade, assim como eu. Ele sabe quem quer ser. A maior parte das pessoas de nossa idade não precisa fazer isso. Vive no limite das coisas fáceis. Quando você quer viver segundo a própria realidade, deve escolher passar pelo inicialmente doloroso porém finalmente reconfortante processo de descoberta.

Hoje seria um dia movimentado para Vic. Ele tem teste de história e de matemática. Tem ensaio da banda, que é a coisa pela qual mais fica ansioso durante o dia. Tem um encontro com uma garota chamada Dawn.

Me levanto. Me visto. Pego as chaves e entro no carro.

Mas, quando chego ao local onde deveria parar e entrar na escola, continuo dirigindo.

É só uma viagem de três horas até Rhiannon. Enviei um e-mail avisando que Vic e eu estávamos indo. Não lhe dei tempo de responder, nem de dizer não.

No trajeto, acesso trechos da história de Vic. Existem poucas coisas mais difíceis do que nascer no corpo errado. Tive que lidar com isso muitas vezes enquanto estava crescendo, mas apenas por um dia. Antes de me tornar tão adaptável — tão tolerante com o modo como minha vida funcionava — eu resistia a algumas das transições. Adorava ter cabelo comprido, e ficava chateado ao acordar e descobrir que tinha sumido. Havia dias em que me sentia como uma garota e dias em que me sentia como um garoto, e esses dias nem sempre correspondiam ao corpo no qual eu estava. Ainda acreditava em todo mundo quando diziam que eu tinha que ser uma coisa ou outra. Ninguém estava me contando uma história diferente, e eu era jovem demais para pensar por mim mesmo. Ainda tinha que aprender que, no que se referia ao gênero, eu era e não era as duas coisas.

É uma coisa terrível ser traído pelo próprio corpo. E é solitário, porque você sente que não pode falar sobre isso. Sente que é algo entre você e o corpo. Sente que é uma batalha que você nunca vai vencer... e, ainda assim, luta dia após dia, e isso te desgasta. Mesmo que tente ignorar, a energia que isso consome vai acabar com você.

Vic teve sorte de ter os pais que tem. Eles não se importavam se ele queria vestir calça jeans em vez de saia, ou brincar com caminhões em vez de bonecas. Foi apenas quando ele cresceu, na adolescência, que eles ficaram um pouco reticentes. Eles sabiam que a filha gostava de meninas. Mas levou um tempo para ele dizer, até para si, que gostava delas como um garoto. Que tinha que ser um garoto ou, pelo menos, viver como um, viver na indistinção entre ser uma garota masculina ou um garoto feminino.

O pai, um homem tranquilo, compreendeu e o apoiou de maneira tranquila. A mãe teve mais dificuldade. Ela respeitava o desejo de Vic de ser quem precisava ser, mas, ao mesmo tempo, tinha dificuldade em abrir mão do fato de ter uma filha para passar a ter um filho. Alguns dos amigos de Vic entenderam, apesar de terem 13 ou 14 anos. Outros surtaram: as garotas mais do que os garotos. Para os garotos, Vic sempre foi a amiga assexuada que andava com eles. Isso não mudou nada.

Dawn sempre esteve ali no cenário. Elas frequentaram a escola juntas desde o jardim de infância, de modo amigável mas sem realmente se tornarem amigas. Quando foram para o ensino médio, Vic andava com os garotos que rabiscavam poemas furiosamente nos cadernos e os deixavam ali, enquanto Dawn andava com os garotos que enviavam os poemas para as revistas literárias assim que os concluíam. A garota participativa, que concorria para tesoureira da classe e participava do clube de debates, e o garoto introvertido, aliado perfeito para fugidas ao 7-Eleven. Vic nunca teria notado Dawn, nunca teria pensado que havia uma possibilidade, se Dawn não o tivesse notado primeiro.

Mas Dawn o notou. Ele estava no canto para o qual o olho dela sempre se desviava. Quando ela fechava os olhos para dormir, era pensar nele que a fazia sonhar. Ela não fazia ideia do que a atraía: se era a garota masculina, o garoto feminino, mas, por fim, concluiu que isso não importava. Vic a atraía. E Vic não tinha ideia de que ela existia. Não dessa maneira.

Finalmente, conforme Dawn diria a Vic mais tarde, isso se tornou insuportável. Eles tinham um monte de amigos em comum que poderiam fazer as apresentações, mas Dawn achava que, se era para correr o risco, era melhor fazê-lo pessoalmente. Então um dia, quando viu que Vic estava indo com outros garotos a uma loja de conveniência, ela entrou no próprio carro e os seguiu. Conforme ela esperara, Vic decidiu ficar um pouco na frente da loja enquanto os amigos brincavam nos corredores. Dawn se aproximou e disse "olá". No início, Vic não entendeu por que Dawn estava falando com ele, ou por que parecia tão nervosa, mas então lentamente percebeu o que estava ocorrendo, e que também queria que aquilo acontecesse. Quando um ruído na porta indicou a saída dos amigos, ele fez um gesto para que fossem embora e ficou com Dawn, que nem se lembrou de fingir que precisava de alguma coisa da loja. Dawn teria ficado conversando ali durante horas; foi Vic quem sugeriu que fossem tomar um café, e tudo começou a partir daí.

Desde então, houve altos e baixos, mas o sentimento permaneceu: quando Dawn olhava para Vic, enxergava exatamente o que Vic queria que fosse visto. Embora os pais de Vic não conseguissem evitar enxergá-lo como ele costumava ser, e muitos amigos e desconhecidos não conseguissem deixar de enxergá-lo como quem ele não queria ser mais, Dawn só via ele. Pode chamar de indistinção, se quiser, mas

Dawn não via nada indistinto. Via uma pessoa muito nítida, muito clara.

Conforme me aprofundo nessas lembranças, conforme organizo esta história na cabeça, sinto muita gratidão e saudade; não por causa de Vic, mas por minha causa. É isso que quero de Rhiannon. É isso que quero dar a ela.

Mas como posso fazê-la enxergar através da indistinção se sou um corpo que ela nunca vai enxergar de fato, em uma vida que ela nunca será capaz de apoiar verdadeiramente?

Chego no tempo antes do almoço e estaciono na vaga de sempre.

Agora sei em que aula Rhiannon está, então espero do lado de fora até a hora do sinal. Quando ele toca, ela surge no meio da multidão, conversando com a amiga, Rebecca. Ela não me vê; nem sequer levanta os olhos. Preciso segui-la durante um longo tempo, sem saber se sou o fantasma do passado, do presente ou do futuro. Por fim, Rhiannon e Rebecca tomam direções diferentes e posso conversar com ela a sós.

— Oi — digo.

E lá está: uma hesitação momentânea antes de se virar. Mas quando dá meia-volta, vejo que me reconhece de novo.

— Oi — diz ela. — Você está aqui. Por que isso não me surpreende?

Não são exatamente as boas-vindas que eu estava esperando, mas são boas-vindas compreensíveis. Quando estamos a sós, sou o destino. Quando estou na vida escolar dela, sou uma quebra de rotina.

— Quer almoçar? — pergunto.

— Claro — responde. — Mas tenho mesmo que voltar depois.

Digo que tudo bem.

Enquanto caminhamos, permanecemos em silêncio. Quando não me concentro em Rhiannon, dá para ver que as pessoas estão olhando para ela de um jeito diferente. Algumas, de modo positivo, mas a maioria de modo negativo.

Ela vê que percebi.

— Aparentemente agora sou uma vagabunda metaleira — diz. — Segundo algumas fontes, até já dormi com os caras do Metallica. É meio engraçado, mas também não é. — Ela olha para mim. — Mas você é alguma coisa completamente diferente. Nem sei com quem estou lidando hoje.

— Meu nome é Vic. Sou biologicamente mulher, mas do gênero masculino.

Rhiannon suspira.

— Nem sei o que isso quer dizer.

Começo a explicar, mas ela me interrompe.

— Vamos esperar até sairmos da escola, está bem? Por que você não anda atrás de mim por enquanto? Acho que vai facilitar as coisas.

Minha única opção é fazer isso.

Vamos até um restaurante onde a média de idade dos fregueses é de 94 anos e o purê de maçãs parece ser o item mais popular do cardápio. Não é exatamente o ponto de encontro do ensino médio.

Assim que sentamos e fazemos o pedido, pergunto sobre as consequências do dia anterior.

— Não sei se o Justin está tão chateado assim — diz ela. — E não faltam garotas querendo confortá-lo. É ridículo. Rebecca tem sido incrível. Juro, se existisse um emprego de Relações Públicas de Amigos, a vaga seria dela. Ela está espalhando meu lado da história por aí.

— E qual é?

— Que o Justin é um imbecil. E que eu e o metaleiro não estávamos fazendo nada, a não ser conversar.

A primeira parte é irrefutável, mas, mesmo para mim, a segunda parte não parece convincente.

— Sinto muito que tenha acontecido desse jeito — digo.

— Poderia ter sido pior. E temos que parar de pedir desculpas um ao outro. As nossas frases não podem sempre começar com "sinto muito".

A voz dela parece conformada, mas não dá para saber em relação a que, na verdade, ela se conformou.

— Então você é uma garota que é um garoto? — pergunta ela.

— Mais ou menos isso. — Percebo que ela não quer entrar em detalhes.

— E você dirigiu muito?

— Três horas.

— E o que está deixando de fazer?

— Uns testes. E um encontro com a minha namorada.

— Você acha que é justo?

Por um segundo, fico paralisado.

— Do que você está falando? — indago.

— Olha — prossegue Rhiannon —, fico feliz que você tenha vindo até aqui. De verdade. Mas não dormi muito bem na noite passada e estou num mau humor dos infernos, e hoje de manhã, quando recebi seu e-mail, simplesmente pensei: será que isso tudo é realmente justo? Não pra mim nem pra você. Mas pra essas... pessoas cujas vidas você está sequestrando.

— Rhiannon, eu sempre tomo cuidado...

— Eu sei. E sei que é só por um dia. Mas e se alguma coisa totalmente inesperada fosse acontecer hoje? E se a namorada dela estivesse preparando uma superfesta surpresa para ela? E se a parceira dela na aula de laboratório fosse reprovada porque ela não estava lá para ajudar? E se... Não sei. E se houvesse um acidente gigantesco e ela tivesse que estar por perto para salvar um bebê?

— Eu sei — digo a ela. — Mas e se *for eu* a pessoa com quem alguma coisa deve acontecer? E se eu tivesse que estar aqui e, se não estivesse, o mundo fosse girar na direção errada? De algum modo infinitesimal, mas importante.

— Mas a vida dela não deveria vir antes da sua?

— Por quê?

— Porque você é só o hóspede.

Sei que é uma verdade, mas é impressionante ouvi-la dizendo. Ela se apressa imediatamente para amenizar o que parece uma acusação.

— Não estou dizendo que você é menos importante. Você sabe que não estou. Neste momento, você é a pessoa que eu mais amo em todo o mundo.

— Sério?

— O que você quer dizer com *sério?*

— Ontem você disse que não me amava.

— Estava falando do metaleiro. Não de você.

A comida chega, mas Rhiannon só enfia a batata frita no catchup.

— Eu também te amo, você sabe — digo.

— Eu sei — retruca ela. Mas não parece mais satisfeita.

— Vamos sair dessa. Todo relacionamento tem um começo difícil. Este é nosso começo difícil. Não é como uma peça de quebra-cabeça que encaixa no mesmo instante. Num relacionamento, você tem que dar forma às peças, a cada extremidade, antes de elas se encaixarem perfeitamente.

— Mas o formato da sua peça muda todos os dias.

— Só fisicamente.

— Eu sei. — Ela finalmente come uma das batatas. — Acho que preciso moldar melhor minha peça. Tem muita coisa acontecendo. E você ficando aqui... acaba sendo mais uma dessas coisas.

— Vou embora — digo. — Depois do almoço.

— Não é que eu queira que você vá. Só acho que você precisa ir.

— Entendo — respondo. E entendo mesmo.

— Que bom. — Ela sorri. — Agora me fale sobre esse encontro de hoje à noite. Se eu não vou estar com você, quero saber quem vai.

Enviei uma mensagem de texto para Dawn, dizendo que não estou na escola mas que o encontro ainda está de pé. Vamos nos encontrar depois que ela terminar o treino de hóquei de campo.

Volto para a casa de Vic na hora em que ele costuma voltar da escola. Seguro em meu quarto, sinto a ansiedade de sempre antes de um encontro. Vejo que Vic tem um monte de gravatas no armário, o que me leva a crer que ele gosta de usá-las. Então visto uma roupa arrumadinha, talvez arrumadinha demais, mas se o que acessei sobre Dawn é verdade, sei que ela vai gostar.

Passo as horas na internet. Não tem nenhum e-mail novo de Rhiannon, mas tem oito de Nathan, os quais não abro. Então entro nas *playlists* de Vic e ouço algumas das músicas que ele tem ouvido com mais frequência. É assim que muitas vezes descubro músicas novas.

Finalmente, pouco antes das 18h, estou na porta. Chega a ser estranho como estou ansioso. Quero fazer parte de algo que funciona, por maior que seja o desafio.

Dawn não me decepciona. Ela adora o modo como Vic se veste, e usa a palavra *elegante* em vez de *arrumadinho*. Tem um monte de novidades sobre o dia e um monte de perguntas sobre o que andei fazendo. Esta é uma área delicada. Não quero que Vic seja pego numa mentira depois, por isso, conto que simplesmente tive vontade de tirar o dia de folga. Sem testes, sem corredores, só dirigindo até um lugar onde nunca estive... desde que voltasse a tempo para ela. Ela apoia totalmente essa decisão e nem mesmo pergunta por que não a chamei. É assim, espero, que Vic se lembrará do dia de hoje.

Tenho que acessar muito rápido para acompanhar todas as referências de Dawn, mas mesmo assim estou me divertindo. As lembranças que Vic tem dela são absolutamente corretas: ela o vê de modo tão preciso, tão maravilhoso, tão espontâneo. Ela não torna sua compreensão pública. Simplesmente está lá.

Sei que a situação deles é diferente da nossa. Sei que não sou Vic, assim como Rhiannon não é Dawn. Mas uma parte de mim quer fazer a analogia. Parte de mim quer transcender da mesma forma. Parte de mim quer adorar ser tão forte e tão poderoso.

Vic e Dawn têm os próprios carros, mas, a pedido de Dawn, Vic a acompanha até em casa, só para que ele possa levá-la até a porta e possam se despedir com um beijo de boa-noite de verdade. Acho isso delicado, e acompanho Dawn de mãos dadas até os degraus da frente. Não tenho ideia de se os pais dela estão em casa, mas se ela não se importa, eu também não me importo. Chegamos à porta de tela e ficamos ali por um momento, como um casal de namorados dos anos

1950. Então Dawn se inclina e me beija com vontade, e eu retribuo o beijo com vontade, e somos lançados na direção dos arbustos em vez da porta. Ela está me empurrando em direção à escuridão e eu estou por cima dela, e é tão intenso que perco a cabeça, ou perco o contato com a mente de Vic, de modo que estou em minha própria mente, beijando-a e sentindo-a, e da minha boca sai a palavra *Rhiannon*. Primeiro, não acho que Dawn tenha ouvido, mas ela se afasta por um segundo e me pergunta o que acabei de dizer, e respondo que é igual à música — ela não conhece a música? — e que sempre me perguntei o que aquela palavra significava, mas que ela significa isso aqui, é assim que ela faz eu me sentir, e Dawn diz que não tem ideia da música da qual estou falando, mas que não importa, pois já se acostumou as minhas esquisitices, e digo que vou tocar depois para ela, mas que nesse meio-tempo tem isso aqui, isso aqui e isso aqui. Estamos cobertos por folhas, minha gravata está presa num galho, mas tudo é tão cheio de vida que não ligamos. Não ligamos para nada.

À noite, tem um e-mail de Rhiannon.

A,

hoje foi estranho, mas acho que é porque é um momento muito estranho. O problema não é você, nem o amor. É que tudo está acontecendo ao mesmo tempo. Acho que você sabe o que quero dizer.

Vamos tentar de novo. Mas não acho que possa ser na escola.

Acho que é demais para mim. Vamos nos encontrar depois. Em algum lugar sem vestígios do restante da minha vida. Só nós dois.

Não estou conseguindo imaginar como, mas quero que as peças se encaixem.

Com amor,

R

Dia 6.024

Nenhum despertador me acorda no dia seguinte. Em vez disso, acordo e vejo minha mãe — a mãe de alguém, a minha mãe — sentada na beirada da cama, me observando. Dá para ver que ela fica com pena de me acordar, mas a pena é uma pequena parte de uma tristeza maior. Ela toca minha perna de leve.

— Hora de acordar — diz em voz baixa, como se quisesse que a transição do ato de dormir para acordar fosse a mais fácil possível. — Pendurei suas roupas na porta do armário. Vamos sair em 45 minutos. Seu pai está... muito perturbado. Todos estamos. Mas ele está particularmente abalado, então só... deixe que ele fique à vontade, está bem?

Enquanto ela está conversando comigo, não tenho concentração para entender quem sou ou o que está acontecendo. Mas depois que ela sai e vejo o terno escuro pendurado na porta do armário, junto as peças do quebra-cabeça.

Meu avô morreu, e estou indo ao meu primeiro funeral

Digo à minha mãe que me esqueci de pedir aos amigos que me passassem o dever de casa, e vou até o computador para avisar a Rhiannon que provavelmente não vou poder vê-la hoje. Até onde sei, o funeral fica a pelo menos duas horas daqui. Ao menos não vamos passar a noite lá.

Papai ficou a maior parte da manhã no quarto de casal, mas no momento em que aperto o botão de enviar, ele sai. Não parece só perturbado; parece que acabou de ficar cego. Há uma perda imensa em seus olhos, e ela permeia por todo seu corpo. Uma gravata pende frouxa do pescoço, com um nó malfeito.

— Marc — diz para mim.

Marc. É meu nome, e vindo dos lábios dele agora parece um feitiço e um grito de incredulidade. Não tenho ideia de como reagir.

A mãe entra correndo.

— Ah, querido — diz, passando os braços ao redor do marido por um segundo; em seguida, se afasta para ajeitar a gravata dele. Ela se vira para mim e pergunta se estou pronto para ir.

Limpo o histórico, desligo o computador e digo a ela que só preciso calçar os sapatos.

A maior parte do trajeto de carro até o funeral se passa em silêncio profundo. As notícias estão tocando no rádio, mas depois da terceira repetição acho que nenhum de nós está prestando atenção. Em vez disso, imagino que a mãe e o pai de Marc estão fazendo a mesma coisa que eu: acessando as lembranças do avô de Marc.

A maioria das lembranças que encontro é desprovida de palavras. Horas fortes e silenciosas, sentados juntos em barcos de pesca esperando que a linha fosse puxada. Vê-lo sentado à cabeceira da mesa no Dia de Ação de graças, trinchando o peru como se fazer isso fosse seu direito de nascença. Quando era mais novo, ele me levava ao zoológico; tudo de que consigo me lembrar é a autoridade na voz dele ao falar sobre leões e ursos. Não me lembro dos leões nem dos ursos, só da sensação que ele criava.

Houve também a morte da minha avó, antes de eu realmente saber o que a morte significava. Ela é o fantasma no fundo de todas essas lembranças, mas tenho certeza de que é muito mais importante no pensamento dos meus pais. Agora meus próprios pensamentos se voltam para os últimos cinco meses: a visão do encolhimento dele, de como as coisas ficaram estranhas entre nós quando comecei a ficar mais alto do que ele e ele pareceu encolher em si mesmo, na própria idade. A morte dele foi uma surpresa mesmo assim; sabíamos que ia acontecer, mas não naquele dia em especial. Minha mãe foi quem atendeu o telefone. Não precisei ouvir as palavras dela para saber que tinha algo errado. Ela correu para o escritório de papai para contar. Eu não estava lá. Não vi.

Agora é meu pai quem parece encolhido. Como se, quando alguém próximo a nós morre, por um instante, segundos antes do instante fatídico, nós trocássemos de lugar com a pessoa. E, quando superamos, estivéssemos realmente vivendo a vida deles ao contrário, da morte para a vida, da doença para a saúde.

Os peixes em todos os lagos e rios próximos ficarão a salvo por hoje, porque parece que todos os pescadores do estado de Maryland estão no funeral. Dá para ver poucos ternos e menos gravatas ainda. O restante da família também está aqui: primos que choram, tias emocionadas, tios estoicos. Meu pai parece ser o mais emocionado, e é o ímã das condolências de todos os outros. Minha mãe e eu ficamos ao lado dele, e eles assentem e dão tapinhas em nossos ombros.

Me sinto um total impostor. Estou observando, tentando registrar tanto quanto consigo para as lembranças de Marc, porque sei que ele vai querer ter estado aqui e se lembrar de tudo.

Não estou preparado para o caixão aberto, para ter o avô de Marc bem ali na minha frente quando entrarmos na capela. Estamos na primeira fila, e não consigo tirar os olhos dele. É assim que um corpo se parece quando não tem nada dentro. Se eu pudesse sair de Marc por um momento, sem que ele voltasse para dentro de si, é assim que ele ia parecer. É muito diferente de dormir, por mais que, na funerária, tenham tentado fazer com que ele parecesse estar dormindo.

O avô de Marc cresceu nesta cidade e foi membro desta congregação por toda a vida. Há muita coisa para se dizer, e muita emoção ao fazê-lo. Até o pastor parece comovido — tão acostumado a dizer estas palavras, mas não para alguém de quem gosta. O pai de Marc se levanta para falar, e seu corpo parece em guerra com as frases: sempre que ele tenta dizer alguma coisa, a respiração para, os ombros paralisam. A mãe de Marc se levanta e fica perto dele. Parece que ele vai pedir a ela para ler suas palavras, mas então muda de ideia e põe o discurso de lado. E fala. Conta suas lembranças, e algumas vezes elas incluem nós, enquanto outras vezes estão puídas, mas são as coisas nas quais ele pensa ao lembrar do pai. À sua volta, a congregação ri e chora, e balança a cabeça, concordando.

As lágrimas estão aflorando em meus olhos, descendo pelo meu rosto. No início, não compreendo, afinal não conheço de fato o homem do qual estão falando; não conheço ninguém neste recinto. Não sou parte disso... e é por isso que estou chorando. Porque não sou parte disso nem nunca serei parte de algo assim. Sei disso há algum tempo, mas você pode saber de algo durante anos sem que isso realmente o atinja. Agora está atingindo. Nunca vou ter uma família para chorar por mim. Nunca vou ter pessoas sentindo em relação a mim o mesmo que sentem em relação ao avô de Marc. Nunca vou deixar o rastro de lembranças que ele deixou. Ninguém nunca vai me conhecer nem saber o que fiz. Se eu morrer, não haverá corpo para me marcar, nem funeral para ir, nem enterro. Se eu morrer, ninguém além de Rhiannon, saberá que estive aqui.

Choro porque estou com inveja do avô de Marc, porque sinto inveja de qualquer um que possa fazer outras pessoas se importarem tanto.

Mesmo depois de meu pai acabar de falar, estou soluçando. Quando meus pais voltam para o banco, sentam um de cada lado para me confortar.

Choro por um pouco mais de tempo, sabendo muito bem que Marc vai se lembrar disso como se estivesse chorando pelo avô, que nunca vai se lembrar de eu ter estado aqui.

Enterrar uma pessoa é um ritual tão estranho. Estou lá quando eles o descem. Estou lá quando dizemos as orações. Assumo meu lugar na fila quando a terra é jogada sobre o caixão.

Nunca mais ele vai ter tantas pessoas pensando nele ao mesmo tempo. Mesmo sem tê-lo conhecido, queria que ele pudesse estar ali para ver.

Voltamos para a casa dele depois. Daqui a pouco as coisas serão separadas e dispersadas, mas agora o cenário é de museu para a exibição da tristeza. Contam-se histórias; algumas vezes, a mesma história em cômodos diferentes. Não conheço muitas das pessoas que estão aqui, mas não é uma falha no acesso. Simplesmente tem mais pessoas na vida do avô de Marc do que o neto poderia compreender.

Depois de comer, contar histórias e oferecer consolo, tem a bebida e, depois da bebida, tem a volta para casa. A mãe de Marc se manteve sóbria o tempo todo, por isso é ela quem está dirigindo quando voltamos para casa, na escuridão. Não dá para ver se o pai de Marc está dormindo ou perdido em pensamentos.

— Foi um longo dia — sussurra a mãe de Marc. Então ouvimos as notícias, repetidas a intervalos de meia hora, até finalmente estarmos em casa.

Tento fingir que esta é minha vida. Tento fingir que estes são meus pais. Mas tudo parece vazio, porque eu sei a verdade.

Dia 6.025

Na manhã seguinte, é difícil levantar a cabeça do travesseiro, é difícil levantar meus braços, é difícil levantar meu corpo da cama.

E isso acontece porque devo pesar pelo menos uns 150 kg.

Já fui gordo antes, mas acho que nunca tanto assim. É como se eu tivesse pedaços de carne amarrados às pernas, aos braços e ao tronco. É necessário muito mais esforço para fazer qualquer coisa. Porque não é que eu seja um gordo forte. Não sou jogador de futebol americano. Não. Sou gordo. Do tipo flácido e pesadão.

Quando finalmente olho ao redor e dentro de mim, não fico muito animado com o que vejo. Finn Taylor afastou-se de grande parte do mundo; o tamanho dele é resultado de negligência e preguiça, de uma falta de cuidado que poderia ser patológica se fosse um pouco meticulosa. Embora eu tenha certeza de que, se acessar bem fundo, vou encontrar algum poço de humanidade, tudo que consigo ver na superfície é o equivalente emocional de um arroto.

Caminho com dificuldade até o chuveiro, tiro uma bola de fiapos do tamanho de uma pata de gato do umbigo de Finn. Tenho que me esforçar para fazer qualquer coisa. Deve ter chegado uma hora em que se tornou cansativo demais fazer qualquer coisa, e Finn simplesmente desistiu.

Cinco minutos depois de sair do chuveiro, já estou suando.

• • •

Não quero que Rhiannon me veja desse jeito. Mas preciso vê-la. Não posso cancelar pelo segundo dia consecutivo, não quando as coisas parecem tão incertas entre nós.

Aviso a ela. Digo no e-mail que sou imenso hoje. Mas que ainda quero vê-la depois da escola. Estou perto da Clover Bookstore hoje, por isso sugiro nos encontrarmos lá.

Rezo para que ela vá.

Não tem nada na memória de Finn que me faça acreditar que ele ficaria chateado por deixar de ir à escola, mas vou de qualquer forma. Deixarei as faltas para quando ele estiver consciente delas.

Por causa do tamanho do meu corpo, preciso me concentrar muito mais do que o normal. Mesmo coisas pequenas, como o pé no acelerador ou a quantidade de espaço que deixo ao meu redor nos corredores, exigem mais ajustes.

E há os olhares que lançam para mim, de desprezo mal disfarçado. Não são apenas os outros alunos, mas os professores, os estranhos. O julgamento rola solto. É possível que estejam reagindo à coisa em que Finn permitiu se transformar. Mas também tem algo mais primitivo, algo mais defensivo no desprezo deles. Eu sou o que eles têm medo de se tornar.

Vesti preto hoje porque já cansei de ouvir que preto emagrece. Mas, em vez disso, sou uma esfera escura invadindo os corredores.

A única pausa é na hora do almoço, quando Finn encontra os dois melhores amigos, Ralph e Dylan. Eles são melhores amigos desde o terceiro ano do ensino fundamental. Fazem piada com o tamanho de Finn, mas fica claro que não se importam realmente. Se ele fosse magro, também fariam piada disso.

Sinto que posso relaxar perto deles.

• • •

234

Vou para casa a fim de tomar mais um banho e me trocar. Enquanto estou me enxugando, me pergunto se poderia introduzir alguma memória traumática na mente de Finn, algo tão chocante que o fizesse parar de comer tanto. Em seguida fico horrorizado por pensar numa coisa dessas, e me lembro de que não é da minha conta dizer o que Finn precisa fazer.

Vesti a melhor roupa de Finn para me encontrar com Rhiannon: uma camisa social XXXG e um jeans tamanho 54. Até tentei usar uma gravata, mas fica ridícula, pulando na minha barriga.

As cadeiras do café da livraria ficam bambas quando me sento. Resolvo então caminhar pelos corredores, mas eles são estreitos demais, e fico derrubando coisas das prateleiras. No fim, espero por ela na frente da loja.

Ela me vê na mesma hora; não tem como não ver. Em seus olhos, vejo que me reconhece, mas não está particularmente satisfeita.

— Oi — digo.

— É, oi.

Ficamos parados.

— O que foi? — pergunto.

— Só estou absorvendo sua imagem, acho.

— Não olhe para a embalagem. Olhe para o que tem dentro.

— Pra você é fácil falar. Eu nunca mudo, não é?

Sim e não, penso. O corpo dela é o mesmo. Mas, na maior parte do tempo, sinto como se estivesse sempre encontrando uma Rhiannon um pouco diferente. Como se cada humor tivesse uma variação.

— Vamos — digo.

— Para onde?

— Bem, já estivemos no mar, na montanha e na floresta. Então pensei que desta vez a gente podia tentar... jantar e ir ao cinema.

Ganho um sorriso.

— Isso se parece suspeitamente com um encontro — diz ela.

— Até compro flores, se você quiser.

— Vá em frente — desafia ela. — Compre flores para mim.

• • •

Rhiannon é a única garota no cinema com uma dúzia de rosas no assento ao lado. Também é a única cujo acompanhante está sobrando para fora da própria poltrona e invadindo a dela. Tento fazer as coisas parecerem menos esquisitas passando o braço ao redor dela. Mas então me dou conta do suor e de como meu braço deve parecer gordo atrás de seu pescoço. Também tenho consciência de minha respiração, que faz um pouco de barulho quando respiro forte. Depois que o trailer acaba, pulo um assento. Então apoio a mão no assento entre nós, e ela a segura. Ficamos assim por pelo menos dez minutos, até ela fingir que está com uma coceira e não voltar a segurar minha mão.

Escolhi um local agradável para jantar, mas isso não garante que o jantar será agradável.

Ela continua olhando para mim, olhando para Finn.

— O que foi? — pergunto finalmente.

— É só que... não consigo enxergar você aí dentro. Em geral, eu consigo. Há um lampejo seu nos olhos. Mas hoje não.

De certa forma, é lisonjeiro. Mas, pelo modo como diz, também é desanimador.

— Juro que estou aqui.

— Eu sei. Mas não consigo evitar. Simplesmente não sinto nada. Quando vejo você assim, não sinto. Não consigo.

— Está tudo bem. Você não consegue me ver porque ele não tem nada a ver comigo. Você não está sentindo porque não sou assim. Então, de certa forma, faz sentido.

— Acho que sim — diz ela, enfiando o garfo em alguns aspargos.

Ela não parece convencida. E sinto que já perdi se tivermos que chegar ao estágio do convencimento.

• • •

Não parece um encontro. Não parece amizade. Parece algo que caiu da corda bamba, mas que ainda não atingiu a rede de proteção.

Os carros ainda estão na livraria, por isso voltamos para lá. Em vez de segurar as rosas com cuidado, ela as balança ao lado do corpo, como se a qualquer momento fosse precisar usá-las como um taco de beisebol.

— O que está acontecendo? — pergunto a ela.

— Só uma noite ruim, acho. — Ela ergue as rosas até o nariz e as cheira. — Podemos ter noites ruins, não é? Em especial se considerarmos...

— É. Em especial se considerarmos.

Se eu estivesse em um corpo diferente, esta seria a hora em que eu me inclinaria e daria um beijo nela. Se eu estivesse em um corpo diferente, o beijo poderia transformar a noite ruim em incrível. Se eu estivesse em um corpo diferente, ela me veria aqui dentro. Ela veria o que queria ver.

Mas agora é estranho.

Ela ergue as rosas até meu nariz. Inspiro o perfume.

— Obrigada pelas flores — diz ela.

É assim que nos despedimos.

Dia 6.026

Sinto culpa por ficar aliviado em voltar a ter um tamanho normal na manhã seguinte. Sinto culpa por perceber que, embora antes eu não ligasse para o que outras pessoas pensavam, ou para como as outras pessoas me viam, agora tomo consciência disso, agora estou julgando com elas, agora estou vendo a mim mesmo com os olhos de Rhiannon. Acho que isso está me fazendo ficar mais parecido com todo mundo, mas sinto que alguma coisa está se perdendo também.

Lisa Marshall se parece muito com Rebecca, a amiga de Rhiannon, com cabelos lisos e escuros, sardas espalhadas pelo rosto e olhos azuis. Não é alguém por quem você viraria a cabeça se a visse na rua, mas definitivamente é alguém que você notaria se estivesse sentada a seu lado na sala de aula.

Rhiannon não vai se incomodar comigo hoje, penso. Então me sinto culpado por pensar isso.

Tem um e-mail dela na minha caixa de entrada. Começa assim:

Quero muito te ver hoje.

E penso: *Isso é bom*. Mas então continua.

Precisamos conversar.

E já não sei mais o que pensar.

• • •

O dia se torna um jogo de espera, uma contagem regressiva, mesmo que eu não tenha certeza da finalidade dessa contagem. O relógio me aproxima. Meus temores soam mais altos.

Os amigos de Lisa não a ouvem falar muito hoje.

Rhiannon disse para nos encontrarmos num parque perto da escola dela. Como sou uma garota hoje, imagino que seja um terreno neutro e seguro. Ninguém na cidade verá nós duas e pensará que se trata de alguma coisa proibida para menores. Acho que pensam que metaleiros é que são o tipo dela.

Chego cedo, então me sento num banco com um exemplar de um romance de Alice Hoffman pertencente a Lisa, parando de vez em quando para observar um corredor passar. Estou tão entretido nas páginas que não noto Rhiannon ali até ela se sentar perto de mim.

Não posso deixar de sorrir ao ver que é ela.

— Oi — digo.

— Oi — responde.

Antes que consiga me dizer o que quer, pergunto como foi o dia dela, pergunto sobre a escola e sobre o tempo, qualquer coisa para evitar o assunto "ela e eu". Mas só dura uns dez minutos.

— A — diz ela —, tem coisas que preciso te dizer.

Sei que esta frase raramente vem acompanhada de coisas boas. Mas ainda tenho esperança.

Embora ela diga *coisas*, embora tenha sugerido que se trata de mais de uma coisa, tudo aparece na frase seguinte.

— Não acho que eu consiga fazer isso.

Faço uma pausa por apenas um instante.

— Você não acha que consegue fazer isso ou você não *quer* fazer isso?

— Eu quero. Sério, eu quero. Mas como, A? Simplesmente não vejo como é possível.

— O que você quer dizer?

— Quero dizer que todos os dias você é uma pessoa diferente. E simplesmente não consigo amar da mesma maneira cada uma das pessoas que você é. Sei que é você por baixo. Sei que é só a embalagem. Mas não consigo, A. Eu tentei. E não consigo. Eu quero... quero ser a pessoa a conseguir... mas não dá. E não é só isso. Terminei com Justin há pouco tempo e preciso processar essa história, dar uma conclusão a ela. E tem tantas coisas que você e eu não podemos fazer. Nunca vamos poder sair com meus amigos. Nunca nem vou poder falar sobre você com meus amigos, e isso está me deixando louca. Você nunca vai poder conhecer meus pais. Nunca vou poder dormir e acordar com você. Nunca. E tenho tentado me convencer de que essas coisas não são importantes, A. De verdade, eu tenho tentado. Mas perdi essa discussão. E não posso continuar discutindo se sei qual é a resposta correta.

Essa é a parte na qual eu deveria poder dizer *Eu vou mudar*. É a parte na qual eu deveria poder garantir a ela que as coisas podem ser diferentes, mostrar que é possível. Mas o melhor que posso fazer é oferecer a ela meu sonho mais guardado, aquele que sempre fiquei constrangido demais para contar.

— Não é impossível — digo a ela. — Você acha que não tenho tido as mesmas discussões internas, os mesmos pensamentos? Tenho tentado imaginar como podemos ter um futuro juntos. E que tal isso? Acho que um jeito de eu não ir para tão longe seria morando numa cidade grande. Quero dizer, haveria mais corpos da idade certa por perto e, enquanto eu não sei como passo de um corpo para outro, tenho quase certeza de que a distância que me desloco está relacionada ao número de possibilidades que existem. Por isso, se morássemos em Nova York, provavelmente, eu nunca sairia de lá. Tem tantas pessoas para escolher. Aí nós poderíamos nos ver o tempo todo. Ficar juntos. Sei que é loucura. Sei que você não pode simplesmente sair de casa de repente. Mas um dia poderíamos fazer isso. Um dia, nossa vida poderia ser assim. Nunca vou poder acordar ao seu lado, mas posso ficar com você o tempo todo. Não será uma vida normal; sei disso. Mas será uma vida. Uma vida juntos.

Imaginei nós dois lá, com um apartamento só nosso. Eu chegando todo dia, tirando os sapatos, e a gente fazendo o jantar, depois indo para a cama, e eu andando na ponta dos pés quando fosse perto da meia-noite. Crescendo juntos. Conhecendo mais do mundo ao conhecê-la.

Mas ela está balançando a cabeça. Tem lágrimas se formando nos olhos dela. E basta isso para meu sonho se quebrar. Basta isso para minha fantasia se tornar outro sonho tolo.

— Isso nunca vai acontecer — diz ela em voz baixa. — Queria poder acreditar, mas não consigo.

— Mas Rhiannon...

— Quero que você saiba que, se você fosse um cara que conheci, se você fosse o mesmo cara todos os dias, se o interior fosse o exterior, haveria uma boa chance de eu te amar para sempre. O problema não é seu coração, espero que você saiba disso. Mas o restante é muito difícil. Talvez haja garotas por aí que consigam lidar com isso. Torço para que haja. Mas não sou uma delas. Simplesmente não consigo fazer isso.

Agora minhas lágrimas estão vindo.

— Então... o quê? É isso? Acabou?

— Quero que a gente esteja na vida um do outro. Mas sua vida não pode continuar tirando a minha dos trilhos. Preciso ficar com meus amigos, A. Preciso ir à escola e ao baile de formatura, e fazer todas as coisas que deveria fazer. E sou grata, verdadeiramente grata, por não estar mais com Justin. Mas não posso abrir mão das outras coisas.

Fico surpreso com meu próprio rancor.

— Você não pode fazer isso por mim do jeito que posso fazer por você?

— Não. Desculpe, mas não posso.

Estamos ao ar livre, mas é como se as paredes estivessem se fechando ao meu redor. Estamos em terra firme, mas a fundação acabou de cair.

— Rhiannon... — digo. E as palavras acabam. Não consigo pensar em mais nada para dizer. Perdi meu próprio argumento.

Ela se inclina e me beija na bochecha.

— Tenho que ir — diz. — Não para sempre. Mas por enquanto. Vamos conversar de novo daqui a alguns dias. Se você realmente pensar sobre isso, chegará à mesma conclusão. E então não será tão ruim. Então conseguiremos passar por isso juntos, e imaginar o que vem depois. Quero que exista alguma coisa depois. Só que não pode ser...

— Amor?

— Um relacionamento. Encontros. O que você deseja.

Ela se levanta. Fico paralisado no banco.

— Vamos conversar. — Ela me tranquiliza.

— Vamos conversar — repito, mas soa vazio.

Ela não quer ir embora assim. Vai ficar até eu demonstrar que estou bem, que vou sobreviver a este momento.

— Rhiannon, eu te amo — digo.

— E eu te amo.

Essa não é a questão, ela está afirmando.

Mas também não é a resposta.

Queria que o amor conquistasse tudo. Mas o amor não conquista tudo. Ele não pode fazer nada sozinho.

Ele depende de nós para conquistar em seu nome.

Volto para casa, e a mãe da Lisa está preparando o jantar. O cheiro é delicioso, mas não consigo me imaginar sentando à mesa e conversando. Não consigo me imaginar conversando com ninguém. Não consigo me imaginar passando as próximas horas sem gritar.

Digo a ela que não estou me sentido bem e vou para o andar de cima.

Tranco-me no quarto de Lisa, e sinto que é onde sempre estarei. Trancado num quarto. Preso comigo mesmo.

Dia 6.027

Acordo na manhã seguinte com um tornozelo quebrado. Por sorte, já está quebrado há algum tempo, e as muletas estão perto da minha cama. É a única coisa em mim que parece ter acabado de cicatrizar.

Não consigo evitar: vou checar meu e-mail. Mas não tem notícias de Rhiannon. Me sinto sozinho. Completamente sozinho. Então me dou conta de que existe outra pessoa no mundo que sabe vagamente quem eu sou. Dou uma olhada para ver se ele me escreveu ultimamente.

E, de fato, escreveu. Agora tenho vinte mensagens não lidas de Nathan, uma mais desesperada do que a outra, terminando com esta:

Tudo o que peço é uma explicação. Vou te deixar em paz depois disso. Só preciso saber.

Respondo para ele.

OK. Onde podemos nos encontrar?

Com o tornozelo quebrado, Kasey não pode dirigir. E como Nathan ainda tem problemas por causa da viagem na qual apagou, também não tem permissão para usar o carro. Por isso, nossos pais têm que nos levar. Embora eu não confirme, meu pai supõe que seja um encontro romântico.

O problema é que Nathan está esperando um cara chamado Andrew, porque foi quem eu disse que era da última vez. Mas se vou contar a verdade a ele, o fato de ser Kasey vai me ajudar a ilustrar a situação.

Nos encontramos num restaurante mexicano perto da casa dele. Quero um lugar público, mas também um lugar onde nossos pais possam nos deixar sem levantar as sobrancelhas. Eu o vejo entrar, e é quase como se tivesse se vestido para um encontro também; mesmo que não pareça tão informal, certamente fez o melhor que podia. Levanto uma das muletas e aceno; ele sabe que estou de muletas, só não sabe que sou uma garota. Imaginei que fosse melhor dizer isso pessoalmente.

Ele parece muito confuso ao se aproximar.

— Nathan — digo quando ele se aproxima. — Sente-se.

— Você é o... Andrew?

— Eu posso explicar. Sente-se.

Percebendo a tensão, o garçom se adianta e nos traz o cardápio. Enche os copos de água. Pedimos as bebidas. E somos forçados a conversar um com o outro.

— Você é uma garota — diz ele.

Tenho vontade de rir. Ele fica muito mais assustado ao pensar que foi possuído por uma garota, não por um garoto. Como se isso importasse.

— Algumas vezes — digo. O que só aumenta a confusão dele.

— *Quem é você?* — pergunta.

— Vou te dizer — respondo. — Prometo. Mas vamos pedir, primeiro.

Não confio nele de verdade, mas digo que confio como um meio de inspirar uma reciprocidade. Ainda é um risco que estou correndo, mas não consigo pensar em outro modo de lhe dar paz de espírito.

— Apenas outra pessoa sabe disso — começo. E aí digo quem sou. Conto como funciona. Repito o que aconteceu no dia em que estava no corpo dele. Explico como sei que não vai acontecer outra vez.

Sei que, ao contrário de Rhiannon, ele não vai duvidar de mim. Porque minha explicação faz sentido para ele. Corresponde perfeitamente à situação pela qual passou. É o que sempre suspeitou, porque, de algum modo, eu o encorajei a se lembrar disso. Não sei por quê, mas quando minha mente e a mente dele criaram essa história, deixamos um buraco nela. Estou preenchendo o buraco.

Quando termino, Nathan não sabe o que dizer.

— Então... nossa... acho... Então, tipo, amanhã, você não vai ser ela?

— Não.

— E ela vai...?

— Ela vai ter algumas lembranças de hoje. Provavelmente vai se lembrar de que teve um encontro com um garoto, mas que não deu certo. Não vai lembrar que foi você. Será apenas a vaga ideia de uma pessoa, pois se os pais lhe perguntarem amanhã como foi, ela não vai se surpreender com a pergunta. Nunca vai saber que não esteve aqui.

— Então por que eu soube?

— Porque talvez eu tenha ido embora muito rápido. Ou talvez eu não tenha preparado o terreno para uma lembrança adequada. Ou talvez porque eu quisesse que, de algum modo, você descobrisse. Não sei.

A comida, que chegou enquanto eu estava falando, permanece quase toda intocada sobre a mesa.

— Isso é uma coisa e tanto — diz Nathan.

— Você não pode contar a ninguém — recordo. — Confio em você.

— Eu sei. Eu sei. — Ele assente distraidamente e começa a comer. — Isso é entre você e eu.

Ao final da refeição, Nathan diz que conversar comigo e saber a verdade realmente ajudaram. Também pergunta se podemos nos encontrar no dia seguinte, assim poderá ver a troca por si só. Digo a ele que não posso garantir, mas que vou tentar.

Nossos pais nos buscam. Na volta para casa, a mãe de Kasey me pergunta como foi.

— Bom... eu acho — digo a ela.

É a única coisa verdadeira que digo a ela durante o trajeto.

245

Dia 6.028

No dia seguinte, um domingo, acordo como Ainsley Mills. Alérgica a glúten, com medo de aranhas e dona orgulhosa de três terriers escoceses, dos quais dois dormem na cama dela.

Em circunstâncias normais, eu ia achar que hoje seria um dia normal.

Nathan me envia um e-mail dizendo que quer me ver, e que, se eu tiver carro, posso ir até a casa dele. Os pais vão ficar fora o dia todo, por isso ele não tem carona.

Rhiannon não me envia nenhuma mensagem, então me conformo com Nathan.

Ainsley diz para os pais que vai fazer compras com algumas amigas. Eles não fazem perguntas. Dão a ela a chave do carro da mãe e pedem que não volte muito tarde. Precisam que ela tome conta da irmã a partir das 17h.

São apenas 11h. Ainsley garante que voltará bem antes disso.

Nathan está a apenas 15 minutos de distância. Acredito que não vou ter que ficar muito tempo. Só preciso provar que sou a mesma pessoa de ontem. E é isso. Não acho que tenha mais nada a oferecer. O resto é com ele.

Ele parece surpreso ao abrir a porta e me ver. Acho que realmente não acreditou que fosse verdade, e agora é. Parece nervoso, e atribuo isso ao fato de que estou na casa dele. Eu a reconheço, mas ela já começou a se misturar com a lembrança de todas as outras casas onde morei. Se me colocarem no corredor principal e todas as portas estiverem fechadas, não acredito que vá conseguir dizer qual das portas leva a qual cômodo.

Nathan me leva para a sala; é para lá que vão as visitas e, mesmo que eu tenha sido ele durante um dia, ainda sou uma visita.

— Então é você mesmo — diz ele. — Em um corpo diferente.

Faço que sim com a cabeça e me sento no sofá.

— Você quer beber alguma coisa? — oferece.

Digo que água está bom. Não comento que planejo sair em pouco tempo e que provavelmente a água não seria necessária.

Quando ele sai para buscá-la, examino alguns dos retratos de família expostos. Em todos eles Nathan parece desconfortável... assim como o pai. Apenas a mãe sorri.

Ouço Nathan retornando, e não levanto os olhos. Por isso, tomo um susto quando ouço uma voz que não é a dele dizendo:

— Fico muito feliz por ter uma chance de conhecê-lo.

É um homem com cabelos grisalhos e terno cinza. Está usando uma gravata, mas ela está frouxa no pescoço; para ele, é hora de relaxar. Eu me levanto, mas, no corpo pequeno de Ansley, não consigo olhá-lo nos olhos.

— Por favor — diz o reverendo Poole. — Não precisa se levantar. Vamos nos sentar.

Ele fecha a porta, então senta-se em uma poltrona entre a porta e eu. Tem provavelmente o dobro do tamanho de Ainsley, e poderia me impedir de sair se quisesse. A pergunta é se ele realmente quer fazer isso ou não. O fato de meu instinto está ponderando sobre isso é uma pista de que pode haver motivo para ficar alarmado.

Resolvo bancar a durona.

— É domingo — digo. — O senhor não deveria estar na igreja?

Ele sorri.

— Aqui tem coisas mais importantes para mim.

Deve ter sido mais ou menos assim quando a Chapeuzinho Vermelho encontrou o Lobo Mau pela primeira vez. E o que ela sentiu deve ter sido um misto de curiosidade e terror.

— O que o senhor quer? — pergunto.

Ele cruza a perna sobre o joelho.

— Bem, Nathan me contou uma história muito interessante, e fico me perguntando se é verdade.

Não adianta negar.

— Não era para ele contar para ninguém! — falo em voz alta, torcendo para que Nathan me ouça.

— Apesar de você ter deixado Nathan esperando durante o último mês, eu tenho tentado dar respostas a ele. É natural que confidenciasse a mim quando alguém lhe contasse uma coisa dessas.

Poole tem um ponto de vista. Isso está claro. Só não sei qual é.

— Não sou o diabo — digo. — Não sou um demônio. Não sou nada das coisas que vocês querem que eu seja. Sou apenas uma pessoa. Uma pessoa que pega as vidas de outras pessoas emprestadas por um dia.

— Mas você não consegue enxergar o diabo em ação?

Balanço a cabeça.

— Não. O diabo não estava dentro de Nathan. O diabo não está dentro desta garota. Sou apenas eu.

— Sabe — retrucou Poole —, é aí que você se engana. Sim, você está dentro destes corpos. Mas quem está dentro de você, meu amigo? Por que você pensa que é do jeito que é? Não sente que poderia ser obra do diabo?

Respondo calmamente.

— O que eu faço não é obra do diabo.

Ao ouvir isso, Poole dá uma gargalhada.

— Relaxe, Andrew. Relaxe. Eu e você estamos do mesmo lado.

Eu me levanto.

— Ótimo. Então me deixe ir.

Faço um movimento para sair, mas, conforme previ, ele me bloqueia. Empurra Ainsley de volta para o sofá.

— Não tão rápido — diz. — Não terminei.

— Estamos do mesmo lado, sim, estou vendo.

O sorriso desaparece e, por um instante, vejo alguma coisa nos olhos dele. Não tenho certeza do que é, mas me paralisa.

— Conheço você muito melhor do que imagina — prossegue. — Você acha que isso é um acidente? Acha que sou apenas um fanático religioso que está aqui para exorcizar seus demônios? Já se perguntou por que ando catalogando tais coisas, o que estou procurando? A resposta é: você, Andrew. E outros como você.

Ele está blefando. Só pode estar.

— Não existem outros como eu — digo.

Os olhos dele faíscam para mim novamente.

— Claro que existem, Andrew. Só porque você é diferente, não significa que é *único*.

Não entendo o que ele está dizendo. Não quero entender o que está dizendo.

— Olhe para mim — ordena ele.

Olho. Fito aqueles olhos, e entendo. Entendo o que ele está dizendo.

— O mais incrível — observa — é que você ainda não aprendeu como fazer isso durar mais de um dia. Você não tem ideia do poder que tem.

Eu me afasto dele.

— Você não é o reverendo Poole — digo, incapaz de afastar o tremor da voz de Ainsley.

— Hoje, sou. Ontem, fui. Amanhã... quem sabe? Tenho que julgar o que melhor me convém. Eu não ia perder *isso*.

Ele está me levando além. Mas, no mesmo instante, sei que não gosto do que tem lá.

— Há maneiras melhores de viver sua vida — prossegue ele. — Posso te mostrar.

Há identificação nos olhos dele, sim. Mas também há ameaça. E algo mais: um apelo. Quase como se o reverendo Poole ainda estivesse em alguma parte ali dentro, tentando me alertar.

— Saia de perto de mim — digo, ficando de pé.

Ele parece estar se divertindo.

— Não estou tocando em você. Estou sentado, conversando.

— Saia de perto de mim! — digo em voz mais alta, e começo a rasgar minha própria blusa, fazendo os botões voarem.

— O que...?

— SAIA DE PERTO DE MIM! — grito, e neste grito há um soluço, e no soluço, um pedido de ajuda, e, exatamente como eu esperava, Nathan ouve, Nathan estava ouvindo, e a porta da sala de estar se abre com força, e lá está ele, bem a tempo de me ver gritando e chorando, com a blusa rasgada. Poole está de pé agora, com um olhar assassino.

Estou apostando na decência que vi em Nathan quando estava dentro dele e, embora ele esteja visivelmente apavorado, ela aflora, porque em vez de correr, fechar a porta ou ouvir o que Poole tem a dizer, Nathan grita: "O que o senhor está fazendo?" e mantém a porta aberta para mim enquanto fujo, impedindo o reverendo — ou quem quer que esteja dentro dele — de me segurar enquanto corro pela porta da frente para dentro do carro. Nathan reúne todas as forças para impedir Poole, me proporcionando segundos cruciais; por isso, na hora em que Poole chega ao gramado, a chave já está na ignição.

— Não adianta fugir! — grita o reverendo. — Mais tarde você vai querer me achar! Todos os outros quiseram!

Tremendo, ligo o rádio, abafando a voz dele com o som da canção e do motor.

Não quero acreditar nele. Quero pensar que é um ator, um charlatão, um impostor.

Mas quando olhei com atenção, vi outra pessoa ali dentro. Eu o reconheci da mesma forma que Rhiannon me reconheceu.

Só que eu vi perigo ali.

Vi alguém que não joga de acordo com as mesmas regras.

Assim que vou embora, desejo ter ficado mais uns poucos minutos, tê-lo deixado falar um pouco mais. Tenho mais perguntas do que jamais tive, e talvez ele tivesse as respostas.

Mas se eu tivesse ficado uns minutos a mais, não sei se conseguiria sair. E eu estaria condenando Ainsley ao mesmo conflito de Nathan ou, talvez, a um pior. Não sei o que Poole teria feito com ela — o que *nós* teríamos feito com ela — se eu tivesse ficado.

Talvez ele estivesse mentindo. Tenho que me lembrar de que ele poderia estar mentindo.

Não sou o único.

Não consigo assimilar isso. O fato de que poderia haver outros. De que eles podem ter estado na mesma escola que eu, na mesma sala, na mesma família. Mas como mantemos nosso segredo tão bem escondido, não haveria meio de saber.

Eu me lembro do garoto em Montana que tinha uma história muito parecida com a minha. Será que era verdade? Ou foi só uma armadilha de Poole?

Existem outros.

Isso pode mudar tudo.

Ou pode não mudar nada.

Enquanto dirijo de volta à casa de Ainsley, percebo que a escolha é minha.

Dia 6.029

Darryl Drake está muito distraído no dia seguinte.

Eu o conduzo pela escola e digo as coisas certas quando preciso. Mas os amigos ficam comentando que ele está com a cabeça nas nuvens. Na hora do treino de corrida, o professor o censura repetidamente por falta de concentração.

— Onde você está com a cabeça? — pergunta Sasha, a namorada, enquanto ele a leva de carro para casa.

— Acho que não estou exatamente aqui hoje — responde ele. — Mas amanhã vou voltar.

Passo a tarde e a noite no computador. Os pais de Darryl estão no trabalho, e o irmão, na faculdade; então tenho a casa inteira para mim.

Minha história é destaque no site de Poole: uma versão muito modificada do que contei a Nathan, com alguns erros resultantes do fato de Nathan estar escondendo algo ou de Poole estar me provocando.

Fora do site dele, procuro tudo o que posso sobre o reverendo Poole, mas não acho muita coisa. Até a história de Nathan estourar, ele não parece ter falado abertamente sobre possessão demoníaca. Olho as fotos de antes e depois, tentando perceber alguma diferença. Nas fotografias ele parece a mesma pessoa, e os olhos estão escondidos pela ausência de dimensão da imagem.

Leio todas as histórias no site, tentando me encontrar nelas, tentando encontrar outras pessoas como eu. Mais uma vez, tem algumas

252

de Montana, e outras que poderiam ser parecidas, se o que Poole indicou é verdade: que o limite de um dia é apenas para os novatos, e pode ser superado de alguma forma.

Claro que é isso que eu desejo. Permanecer num único corpo. Levar uma única vida.

Mas, ao mesmo tempo, não é o que desejo. Porque não posso deixar de pensar no que aconteceria à pessoa em cujo corpo eu ia permanecer. Será que a existência dele ou dela simplesmente acabaria? Ou a alma original é banida e pula de corpo em corpo, e, em resumo, os papéis são invertidos? Não consigo imaginar nada mais triste do que ter um único corpo e então, do nada, não conseguir ficar num corpo por mais de um dia. Pelo menos eu tive o conforto de nunca ter conhecido outra coisa. Eu ficaria destruído se tivesse que largar alguma coisa antes de levar esta existência de viajante.

Seria uma opção fácil, se não tivesse ninguém mais envolvido. Mas não é sempre assim? E sempre tem mais alguém envolvido.

Há um e-mail de Nathan dizendo que sente muito pelo que aconteceu ontem. Diz que achou que o reverendo Poole poderia me ajudar. Agora não tem mais certeza de nada.

Respondo dizendo que não foi culpa dele, e que ele precisa se afastar do reverendo Poole e tentar voltar para a vida normal.

Também digo que é a última vez que envio um e-mail para ele. Não explico que é porque não confio nele. Imagino que ele vá deduzir isto sozinho.

Quando termino, encaminho as conversas do e-mail para a nova conta. Então a cancelo. E é assim que alguns anos de minha vida se acabam. O único fio condutor se foi. É ridículo ficar nostálgico por causa de um endereço eletrônico, mas eu fico. Não existem muitas peças no meu passado, por isso tenho que lamentar pelo menos um pouco quando uma delas se vai.

• • •

Mais tarde naquela noite, surge um e-mail de Rhiannon.

Como vai?

R

E só.

Quero contar a ela tudo o que aconteceu nas últimas 48 horas. Quero colocar os últimos dois dias na frente dela e ver como reage, ver se ela compreende o que eles significaram para mim. Quero a ajuda dela. Seus conselhos. Quero seu apoio.

Mas não acho que ela deseje o mesmo. E não quero jogar isso nela, a menos que ela queira. Por isso, digito:

Foram dois dias difíceis. Aparentemente, não sou a única pessoa assim por aí, e é difícil pensar nisso.

A

Ainda restam algumas horas da noite, mas ela não usa nenhuma delas para voltar a me procurar.

Dia 6.030

Acordo a apenas duas cidades de distância dela, nos braços de outra pessoa.

Tomo cuidado para não acordar a garota que me abraça. Os cabelos muito louros dela cobrem seus olhos. As batidas de seu coração vibram em minhas costas. O nome dela é Amelia e, na noite anterior, ela entrou pela janela para ficar comigo.

Meu nome é Zara — ou pelo menos foi o nome que escolhi para mim. Meu nome de batismo é Clementine, e eu o adorava até completar 10 anos. Então comecei a testar nomes, e Zara foi o nome que pegou. A letra Z sempre foi minha favorita, e 26 é meu número da sorte.

Amelia se remexe sob os lençóis.

— Que horas são? — pergunta, meio tonta.

— Sete horas — respondo.

Em vez de se levantar, ela se aninha em mim.

— Você pode ser boazinha e verificar onde sua mãe está...? Eu preferiria não sair por onde entrei. Minha coordenação motora diurna é bem mais atrapalhada do que a noturna, e sempre fico muito mais inspirada quando estou me aproximando da donzela.

— Está bem — digo e, para me agradecer, ela beija meu ombro nu.

A ternura entre duas pessoas pode tornar o ar brando, o quarto brando, o próprio tempo brando. Quando saio da cama e visto uma camisa extragrande, tudo ao meu redor parece estar na temperatura da felicidade. Nada da noite anterior se dissipou. Acordei no conforto que elas criaram.

Caminho na ponta dos pés até o corredor e escuto à porta de minha mãe. O único som é o da respiração de alguém dormindo, portanto, parece seguro. Quando volto para o quarto, Amelia ainda está na cama e o lençol está afastado, então é só ela, a camiseta e a calcinha. Tenho a sensação de que Zara não deixaria de subir na cama para o lado dela neste momento, mas sinto que não posso fazer isso em seu lugar.

— Está dormindo — informo.

— Dormindo tipo dá-pra-tomar-um-banho-sem-problema?

— Acho que sim.

— Você quer ir primeiro, depois, ou vamos tomar banho juntas?

— Pode ir primeiro.

Ela sai da cama e me dá um beijo ao passar. As mãos dela se movem sob minha camiseta extragrande, e eu não resisto. Eu a agarro e a beijo um pouco mais.

— Tem certeza? — pergunta ela.

— Você vai primeiro — respondo.

Então, assim como Zara teria feito, sinto saudade quando ela sai do quarto.

Queria que fosse Rhiannon.

Ela sai escondida da casa enquanto estou no banho. Então, vinte minutos depois, volta até minha porta e me busca para irmos à escola. Agora minha mãe está acordada, na cozinha, e sorri ao ver Amelia chegando.

Fico me perguntando o quanto ela sabe.

Passamos grande parte do dia juntas na escola, mas não de um jeito que limita nossas interações com outras pessoas. Pelo contrário, nós incorporamos os amigos ao que temos entre nós. Existimos como indivíduos. Existimos como um casal, e existimos como partes de trios, de quartetos e por aí vai. E é bom.

Não consigo deixar de pensar em Rhiannon. De lembrar do que ela disse sobre os amigos que nunca me conheceriam. E que ninguém mais me conheceria. Que o que temos juntos estará limitado a nós, sempre.

Estou começando a entender o que isso quer dizer, e como seria triste.

Já estou sentindo um pouco da tristeza agora, e ainda nem está acontecendo.

No sétimo tempo, Amelia tem monitoria na biblioteca, e eu, educação física. Quando nos encontramos mais tarde, ela mostra os livros que pegou para mim porque parecem ser do tipo que vou gostar.

Será que um dia vou conhecer Rhiannon tão bem assim?

Amelia tem treino de basquete depois da aula. Normalmente, fico esperando por ela, fazendo o dever de casa. Mas ela está me fazendo sentir tanta saudade de Rhiannon que preciso fazer alguma coisa a respeito. Pergunto se posso pegar o carro dela emprestado para resolver umas coisas.

Ela me dá as chaves, sem fazer perguntas.

Levo vinte minutos para chegar até a escola de Rhiannon. Paro no lugar de sempre, enquanto a maior parte dos carros aponta para a direção oposta. Então encontro um lugar para me sentar e observar a porta, torcendo para que ela não tenha saído ainda.

Não vou falar com ela. Não vou começar tudo de novo. Só quero vê-la.

Cinco minutos depois ela aparece. Está conversando com Rebecca e algumas de suas outras amigas. Não dá para ouvir o que estão dizendo, mas todas participam da conversa.

De onde estou, ela não parece alguém que perdeu algo recentemente. Sua vida parece estar seguindo normalmente. Há um momento —

um breve instante — em que ela ergue o rosto e olha ao redor. Nesse minuto, posso acreditar que ela esteja procurando por mim. Mas não dá para saber o que acontece no instante seguinte, porque desvio os olhos rapidamente e observo outra coisa. Não quero que ela veja meus olhos.

Esse é o próximo passo para ela, e se ela já está no próximo passo, eu preciso estar também.

Paro numa Target no caminho de volta até Amelia. Zara sabe todas as comidas favoritas dela, e a maior parte é composta de salgadinhos.

Pego tudo e, antes de voltar à escola para me encontrar com ela, arrumo tudo no painel do carro, soletrando o nome dela. Acredito que Zara ia querer que eu fizesse isso.

Não sou justo. Queria que Rhiannon tivesse me visto lá. Mesmo que eu desviasse os olhos, queria que ela viesse até mim e me tratasse do jeito que Amelia trataria Zara depois de três dias separadas.

Sei que isso nunca vai acontecer. E que saber disso é como um clarão de luz através do qual não posso enxergar muito bem.

Amelia está encantada com o que escrevi no painel do carro e insiste em me levar para jantar. Ligo para casa e aviso à minha mãe, que parece não se importar.

Dá para ver que Amelia percebe que só metade de mim está ali, mas ela vai me permitir ter uma metade em outro lugar, porque é onde preciso estar. Durante o jantar, ela preenche o silêncio com histórias sobre seu dia, algumas reais e outras totalmente imaginadas. Ela me faz adivinhar qual é qual.

Só estamos juntas há sete meses. Mas, levando em conta a quantidade de lembranças que Zara guardou, parece muito tempo.

É isso o que eu quero, penso.

Então não consigo evitar. Acrescento: *E é isso o que não posso ter.*

— Posso te perguntar uma coisa? — digo para Amelia.

— Claro. O quê?

— Se eu acordasse num corpo diferente todos os dias e você nunca soubesse como eu ia ser no dia seguinte, ainda me amaria?

Ela não faz uma pausa nem age como se a pergunta fosse estranha.

— Mesmo que você fosse verde, tivesse barba e um órgão sexual masculino no meio das pernas. Mesmo que suas sobrancelhas fossem cor de laranja e você tivesse uma verruga cobrindo toda a bochecha e um nariz que batesse no meu olho toda vez que eu fosse te beijar. Mesmo que pesasse 300 quilos e tivesse pelos do tamanho de um dobermann nas axilas. Mesmo assim, eu amaria você.

— Igualmente — respondo.

E é fácil falar, porque nunca vai precisar ser verdade.

Antes de nos despedirmos, ela me beija com tudo o que tem. E eu tento retribuir com tudo o que quero.

Terminamos numa boa, não posso deixar de pensar.

Mas logo a sensação começa a desaparecer.

Quando entro em casa, a mãe de Zara diz para ela:

— Sabe, você pode convidar Amelia para entrar.

Digo a ela que sei. Então corro para o quarto, porque é tudo demais. Tanta felicidade só pode me deixar triste. Fecho a porta e começo a soluçar. Rhiannon está certa. Eu sei. Nunca vou poder ter essas coisas.

Nem olho meus e-mails. De um jeito ou de outro, não quero saber.

• • •

Amelia liga para dar boa-noite. Preciso deixar cair na caixa postal e me recompor ao máximo como Zara antes de atender.

— Desculpe — digo a ela quando ligo de volta. — Estava conversando com minha mãe. Ela disse que você tem que aparecer mais vezes.

— Ela está falando da janela do quarto ou da porta da frente?

— Da porta da frente.

— Bem, parece que um passarinho chamado *progresso* está sentado agora no seu ombro.

Bocejo, então peço desculpas.

— Não precisa pedir desculpas, dorminhoca. Sonhe um pouquinho comigo, está bem?

— Vou sonhar.

— Eu te amo — diz ela.

— Eu te amo — respondo.

Então desligamos, porque, depois disso, não precisamos dizer mais nada.

Quero devolver a vida a Zara. Mesmo que sinta que mereço algum assim, não mereço à custa dela.

Ela vai se lembrar de tudo, resolvo. Não da minha infelicidade. Mas da felicidade que a causou.

Dia 6.031

Acordo com sensação de febre, dolorido, inquieto.

A mãe de July entra e dá uma olhada nela. Diz que parecia bem ontem à noite.

Será doença ou coração partido?

Não tem como saber.

O termômetro diz que estou bem, mas evidentemente não estou.

Dia 6.032

Um e-mail de Rhiannon. Até que enfim.

> Quero te ver, mas não tenho certeza se devíamos fazer isso.
> Quero saber o que anda acontecendo, mas tenho medo de que
> isso só faça tudo começar de novo. Eu te amo, de verdade, mas
> tenho medo de tornar esse amor importante demais. Porque você
> sempre vai me deixar, A. Não adianta negarmos. Você sempre vai
> embora.
>
> R

Não sei como responder. Por isso, tento me distrair sendo Howie Middleton. A namorada briga com ele na hora do almoço, dizendo que ele não passa mais tempo com ela. Howie não tem muito a dizer sobre isso. Na verdade, fica o tempo todo em silêncio, o que só a deixa com mais raiva ainda.

Tenho que ir, penso. Se há coisas que nunca vou ter aqui, também há coisas que nunca vou encontrar aqui. Coisas que talvez eu precise encontrar.

Dia 6.033

Acordo na manhã seguinte como Alexander Lin. O alarme dispara, tocando uma música da qual gosto muito. Isso torna a hora de acordar muito mais fácil.

Também gosto do quarto dele: muitos livros nas prateleiras, alguns com as lombadas gastas por causa das releituras. Há três violões no canto, sendo um deles uma guitarra, e o amplificador está ligado desde a noite anterior. Em outro canto, tem um sofá verde-limão, e sei imediatamente que aquele é o lugar onde os amigos passam a noite; esta é a casa deles quando não estão em casa. Ele tem post-its por toda parte com citações. Na parte de cima do computador tem uma de George Bernard Shaw: *A dança é a expressão perpendicular de um desejo horizontal.* Alguns dos post-its estão com **a** letra dele, outros foram escritos pelos amigos. *Eu sou a morsa. Não sou ninguém — quem é você? Deixem todos os sonhadores despertarem a nação.*

Mesmo antes de conhecer Alexander Lin, ele já me fez sorrir.

Os pais ficam felizes ao vê-lo. Tenho a sensação de que sempre ficam felizes ao vê-lo.

— Você tem certeza de que vai ficar tudo bem no fim de semana? — pergunta a mãe, e abre a geladeira, que parece ter mantimentos para pelo menos um mês. — Acho que tem o suficiente aqui, mas se precisar de alguma coisa, basta usar o dinheiro no envelope.

Sinto que algo está faltando aqui; tem alguma coisa que eu deveria estar fazendo. Acesso e descubro que o aniversário de casamento dos pais é amanhã. Eles vão viajar para comemorar. E o presente de Alexander para eles está no quarto.

— Um segundo — digo.

Subo correndo e encontro-o no armário: uma sacola enfeitada de post-its, cada um escrito com uma frase que os pais disseram para ele ao longo dos anos; de *A de amor* até *Sempre se lembre de checar o ponto cego*. E esse é só o embrulho. Quando desço com a sacola para o sr. e a sra. Lin, eles abrem e encontram dez horas de música para a viagem de dez horas, além de biscoitos que Alexander preparou para eles.

O pai de Alexander o abraça em agradecimento, e a mãe se junta a eles.

Por um momento, esqueço quem sou realmente.

O armário de Alexander na escola também é coberto com citações em post-its, formando um arco-íris de letras. O melhor amigo, Mickey, chega e oferece metade de um muffin — a parte de baixo, porque Mickey só gosta da parte de cima.

Mickey começa a falar sobre Greg, um garoto de quem ele aparentemente é a fim há séculos; e *séculos* significa no mínimo três semanas. Sinto o desejo perverso de contar a Mickey sobre Rhiannon, que está a apenas duas cidades de distância. Acesso e descubro que Alexander não está a fim de ninguém no momento, mas se estivesse, seria de uma garota. Mickey não se mete muito nisso. Os outro amigos rapidamente os encontram, e a conversa passa a girar em torno da futura batalha de bandas. Aparentemente, Alex está tocando em pelo menos três das bandas inscritas, incluindo a de Mickey. Ele é esse tipo de cara, sempre querendo ajudar com um pouco de música.

Conforme o dia passa, não posso deixar de sentir que Alexander é o tipo de pessoa que tento ser. Mas parte do que faz a personalidade dele funcionar é a capacidade de estar por perto, de sempre querer ajudar. Os amigos confiam nele, e ele confia nos amigos: o simples equilíbrio no qual tantas vidas se baseiam.

Decido ter certeza de que isso é verdade. Não presto atenção na aula de matemática e, em vez disso, me concentro nas lembranças de Alexander. O modo como eu o acesso é como ligar cem televisores ao mesmo tempo. Estou vendo muitas partes dele de uma vez só. Lembranças felizes. Lembranças tristes.

A amiga dele, Cara, contando que está grávida. Ele não é o pai, mas ela confia mais nele do que no pai da criança. O pai de Alexander não quer que ele passe tanto tempo tocando violão, diz que música não dá futuro. Ele tomando a terceira lata de Red Bull enquanto tenta terminar um trabalho às 4h porque ficou na rua com os amigos até 1h. Ele subindo a escada da casa na árvore. Sendo reprovado na prova de direção e se esforçando para segurar as lágrimas quando o instrutor lhe conta. Sozinho no quarto, tocando a mesma melodia sem parar em um violão, tentando entender o que ela significa. Ginny Dulles terminando com ele, dizendo que o problema é que só gosta dele como amigo, quando a verdade é que gosta mais de Brandon Rogers. Ele num balanço, aos 6 anos, indo cada vez mais alto até que se convence de que desta vez vai voar. Enfiando dinheiro na carteira de Mickey enquanto o amigo não está olhando para que tenha como pagar a parte dele na conta do bar. Fantasiado de Homem de Lata no Halloween. A mãe queimando a mão no fogão e ele não sabendo o que fazer. Na primeira manhã em que tem a carteira de motorista, dirigindo até o mar para assistir ao nascer do sol. Ele é o único ali.

Então paro. Paro nisso. Volto com dificuldade para mim. Não sei se consigo fazer isso.

Não consigo ignorar a tentação que Poole ofereceu: se eu pudesse ficar nesta vida, eu ficaria? Sempre que me faço essa pergunta, sou lançado da vida de Alexander para dentro da minha própria. Tenho ideias, e assim que elas assumem o controle, não consigo contê-las.

E se realmente houvesse um meio de ficar?

• • •

Toda pessoa é uma possibilidade. Os românticos incorrigíveis sentem isso de modo mais preciso, mas mesmo para os outros, o único meio de continuar vivendo é enxergando toda pessoa como uma possibilidade. Quanto mais vejo o Alexander que o mundo reflete para mim, mais ele se assemelha a uma possibilidade. Esta possibilidade se baseia nas coisas que mais têm importância para mim: bondade, criatividade, envolvimento com o mundo. Envolvimento com as possibilidades das pessoas à volta dele.

O dia está quase na metade. Tenho pouco tempo para decidir o que fazer com as possibilidades de Alexander.

O relógio sempre faz tique-taque. Tem vezes que você não ouve, e outras que sim.

Envio um e-mail a Nathan e peço o endereço eletrônico de Poole. Recebo uma resposta rapidamente. Envio uma mensagem ao reverendo com algumas perguntas simples.

Recebo outra resposta rapidamente.

Envio um e-mail para Rhiannon e digo que vou passar para vê-la hoje à tarde.

Digo que é importante.

Ela diz que vai estar lá.

Alexander precisa dizer a Mickey que não pode ensaiar com a banda depois da aula.

— Tem um encontro? — pergunta Mickey, em tom de brincadeira.

Alexander sorri maliciosamente e sai sem dizer mais nada.

• • •

Rhiannon está esperando por mim na livraria, que se tornou o nosso lugar.

Ela me reconhece quando passo pela porta. O olhar me acompanha enquanto me aproximo. Ela não sorri, mas eu dou um sorriso. Estou muito grato por vê-la.

— Oi — digo.

— Oi — responde.

Ela quer estar ali, mas não acha que é uma boa ideia. Também se sente grata, mas tem certeza de que a gratidão vai se transformar em remorso.

— Tenho uma ideia — digo a ela.

— Qual?

— Vamos fingir que é a primeira vez que nos encontramos. Vamos fingir que você estava aqui para comprar um livro e que acabei esbarrando em você. Começamos a conversar. Gostei de você. Você gostou de mim. Agora sentamos para tomar um café. Tudo parece bem. Você não sabe que eu troco de corpo todos os dias. Eu não sei sobre seu ex, nem sobre as outras coisas. Somos apenas duas pessoas se encontrando pela primeira vez.

— Mas por quê?

— Para não termos que conversar sobre todas as outras coisas. Assim podemos simplesmente estar um com o outro. Aproveitar.

— Não vejo razão...

— Sem passado. Sem futuro. Só o presente. Dê uma chance.

Ela parece dividida. Apoia o queixo na mão e olha para mim. Finalmente, toma uma decisão.

— Muito prazer em conhecê-lo — diz. Ela não está entendendo ainda, mas vai colaborar.

Sorrio.

— Também é um prazer conhecê-la. Aonde podemos ir?

— Você decide — diz. — Qual é o seu lugar favorito?

Acesso Alexander, e a resposta está bem ali. Como se ele a estivesse oferecendo a mim.

Abro um sorriso maior ainda.

— Conheço o lugar perfeito — respondo. — Mas primeiro vamos precisar de mantimentos.

Como hoje é a primeira vez que nos encontramos, não tenho que contar a ela sobre Nathan, Poole ou qualquer outra coisa que tenha acontecido ou ainda vai acontecer. O passado e o futuro são complicados. O presente é simples. E essa simplicidade é a sensação de estar a sós com ela.

Embora a gente precise de poucas coisas, pegamos um carrinho de compras e passamos por cada uma das seções do mercado. Não demora muito até Rhiannon estar em cima dele, e eu, atrás, e a gente corra o mais rápido que consegue.

Criamos uma regra: toda seção precisa ter uma história. Assim, no corredor das rações, conheço mais sobre Swizzle, o coelho malvado. Na seção dos vegetais, conto a ela sobre o dia em que fui ao acampamento de verão e tive que participar de um cabo de guerra com uma melancia, e sobre como terminei com três pontos depois que a melancia voou dos braços de todo mundo e caiu direto no meu olho: foi o primeiro caso no hospital de violência causada por uma melancia. No corredor dos cereais, criamos autobiografias baseadas nos cereais que comemos ao longo dos anos, tentando identificar com precisão o ano em que o cereal que deixava o leite azul parou de ser legal e começou a ser nojento.

Por fim, temos comida suficiente para um banquete vegetariano.

— Tenho que ligar para minha mãe e dizer que vou comer na casa da Rebecca — diz Rhiannon, pegando o telefone.

— Diga que vai passar a noite com ela — sugiro.

Ela faz uma pausa.

— Sério?

— Sério.

Mas ela não se mexe para ligar.

— Não tenho certeza se é uma boa ideia.

— Confie em mim — retruco. — Sei o que estou fazendo.

— Você sabe como me sinto.

— Sei. Mas, ainda assim, quero que confie em mim. Não vou te magoar. Nunca vou te magoar.

Ela telefona para a mãe e diz que está na casa da Rebecca. Então liga para Rebecca e se certifica de que a história que inventou permanecerá intacta. Rebecca pergunta o que está acontecendo. Rhiannon diz que vai contar depois.

— Você vai dizer que saiu com um garoto — comento assim que ela desliga.

— Um garoto que acabei de conhecer?

— É — respondo. — Um garoto que você acabou de conhecer.

Voltamos para a casa de Alexander. Quase não tem espaço na geladeira para os mantimentos que compramos.

— Por que fizemos compras? — pergunta Rhiannon.

— Porque não vi o que tinha aqui hoje de manhã. E quis ter certeza de que teríamos exatamente o que quiséssemos.

— Você sabe cozinhar?

— Para falar a verdade, não. E você?

— Também não.

— Acho que vamos ter que dar um jeito. Mas antes tem uma coisa que quero te mostrar.

Ela gosta do quarto de Alexander tanto quanto eu. Dá para ver. Perde-se lendo os bilhetes nos post-its, depois passa o dedo pelas lombadas dos livros. O rosto dela é uma imagem da felicidade.

Então se vira para mim, e não dá para negar: estamos num quarto e tem uma cama. Mas não foi por isso que a levei até ali.

— Hora do jantar — digo. Então pego a mão dela e saímos juntos.

269

Enchemos o ar de música enquanto cozinhamos. Nos movimentamos em uníssono, em sequência. Nunca fizemos isso juntos antes, mas determinamos nosso ritmo, nossa divisão do trabalho. Não consigo evitar pensar que é desse jeito que poderia ser sempre: a divisão tranquila do espaço, o silêncio agradável de conhecer um ao outro. Meus pais estão fora e minha namorada veio me ajudar a preparar o jantar. Ali está ela, picando legumes, sem ligar para a postura, sem ligar para a bagunça do cabelo, sem nem ligar para o fato de eu estar olhando para ela com tanto amor. Fora da nossa bolha que é a cozinha, a noite canta. Posso ver através da janela, e também posso ver o reflexo de Rhiannon delineado por cima. Tudo está no lugar certo, e meu coração quer acreditar que isso pode ser verdade para sempre. Meu coração quer que seja verdade, mesmo quando alguma coisa mais obscura tenta arrastá-lo para longe.

Passa das 21h quando terminamos.

— Devo arrumar a mesa? — pergunta Rhiannon, apontando para a sala de jantar.

— Não. Vou levar você para meu lugar favorito, lembra?

Encontro duas bandejas e arrumo nossa refeição nelas. Até encontro uma dúzia de castiçais para levar com a gente. Então guio Rhiannon porta dos fundos afora.

— Aonde estamos indo? — pergunta ela assim que chegamos ao quintal.

– Olhe pra cima — respondo.

No início ela não vê, porque a única luz está vindo da cozinha, chegando até nós como um clarão de outro mundo. Então, quando nossos olhos se adaptam, fica visível para ela.

— Linda — diz, andando até a casa na árvore de Alexander ficar acima de nós, e a escada, ao alcance dos dedos.

— Tem um sistema de polias — digo — para as bandejas. Vou subir para baixá-lo.

Pego duas das velas e subo a escada rapidamente. O interior da casa corresponde perfeitamente às lembranças de Alexander. Ela é tanto um espaço para ensaiar quanto uma casa na árvore, com outro violão no canto, além de cadernos cheios de letras de música e melodias. Embora tenha uma lâmpada no teto que eu poderia acender, prefiro as velas. Então desço o elevador e ergo as bandejas, uma a uma. Assim que a segunda bandeja está segura do lado de dentro, Rhiannon se junta a mim.

— Muito legal, não é? — pergunto enquanto ela olha ao redor.

— É.

— É tudo dele. Os pais não sobem aqui.

— Adorei.

Não há mesa nem cadeiras, por isso sentamos no chão com as pernas cruzadas e comemos, um de frente para o outro, à luz das velas. Não temos pressa — deixamos o sabor do momento nos penetrar. Acendo mais velas e me deleito com a visão dela. Não precisamos nem da lua nem do sol ali dentro. Ela é linda sob nossa própria luz.

— O que foi? — pergunta.

Eu me inclino e a beijo. Só uma vez.

— Isso — respondo.

Ela é meu primeiro e único amor. A maioria das pessoas sabe que o primeiro amor não será o único. Mas, para mim, ela é as duas coisas. Esta vai ser a única chance que vou me dar. Nunca mais vai acontecer.

Não tem relógios ali, mas presto atenção nos minutos, nas horas. Até as velas conspiram, ficando cada vez menores à medida que o tempo fica cada vez mais curto. Servindo como lembrança, lembrança, lembrança.

• • •

Quero que esta seja a primeira vez que nos encontramos. Quero que sejam dois adolescentes num primeiro encontro. Quero já estar planejando o segundo encontro em minha mente. E o terceiro.

Mas há outras coisas que preciso dizer, outras coisas que preciso fazer.

Quando terminamos, ela afasta as bandejas para o lado. Diminui a distância entre nós. Acho que vai me beijar, mas, em vez disso, enfia a mão no bolso. Tira um dos blocos de post-its de Alexander. Tira uma caneta. Em seguida, desenha um coração no topo do bloco, o descola e cola no meu peito.

— Aí está — diz.

Baixo os olhos para ele. Levanto os olhos para ela.

— Preciso te dizer uma coisa — digo.

Quero dizer que preciso dizer tudo.

Conto sobre Nathan. Conto sobre Poole. Conto que talvez eu não seja o único. Conto que talvez haja um meio de ficar num mesmo corpo por mais tempo. Talvez haja um meio de não ir embora.

As velas estão queimando e diminuindo. Estou demorando demais.

São quase 23h quando acabo de contar tudo.

— Então você pode ficar? — pergunta ela quando termino. — Você está dizendo que pode ficar?

— Sim — respondo. — E não.

Quando o primeiro amor termina, a maioria das pessoas sabe que outros virão. Elas não acabaram para o amor. O amor não acabou para elas. Nunca será igual ao primeiro, mas será melhor, de diferentes modos.

Eu não tenho tal consolo. Por isso me agarro tanto a ele. Por isso é tão difícil.

• • •

— Talvez haja um meio de ficar — digo a ela. — Mas não posso. Nunca vou conseguir ficar.

Assassinato. No fim das contas, ficar seria um assassinato. Amor nenhum pode valer isso.

Rhiannon se afasta de mim. Fica de pé. Se volta contra mim.

— Você não pode fazer isso! — grita. — Não pode chegar assim, me trazer aqui, me oferecer tudo isso... e depois dizer que não tem como funcionar. Isso é crueldade, A. Crueldade.

— Eu sei — digo. — Por isso é um primeiro encontro. Por isso este é o dia em que nos conhecemos.

— Como você pode dizer isso? Como pode apagar todo o restante?

Fico de pé. Vou até ela e a abraço. No início ela resiste, quer se afastar. Mas então cede.

— Ele é um cara legal — digo, e minha voz é um sussurro interrompido. Não quero, mas preciso fazer isso. — Até mais do que legal. E hoje é o dia em que você o viu pela primeira vez. Hoje é o primeiro encontro de vocês. Ele vai se lembrar de ter estado na livraria. Vai se lembrar da primeira vez em que viu você, e de como ficou atraído, não apenas porque você é linda, mas porque ele pôde perceber sua força. Pôde ver o quanto você quer fazer parte do mundo. Vai se lembrar de ter conversado com você, de como foi fácil, agradável. Vai se lembrar de não querer que acabasse e de perguntar se você queria fazer alguma outra coisa. Vai se lembrar de quando você perguntou sobre o lugar favorito dele, e vai se lembrar de pensar neste lugar, e de querer mostrá-lo a você. O mercado, as histórias nos corredores, a primeira vez que você viu o quarto dele... tudo isso estará lá, e não vou ter que mudar coisa alguma. A pulsação dele são as batidas do meu coração. A pulsação é a mesma. Sei que ele vai te entender. Vocês têm o mesmo coração.

— Mas e quanto a você? — pergunta Rhiannon, e a voz dela some também.

— Você vai descobrir coisas nele que descobriu em mim — digo a ela. — Sem complicações.

— Não posso simplesmente trocar assim.

— Eu sei. Ele vai ter que provar isso a você. Todos os dias, vai ter que provar que é digno de você. E se não provar, é isso. Mas acho que ele vai.

— Por que você está fazendo isso?

— Porque tenho que ir, Rhiannon. Para sempre desta vez. Tenho que ir para muito longe. Há coisas que preciso descobrir. E não posso continuar entrando na sua vida. Você precisa de algo maior do que isso.

— Então isso é um adeus?

— É um adeus para algumas coisas. E olá para outras.

Quero que ele se lembre de como é abraçá-la. Quero que se lembre de como é dividir o mundo com ela. Quero que ele, em alguma parte dentro de si, se lembre do quanto eu a amo. E quero que aprenda a amá-la do próprio jeito, que seja independente de mim.

Eu tinha que perguntar a Poole se era possível. Tinha que perguntar se ele realmente poderia me ensinar.

Ele prometeu que podia. Disse que poderíamos trabalhar juntos.

Sem hesitação. Sem aviso. Sem tomar conhecimento das vidas que estaríamos destruindo.

Foi então que eu tive certeza de que precisava fugir.

Ela me abraça. Abraça com tanta força que não parece ter qualquer intenção de me deixar ir.

— Eu te amo — digo. — Como nunca amei ninguém antes.

— Você sempre diz isso — retruca ela. — Mas não percebe que, para mim, é a mesma coisa? Eu também nunca amei ninguém assim.

— Mas vai — digo. — Você vai amar de novo.

• • •

Se você olhar para o centro do universo, existe frieza lá. Um vazio. No final das contas, o universo não se importa conosco. O tempo não se importa conosco.

É por este motivo que temos que cuidar um do outro.

Os minutos estão passando. Meia-noite se aproxima.

— Quero dormir ao seu lado — sussurro.

É meu último desejo.

Ela assente, concordando.

Descemos da casa na árvore e corremos pela noite de volta para a claridade da casa, para a música que havíamos deixado para trás. 23h13. 23h14. Vamos para o quarto e tiramos os sapatos. 23h15. 23h16. Ela deita na cama e eu apago as luzes. Junto-me a ela.

Deito de barriga para cima, e ela se aninha em mim. Tenho lembranças de uma praia, de um mar.

Tem tanto para ser dito, mas não faz sentido dizer. Já sabemos.

Ela estica a mão para o meu queixo, vira minha cabeça. E me beija. Minuto após minuto após minuto, nos beijamos.

— Quero que você se lembre disso amanhã — diz ela.

Então voltamos a respirar. Voltamos a ficar deitados ali. O sono está se aproximando.

— Eu vou lembrar — digo.

— Eu também — promete ela.

Nunca vou ter uma fotografia dela para levar no bolso. Nunca vou ter uma carta com a letra dela, nem um álbum de recortes com tudo que fizemos. Nunca vou dividir um apartamento com ela na cidade. Nunca vou saber se estamos ouvindo a mesma canção na mesma hora. Não vamos envelhecer juntos. Não vou ser a pessoa para quem ela liga quando tem problemas. Ela não vai ser a pessoa para quem vou ligar quando tiver histórias para contar. Nunca vou conseguir guardar nada que ela me deu.

Eu a observo enquanto ela adormece perto de mim. Observo enquanto respira. Observo enquanto os sonhos assumem o controle.

Esta lembrança.

Só vou ter isso.

Sempre vou ter isso.

Ele vai se lembrar disso também. Vai sentir isso, e vai saber que foi uma tarde perfeita, uma noite perfeita.

Ele vai acordar amanhã ao lado dela e se sentir um cara de sorte.

O tempo segue. O universo se expande. Pego o post-it com o coração e passo do meu corpo para o dela. Fico olhando para ele ali.

Fecho meus olhos. Digo adeus. Adormeço.

Dia 6.034

Acordo a duas horas de distância, no corpo de uma garota chamada Katie.

Katie não sabe, mas hoje ela vai para muito longe daqui. Será uma interrupção total na rotina dela, uma virada completa no modo como sua vida deveria ser. Mas ela tem o luxo de ter tempo para abrandar as coisas. Ao longo de sua vida, o dia de hoje será um pequeno desvio, quase imperceptível.

Mas, para mim, é a mudança da maré. Para mim, é o início de um presente, que tem um passado e um futuro.

Pela primeira vez na minha vida, corro.

Agradecimentos

Na maioria dos romances que escrevi, havia um ponto de partida definido: a centelha de uma ideia que se transformava em história. Normalmente, eu me lembro dela. Mas, para este livro, devo admitir que não me lembro. Mas me recordo de três momentos decisivos que me levaram a escrevê-lo. O primeiro foi uma conversa com John Green durante nossa turnê. O segundo foi uma conversa com Suzanne Collins quando *ela* estava em turnê. E o terceiro foi uma tarde no apartamento de Billy Merrell, quando li para ele o primeiro capítulo (tudo que havia escrito até então), prestando muita atenção às reações dele. Gostaria de agradecer a todos os três por me darem o combustível de que eu precisava. E gostaria de agradecer ao motorista que levou John e eu por manter a promessa de não roubar a ideia e publicar um livro primeiro.

Como sempre, tenho que agradecer à minha família e a meus amigos. Meus pais. Adam, Jen, Paige, Matthew e Hailey. Minhas tias, tios, primos e avós. Meus amigos autores. Meus amigos da Scholastic. Meus amigos de escola. Meus amigos bibliotecários. Meus amigos do Facebook. Meus melhores amigos. E os amigos que se sentavam na minha frente, escrevendo os próprios livros, enquanto eu trabalhava neste (Eliot, Chris, Daniel, Marie, Donna, Natalie). E um amigo que pintava enquanto eu escrevia (Nathan).

Um imenso agradecimento ao meu intrépido agente, Bill Clegg, assim como à equipe fantástica na WMEE, incluindo Alicia Gordon, Shaun Dolan e Lauren Bonner. Agradeço à minha fantástica casa na

Random House, passando por todos os departamentos de vendas, marketing, editorial e de arte (gostaria de dizer em voz bem alta um "muito obrigado" especial a Adrienne Waintraub, Tracy Lerner e Lisa Nadel por quase uma década de jantares e tardes de autógrafo, e ao olhar atento de Jeremy Medina, além do planejamento cuidadoso de Elizabeth Zajac). Agradeço também a todos que me apoiam na Egmont, no Reino Unido, na Text, na Austrália, e a todas as outras editoras internacionais do livro.

Por fim, agradeço todo dia por ter Nancy Hinkel como minha editora. Adoro quando tenho rodas e você quer dá uma volta.

Este livro foi composto na tipologia Berling LT Std,
em corpo 11/15,6 e impresso em papel off-white
no Sistema Cameron da Divisão Gráfica
da Distribuidora Record.